KU-014-484

RHYS LEWIS

Ar gyfer oedolion sy'n dysgu Cymraeg

DANIEL OWEN

(Addasiad gan Basil Davies)

Argraffiad cyntaf—Ionawr 1996

ISBN 1 85902 311 8

Cedwir pob hawl. Ni chaniateir atgynhyrchu unrhyw ran o'r cyhoeddiad hwn na'i gadw mewn cyfundrefn adferadwy na'i drosglwyddo mewn unrhyw ddull na thrwy unrhyw gyfrwng electronig, electrostatig, tâp magnetig, mecanyddol, ffotgopïo, recordio nac fel arall, heb ganiatâd ymlaen llaw gan y cyhoeddwyr Gwasg Gomer, Llandysul, Dyfed.

Dymuna'r cyhoeddwyr gydnabod cymorth
Adran Ddylunio Cyngor Llyfrau Cymru.

*Argraffwyd gan
Wasg Gomer, Llandysul, Dyfed*

RHAGAIR

Dyma'r seithfed nofel yn y gyfres CAM AT Y CEWRI, sy'n ceisio cyflwyno (*to present*) nofelwyr Cymraeg i ddysgwyr.

Rwy'n ddiolchgar iawn i ddysgwyr am eu croeso brwd i'r pum nofel gyntaf yn y gyfres, sef O LAW I LAW a WILLIAM JONES (gan T. Rowland Hughes): CYSGOD Y CRYMAN, YN ÔL I LEIFIOR ac WYTHNOS YNG NGHYMRU FYDD (gan Islwyn Ffowc Elis), ac Y BYW SY'N CYSGU (gan Kate Roberts), a dalfyrrwyd (talfyrru—*to abridge)* gan Christine M. Jones.

Talfyrrwyd *Rhys Lewis* yn sylweddol. Yn ogystal, addaswyd (addasu—*to adapt*) ychydig ar iaith y nofel o gofio bod y nofel wreiddiol wedi ei hysgrifennu ym 1885. Wrth dalfyrru ac addasu defnyddiwyd argraffiad Thomas Parry, 1948.

Yma a thraw, bu'n rhaid i mi gysylltu (cysylltu—*to join*) rhannau o'r nofel â'm geiriau fy hun a dodais y rheiny mewn cromfachau, e.e. '(Ynglŷn â'r atgof nesaf) rydw i'n meddwl mai tua chwe blwydd oed oeddwn . . .'

Mae 41 o benodau (yn ogystal â Rhagarweiniad/*Preface*) yn y nofel wreiddiol, ond gadawyd allan y Rhagarweiniad a Phenodau 1 a 2, ac felly 39 o benodau sydd yn yr addasiad hwn.

Pwrpas y nodiadau yw esbonio'r eirfa ac ambell gystrawen ddieithr (cystrawen—*construction*) mewn ymgais syml i helpu dysgwyr i ddeall y nofel, heb orfod dibynnu gormod ar eiriadur.

Diolch i Hughes a'i Fab, cyhoeddwyr talfyriad Thomas Parry o *Rhys Lewis,* am eu cydweithrediad ac i gyfarwyddwyr (directors) a staff Gwasg Gomer am fod mor barod i gyhoeddi'r addasiad.

Diolch diffuant iawn hefyd i ddau gyfaill imi, Meirion ac Ena Davies o Ferndale yn y Rhondda am ddarllen y llawysgrif ac am eu hawgrymiadau gwerthfawr.

BASIL DAVIES

DANIEL OWEN (1836-1895)

Ganwyd Daniel Owen yn yr Wyddgrug (Mold) yng Nghlwyd. Fe oedd yr ieuengaf o chwech o blant. Pan oedd yn faban collodd ei dad a dau frawd mewn damwain yn y gwaith glo ac fe gafodd fagwraeth (magwraeth—*upbringing*) dlawd iawn.

Ychydig iawn o addysg a gafodd ac yn ddeuddeg oed aeth i weithio mewn siop deiliwr. Mae'n ymddangos bod y capel wedi bod yn ddylanwad mawr arno a phan oedd bron yn ddeg ar hugain oed aeth i Goleg y Bala gyda'r bwriad o fynd yn weinidog (*minister*). Ond orffennodd e mo'i gwrs a dychwelodd adref i edrych ar ôl ei fam a'i chwaer, ac i weithio yn siop y teiliwr, ac i bregethu ar y Suliau. Ond pan oedd yn ddeugain oed torrodd ei iechyd a bu'n rhaid iddo roi'r gorau i'w waith.

Cafodd e ei berswadio gan ffrind iddo i ysgrifennu i gyfnodolyn misol (*monthly periodical*) o'r enw Y *Drysorfa.* Cymerodd hi dair blynedd i'r nofel *Rhys Lewis* ymddangos (*appear*) yn Y *Drysorfa* yn ystod y blynyddoedd 1882 a 1884 ac mae'r nofel yn cael ei hystyried (ystyried—*consider*) fel ei nofel bwysicaf.

Nofelau adnabyddus eraill ganddo yw *Enoc Huws* (1891) a *Gwen Tomos* (1894). Cyhoeddodd hefyd gasgliad o ysgrifau (*a collection of essays*), Y *Siswrn* (1888), a chyfrol o straeon byrion *Straeon y Pentan* (1895).

Yn y nofel *Rhys Lewis* mae Daniel Owen yn adrodd hanes Rhys Lewis, gweinidog Bethel. Cymeriad dychmygol (*imaginary*) yw Rhys Lewis. Ar y pryd roedd nofelau hunangofiannol (*autobiographical*) yn boblogaidd yn Saesneg. Hefyd, doedd y Cymry ddim yn rhy hoff o nofelau; roedd cofiannau (*biographies*) a hunangofiannau yn llawer mwy derbyniol (*acceptable*) na nofelau.

Yn y nofel mae Daniel Owen yn cyflwyno (*present*) cymeriadau fel Mari Lewis mam Rhys, ei frawd mawr Bob,

Abel Hughes y blaenor, Wil Bryan ffrind Rhys, Robin y Sowldiwr yr athro ysgol creulon a Thomas Bartley, ffrind i'r teulu. Daeth y cymeriadau hyn yn rhai o gymeriadau enwocaf llenyddiaeth Gymraeg.

Mae haneswyr llenyddiaeth Gymraeg yn dweud taw cyhoeddi *Rhys Lewis* oedd un o'r camau mwyaf a gymerodd y nofel Gymraeg erioed.

Darllenwch am Daniel Owen yn *Cydymaith i Lenyddiaeth Cymru* (1986).

BYRFODDAU (*Abbreviations*)

h.y.—hynny yw, *that is*

GC—gair sy'n cael ei ddefnyddio yng Ngogledd Cymru

DC—gair sy'n cael ei ddefnyddio yn Ne Cymru

Cynnwys

1: Cofion Boreaf

Un o'r pethau cyntaf yr wyf yn eu cofio yw mynd gyda'm mam i'r capel. Mae'n debyg mai nos Sul oedd oherwydd yr oedd y capel yn llawn o bobl, a hefyd wedi ei oleuo â chanhwyllau. Ar ganol y llawr yr oedd stof fawr, a llawer o blant o'i chwmpas, a'u hwynebau cyn goched â chrib ceiliog. Mae'n debyg mai'r gaeaf oedd (hi).

Yr wyf yn cofio am y sêt fawr ac am Abel Hughes gyda'i gap melfed yn eistedd o dan y pulpud. Yr oedd y pulpud â'i gefn at y mur. Synnwn sut roedd 'y dyn', fel y galwn i ef, a oedd yn y pulpud, wedi gallu dringo i'r fath le. A fyddai yn cael codwm wrth ddod i lawr y grisiau? Rhyfeddwn yn fawr nad oedd neb yn dweud dim ond 'y dyn oedd yn y box', a rhyfeddwn fwy fod ganddo ef gymaint i'w ddweud. Nid oeddwn yn deall dim a ddywedai heblaw yr enw 'Iesu Grist', a thybiais ar y dechrau mai ef oedd yr 'Iesu Grist' y soniai fy mam gymaint amdano. Yr oeddwn i'n disgwyl o hyd iddo dewi, ond ni wnâi. Wedi bod yn siarad yn faith, dechreuodd 'y dyn' edrych yn ddig, a chochi yn ei wyneb, a gweiddi yn uchel, a phenderfynais ar unwaith nad Iesu Grist oedd ef.

Edrychais o'm cwmpas, ac i lawr ac i fyny. Synnais weld cynifer o bobl yn llofft y capel. A oeddent i gyd yn arfer cysgu yno? Ble roeddent hwy'n cael digon o welyau?

Erbyn hyn, yr oedd y dyn a oedd yn y pulpud yn eistedd, gan sychu'r chwys oedd ar ei dalcen. Aeth y nifer mwyaf o'r bobl allan, ond arhosodd fy mam ac amryw eraill ar ôl, a

---

cyn goched â: *as red as*
crib ceiliog: *a cockerel's comb*
fel y galwn i ef: *as I'd call him*
codwm: *fall*
Rhyfeddwn: Roeddwn i'n synnu
a ddywedai: yr oedd ef yn ei ddweud
tybiais: meddyliais, (tybio)

y soniai fy mam: *that my mother mentioned*, (sôn)
tewi: stopio siarad
ni wnâi: *he wouldn't do (so)*, (gwneud)
yn ddig: yn grac
cynifer: *so many*
amryw: llawer

chaewyd drysau'r capel. Gwelwn y dyn yn disgyn i lawr grisiau'r pulpud a gwyliwn ef yn ddyfal rhag iddo syrthio. Cyrhaeddodd y gwaelod yn ddiogel. Wedi hyn, gwelwn Abel Hughes yn codi'r lliain oedd yn cuddio rhywbeth ar ffrynt y sêt fawr, ac yn ei lapio yn daclus, gan ei gosod o'r neilltu. Synnais pan welais beth oedd dan y lliain. Y fath lestri hardd! Gwelwn y dyn oedd wedi bod yn siarad yn faith yn codi, ac yn mynd at y llestri a'r bara a oedd wedi ei dorri yn fân, ac wedi dweud rhywbeth eto am Iesu Grist, dechreuodd fwyta. Gwelais y dyn yn cymryd y bara ac yn mynd oddi amgylch, gan roi tamaid i bawb. Yr oedd arnaf chwant bwyd, a chredais mai dyn clên oedd y gŵr wedi'r cwbl. Pan ddaeth at fy mam cymerodd hi damaid, ac estynnais innau fy llaw, ond gwrthododd fi. Digiais yn enbyd wrtho, a thorrais i allan i wylo am tua'r chweched waith y noson honno. Rhwng fod y nos yn dywyll, a minnau, fel y tybiwn, wedi cael fy insyltio gan y pregethwr, yr oeddwn yn flin iawn fy nhymer a bu raid i mam fy nghario yr holl ffordd adref y noson honno.

---

yn ddyfal: *intently*
o'r neilltu: i'r ochr
yn faith: yn hir
yn fân: yn fach
Yr oedd arnaf chwant bwyd: *I was hungry*
clên (GC): hyfryd

Digiais yn enbyd wrtho: *He displeased me immensely*, (digio)
fel y tybiwn: fel roeddwn i'n meddwl, (tybio)
yn flin iawn (GC): yn grac iawn (DC)

14

2: Evan Jones, Hwsmon Gwern-y-ffynnon

Rhaid imi gyfaddef nad oeddwn yn hoffi mynd i'r capel. Yr oedd y gwasanaeth yn rhy faith o lawer. Nid oeddwn yn cael difyrrwch mewn dim ac eithrio'r canu. Tra llefarai'r pregethwr yn ddiddiwedd gymaint a allai fy mam ei wneud oedd fy nghadw yn ddiddig.

Yr oedd fy mam yn Fethodist o'r Methodistiaid, ac yn glynu'n glòs wrth syniadau a thraddodiadau'r tadau. Nid gwiw oedd imi sôn am chwarae nac edrych ar fy nheganau ar ddydd yr Arglwydd. Byddai raid imi eistedd yn llonydd a difrifol. Yr oedd yn gas gennyf weld y Saboth yn agosáu—gwyddwn y byddwn yn sicr o ddigio Iesu Grist. Un tro, gofynnais i'm mam pa fath o le oedd y nefoedd? Atebodd hithau mai gwlad ydoedd lle yr oedd pawb yn cadw'r Saboth am byth. Dywedais wrthi yn bendant nad awn i byth i'r nefoedd.

Mae fy atgofion ynglŷn â'r Ysgol Sul yn gymysglyd. Yr wyf yn sicr o hyn—nid yn yr Ysgol Sul y dysgais y llythrennau. Nid wyf yn cofio imi erioed fod yn dysgu'r ABC. Mwy na thebyg yr oedd fy mam wedi eu dysgu imi yn y cyfnod nad oes gennyf un cof amdano.

Yr wyf yn sicr mai Evan Jones, hwsmon Gwern-y-ffynnon, oedd fy athro cyntaf. Hen ŵr clên oedd Evan Jones. Dull Evan o ddysgu oedd cymryd un ohonom ar ei lin a rhoi gwers iddo tra byddai'r lleill yn chwarae. Wedi iddo roi

---

hwsmon: ffermwr
cyfaddef: *to admit*
difyrrwch: *fun*
ac eithrio: *except*
llefarai: siaradai, (llefaru)
gymaint . . . fy mam: *it was as much that my mother could*
yn ddiddig: *contented*
yn glynu: *sticking*

Nid gwiw imi: *I didn't dare*
gwyddwn: roeddwn i'n gwybod
digio: *to displease*
nad awn i byth: *that I'd never go,* (mynd)
yn gymysglyd: *mixed*
clên (GC): hyfryd
dull: ffordd
glin: *knee*

gwers i bob un, cymerai gyntun, â'i ên wedi suddo'n ddwfn i'w wasgod.

Yr oedd gan Evan oriawr fawr. Cadwai hi ym mhoced ei glos. Teimlem ni, y bechgyn oedd yn ei ddosbarth, awydd mawr am gael *watch* Evan i'n dwylo. Un prynhawn Sul gwresog, yr oedd Evan wedi syrthio i gwsg trwm. Tynnwyd y *watch* allan, a chafodd pob un ohonom yn ei dro ei benthyg i'w harchwilio, ac i'w gosod wrth ei glust. Yr oedd *watch* Evan wedi (teithio) ddwywaith o gwmpas y dosbarth, ac ar y pryd yn fy llaw i, pan daranodd llais uwch ein pennau,

'Be 'dach chi'n neud yma?'

Yn fy mraw, gollyngais y *watch* i lawr, nes bod y gwydr yn deilchion, ac ar yr un pryd neidiodd ein hathro parchus fel petai rhywun wedi ei drywanu yn ei gefn. Y taranwr oedd Abel Hughes a edrychai'n ddig dros ymyl y sêt.

'Cysgu rydych chi, Evan Jones?' gofynnodd Abel yn geryddgar.

'Synfyfyrio,' ebe Evan yn ffwdanus.

'Synfyfyrio yn wir, a'ch dosbarth yn chwarae efo'ch *watch*. Rhaid imi ddwyn eich achos o flaen y cyfarfod athrawon,' ebe Abel, ac aeth ymaith yn ddig.

Dechreuais innau wylo. Nid oedd neb wedi cyffwrdd â'r oriawr ar ôl iddi syrthio o'm llaw. Edrychodd Evan arni, ac arnaf innau bob yn ail am ysbaid, ac yna cododd hi, gan ei lapio yn ei gadach poced a'i rhoi ym mhoced frest ei gob las.

---

cyntun: *nap*
gwasgod: *waistcoat*
oriawr: *watch*
Teimlem ni: Roedden ni'n teimlo
awydd mawr: *a great desire*
gwresog: twym
i'w harchwilio: *to examine it*
pan daranodd llais: *when a voice thundered*, (taranu)
braw: *fear*
yn deilchion: *shattered*

fel petai: *as if*
wedi ei drywanu: *stabbed him*
y taranwr: *'the thunderer'*
yn ddig: yn grac
yn geryddgar: *full of rebuke*
Synfyfyrio: *meditating*
dwyn: *to bring*
achos: *case*
am ysbaid: *for a while*
cob: cot

16

Wrth weld fy nhristwch mawr, dywedodd wrthyf yn garedig,

'Wel, na hidia, 'ngwas i; dydy o fawr o beth.'

Parodd ei garedigrwydd imi wylo yn waeth o lawer, ac erbyn imi fynd adref yr oedd fy llygaid wedi chwyddo gymaint fel na allwn gelu'r stori oddi wrth fy mam. Yr unig beth a ddywedodd hi oedd,

'Cawn weld yfory.'

Bu'n un â'i gair; cafodd hi *weld*, a chefais innau *deimlo*.

A chymryd ei rinweddau ynghyd â'i ddiffygion, yr oedd Evan cystal athro ag unrhywun yn y dyddiau hynny. Pan oeddwn yn ei ddosbarth edrychwn ar ei waith yn cysgu yn fwy fel rhinwedd ynddo na dim arall, am ei fod yn rhoi cyfle i ni'r plant chwarae. A chofio ei fod yn gorfod gweithio'n galed, a chodi am bump o'r gloch y bore, yr wyf yn gallu maddau iddo o waelod fy nghalon. Os caf fynd i'r nefoedd, bydd (rhaid) imi wneud *search* amdano er mwyn imi allu diolch iddo.

---

tristwch: *sadness*
na hidia: paid â phoeni
Parodd . . . : . . . *caused*, (peri)
fel na allwn: *so that I couldn't*, (gallu)
celu: *to conceal*

Bu'n un â'i gair: *She was as good as her word*
rhinweddau: *virtues*
diffygion: *deficiencies*
rhinwedd: *virtue*
maddau iddo: *forgive him*

3: Y Cyfarfod Plant

Pan oeddwn yn fachgen, un o'r sefydliadau crefyddol pwysicaf oedd y cyfarfod neu'r seiat plant. Yr oedd hi'n cael ei chynnal yn wythnosol yn ddifwlch haf a gaeaf. Nid oedd un bachgen na geneth, os byddai eu rhieni yn aelodau eglwysig, (yn colli yr un cyfarfod). Os collai un am fwy nag un noson yn olynol, heb fod rheswm digonol am hynny, byddai Abel Hughes (yn sicr o) alw'r tad neu'r fam i gyfrif yn y seiat gyffredinol ganlynol. Oni ellid rhoi rheswm boddhaol, rhoddid cerydd cyhoeddus iddynt.

Cyn gynted ag y medrais ddweud 'Cofiwch wraig Lot', bu raid imi fynd i'r seiat plant o dan ofal Wil Bryan, a oedd rai blynyddoedd yn hŷn na fi. Cyndyn iawn oeddwn i ddysgu adnod ac oherwydd hynny bu raid i 'Cofiwch wraig Lot' wasanaethu ar ddegau o achlysuron, a hynny heb yn wybod i mam. Nid cyn i'r plant ddechrau fy ngalw yn wraig Lot y rhoiais heibio sôn amdani.

Byddai Abel Hughes yn fanwl iawn am gael dechrau a gorffen y seiat plant mewn pryd. Gwyddem i'r funud yr adeg y deuai i'r capel. (Yr wyf yn cofio) fy mam yn canmol Wil Bryan am alw amdanaf mor brydlon i fynd i'r cyfarfod. Ychydig a wyddai mai ein hamcan yn mynd mor gynnar

---

sefydliadau: *institutions*
crefyddol: *religious*
seiat: *society, an informal meeting in chapel*
yn ddifwlch: *continuously*
geneth: merch
yn olynol: *in succession*
digonol: *sufficient*
i gyfrif: *to account*
Oni ellid: *Unless one could*, (gallu)
boddhaol: *satisfactory*
rhoddid . . . iddynt: *one gave them*
cerydd cyhoeddus: *a public rebuke*

yn hŷn: *older*
cyndyn: *reluctant*
adnod: *(Biblical) verse*
degau o achlysuron: h.y. *dozens of occasions*
y rhoiais heibio: *that I finished*
yn fanwl: *meticulously*
Gwyddem: *We knew*, (gwybod)
y deuai: *that he'd come*, (dod)
canmol: *to praise*
Ychydig a wyddai: *Little did she know*, (gwybod)

oedd cael chwarae yn llofft y capel. Yr oedd Wil wedi (ffeindio) allan rywfodd fod Abel yn dechrau'r cyfarfod yn ôl ei *watch*, ac yn gorffen yn ôl cloc y capel.

Un noson, pan oedd pawb ohonom yn disgwyl am Abel, dywedodd Wil yr âi ef i'r *gallery* i symud bys y cloc hanner awr ymlaen. Yr oeddem ni i gyd yn bryderus iawn rhag i Abel ddod i mewn. Pan oedd Wil wedi cyrraedd sêt y cloc, ac ar fin rhoi ei law ar y bys, agorwyd drws y capel, a dacw Abel yn ymddangos. Cwrcydodd Wil y funud honno. Curai calon pawb ohonom, oherwydd nid dyn i gellwair ag ef oedd Abel Hughes.

Tra oedd Abel yn gweddïo wrth ddechrau'r cyfarfod, ac wedi cau ei lygaid yn dynn, achubai pawb ohonom y cyfle i edrych tua sedd y cloc. Synnwyd ni gan ehofndra Wil Bryan, oherwydd gwelem ef yn symud bys y cloc, ac yna'n gorffwys yn hamddenol ar ffrynt y *gallery*, gan roi winc ar hwn a'r llall. Wedi hyn, gwelem ef yn chwilio yn ei bocedi am friwsion, ac yn eu gollwng i lawr ar ben yr hen Abel. Oherwydd bod Abel wedi ymgolli yn y weddi, neu oherwydd ei fod yn gwisgo cap melfed, nid oedd yn ymddangos ei fod yn teimlo dim.

Cawsom gerydd lawer gwaith gan Abel Hughes am adrodd ein hadnodau mor wael, ac am ein bod yn cyfeirio ein llygaid yn barhaus at y cloc, fel petaem ni ar frys am gael mynd adref. Ychydig a wyddai ef nad ar y cloc yr oeddem ni'n edrych, ond ar dop gwallt Wil Bryan. Er bod ein hwynebau yn ddifrifol, blinodd Abel Hughes yn ceisio cael

---

yr âi ef: *that he'd go*, (mynd)
yn bryderus: *worried*
ar fin: *about to*
Cwrcydodd: *He squatted*, (cyrcydu)
i gellwair ag ef: *to joke with*
achubai . . . : *everyone took advantage*, (achub ar y cyfle)
cyfle: *opportunity*
Synnwyd ni: *We were astounded*, (synnu)

ehofndra: *boldness*
yn hamddenol: *leisurely*
briwsion: *crumbs*
wedi ymgolli: *was engrossed*
ymddangos: *to appear*
cerydd: *rebuke*
ein hadnodau: *our verses*
yn cyfeirio: *directing*
yn barhaus: *continually*
fel petaem ni: *as if we were*
ar frys: *in a hurry*

19

ein meddyliau ar yr adnodau, ac edrychodd ar y cloc, ac arwyddodd syndod fod yr amser wedi cerdded mor bell.

Ar yr un funud agorwyd drws y capel, a daeth Marged Ellis, gwraig y Tŷ Capel, i mewn. Dechreuodd hi gwyno yn ofnadwy wrth Abel ein bod ni y plant yn dod i'r cyfarfod cyn yr amser er mwyn chwarae, a'n bod yn gwneud sŵn ofnadwy. Gofynnodd Abel i Marged pwy oedd yn euog o hynny, ac atebodd hithau,

'Bachgen Hugh Bryan ydi'r gwaetha ohonyn nhw i gyd; roedd o'n enbyd o ddrwg heno.'

'Wel, Marged bach,' ebe Abel, 'rydych chithe fel finne yn mynd yn hen; ni fu Wil Bryan yma heno o gwbl, er bod hynny yn beth digon rhyfedd, achos mae William yn ffyddlon iawn i'r cyfarfod.'

'Ydych chi'n meddwl, Abel Hughes,' ebe Marged, ''mod i ddim yn gwybod be dwi'n ddeud? Oni weles i o, ac oni chlywes i o â'm llygid fy hun yn rhedeg ac yn rhampio ar hyd y capel!'

'Rhys,' ebe Abel, gan edrych ym myw fy llygaid. 'Ddaeth William Bryan efot ti i'r capel heno?'

Yn erbyn fy ngwaethaf, rhedodd fy llygaid at sêt y cloc, a gwelwn Wil yn cau ei ddwrn arnaf i beidio â dweud gair. Ni bu raid imi yngan gair. Cafodd Marged Tŷ Capel, gipolwg ar dop ei wallt yn suddo i'r sêt.

'Abel Hughes,' ebe hi, 'mae o yn sêt y cloc; mi gweles o'r munud 'ma. Ewch i nôl yr hogyn drwg i lawr, Abel Hughes; mae o 'na, yn siŵr i chi.'

Fodd bynnag, cyn i Abel gyrraedd y fan, neidiodd Wil i'r sêt nesaf, ac i'r nesaf at honno, a llamodd o'r naill sêt i'r llall

---

arwyddodd: h.y. *he showed,*
   (arwyddo—*to signal)*
syndod: *surprise*
wedi cerdded: h.y. wedi mynd
yn euog: *guilty*
yn enbyd o: *terribly*
Oni weles i o . . .!: *Didn't I see him . . .!*
â'm llygid fy hun: *with my own eyes*

yn rhampio: *ramping*
ym myw fy llygaid: *right into my*
   eyes
yn erbyn fy ngwaethaf: *h.y. despite*
   my best intentions
dwrn: *fist*
yngan: *utter*
cipolwg: *glance*

nes cyrraedd pen y grisiau, ac i lawr y daeth megis ar un naid. Yr oedd Wil ymhell ar ei ffordd adref cyn i Abel druan droi ar ei sawdl. Aeth Abel i achwyn wrth Hugh Bryan am ymddygiad ei fab, a chlywais (Wil) yn dweud drannoeth na chafodd yn ei fywyd y fath gurfa gan ei dad ag a gafodd y noson honno.

---

megis: *as if*
sawdl: *heel*
achwyn: *cwyno*

ymddygiad: *behaviour*
y fath gurfa: *such a hiding*

4: Y Gwyddel

(Ynglŷn â'r atgof nesaf) rydw i'n meddwl mai tua chwe blwydd oed oeddwn, a bod Bob fy mrawd tua deunaw oed. Yr oedd Bob, fel y tybiwn i, yn ddyn mawr cryf. Prawf o hynny i mi oedd ei fod yn gallu fy nghario ar ei gefn yn ddidrafferth. Gweithiai yn y (pwll) glo, ac nid edmygodd neb ei frawd yn fwy na fi, pan ddeuai adref yn ei glocsiau, â'i lamp yn ei law, â'i wyneb cyn dded â'r simnai.

Yr wyf yn cofio yr adeg y byddai Bob yn dod â'i gyflog adref. Eisteddem ein tri o gylch y tân tra gwacâi Bob ei boced i ffedog fy mam. Cyfrifai fy mam y cyflog lawer gwaith drosodd. Sylwn y byddai fy mam wrth gyfrif yr arian ar rai adegau yn edrych yn llawen, ar ar adegau eraill yn drist iawn; a phob amser ar ôl eu cyfrif edrychai yn synfyfyriol. Roeddwn i'n dychmygu mai synnu y byddai hi fod ganddi gymaint o arian. Druan (â fi)! Pensynnu y byddai hi sut i dalu pawb gyda'r ychydig sylltau oedd yn ei ffedog!

Rywbryd yn (ystod) y cyfnod hwn deuthum i edrych ymlaen at ddiwrnod y cyflog gydag awch, oblegid byddai fy mam, ar ôl cael y pres, yn mynd i'r siop i nôl bwyd, ac am un diwrnod byddai gennym gyflawnder o fwyd.

Yr oedd Wil Bryan a minnau'n gyfeillion mawr. Mae'r cof yn fyw ynof fel y byddwn yn cenfigennu ato. Cadwai ei dad

---

fel y tybiwn: *as I thought*	ar rai adegau: *on some occasions*
prawf: *proof*	synfyfyriol: *contemplating*
yn ddidrafferth: *effortlessly*	dychmygu: *to imagine*
nid edmygodd neb: *no one admired*, (edmygu)	Pensynnu: *day-dreaming*
	sylltau: *shillings*
pan ddeuai: *when he'd come*, (dod)	deuthum: *fe ddes i*
cyn dded â: *as black as*	gydag awch: *with relish*
cyflog: *wages*	pres (GC): arian
tra gwacâi B: *whilst B would empty*, (gwacau)	cyflawnder: *abundance*
	yn cenfigennu at: *to envy*
ffedog: *apron*	

siop fawr. Yr oedd Wil yn cael tatws a chig i'w ginio bob dydd, a minnau'n cael browes. Yr oedd Wil yn cael dillad newydd yn aml, tra mai hen ddillad Bob fy mrawd, wedi eu hail-wneud gan fy mam, a gawn i fyth a hefyd. Yr oedd Wil yn cael ceiniog bob dydd Sadwrn, tra nad oeddwn i byth yn gweld un ond pan wacâi Bob ei boced i ffedog fy mam.

Yr wyf yn cofio un tro yn synfyfyrio ar sefyllfa a manteision Wil, a'm bod yn ceisio rhoi cyfrif i mi fy hun am y gwahaniaeth (rhyngom), pan ddeuthum i'r penderfyniad mai'r unig reswm oedd fod gan Wil dad, tra nad oedd gen i yr un. Pam oeddwn i heb dad? Pan ofynnais y cwestiwn i'm mam, edrychodd yn gynhyrfus, a neidiodd y dagrau i'w llygaid, ond nid atebodd hi air, a cheisiodd droi fy sylw at rywbeth arall. Gwesgais innau'r cwestiwn a gofynnais ai wedi marw oedd fy nhad.

'Ie,' ebe hi, 'mae dy dad di, 'y ngwas gwirion i, yn farw mewn camwedd a phechod.'

Byddai fy mam yn gyffredin yn siarad mewn ieithwedd ysgrythurol. Nid oeddwn yn deall yr ymadrodd ond cymerais ef i arwyddo bod fy nhad wedi ei osod yn y 'twll du', fel y galwn i y bedd yr adeg honno. Parodd y syniad dristwch mawr imi ar y pryd, ond aeth heibio yn fuan.

Toc ar ôl hyn eisteddem ein tri o gylch y tân. Gaeaf oedd hi, ac yr oedd y noson yn oer a stormus. Eisteddwn i ar f'stôl fach, gan wrando ar y gwynt yn rhuo yn y simnai, ac yn chwibanu yn nhwll y clo. Teimlwn yn gysglyd iawn. Pan oeddwn bron â chael fy ngorchfygu gan gwsg, clywn rywun

---

browes: *oat bread in hot water/milk*
a gawn i: *that I'd have,* (cael)
byth a hefyd: *time and time again*
yn synfyfyrio: *yn meddwl*
sefyllfa: *situation*
manteision: *advantages*
rhoi cyfrif i mi fy hun: *to account to myself*
yn gynhyrfus: *agitated*
'y ngwas gwirion i: *my innocent son*

camwedd: *transgression*
pechod: *sin*
ieithwedd: *phraseology*
ysgrythurol: *Biblical*
ymadrodd: *saying*
arwyddo: *to signify*
Parodd y syniad: *The idea caused,* (peri)
aeth heibio: *passed by*
twll y clo: *keyhole*
fy ngorchfygu: *overcame me*

yn curo'r drws. Cyn i neb gael amser i agor, daeth dyn hyll i mewn a chaeodd y drws ar ei ôl, a cherdded yn syth at y tân heb ddweud gair.

Cyn gynted ag y gwelais ef, penderfynais yn fy meddwl mai dyn drwg oedd. Yr oedd yn fudr a charpiog, a llanwodd y tŷ o arogl annymunol. Hyd yn oed pan glywais ef yn siarad Cymraeg, yr oeddwn yn sicr yn fy meddwl mai Gwyddel oedd. Pan ddaeth i'r tŷ, neidiodd Bob ar ei draed, â'i wyneb cyn wynned â'r galchen, a chrynai drwyddo. Gwyddwn ar osgo Bob ei fod am goleru'r dyn a'i droi allan, gwaith a fedrai yn hawdd, oherwydd (yr oedd y dyn yn) eiddil a gwannaidd, ac yr oedd Bob yn grwmffast cryf. Deallodd fy mam ei fwriad, a chrefodd yn grynedig arno i ymatal.

Ni welais fy mam erioed wedi cynhyrfu gymaint, (a dywedodd),

'James, rydw i wedi dweud wrthych lawer gwaith o'r blaen nad ydych i ddod yma; does dim arna i eisiau eich gweld byth.'

Ni chymerai'r dieithryn arno ei chlywed, ond yn hytrach ceisiai wneud ffrind ohonof i, gan siarad yn dyner (â fi), a gan fy ngalw wrth fy enw. O'r diwedd cymerodd afael ynof, gan geisio fy ngosod ar ei lin, ac euthum innau'n nwydwyllt. Gyda'm dwrn bychan trewais ef yng nghanol ei wyneb, ac ar yr un pryd, tynnodd Bob fi o'i afael.

---

cyn gynted â: *as soon as*
yn fudr (GC): yn frwnt
yn garpiog: *in rags*
cyn wynned â'r galchen: h.y. *as white as snow*
a chrynai drwyddo: *and he trembled all over,* (crynu)
Gwyddwn: *Roeddwn i'n gwybod*
ar osgo Bob: *by Bob's bearing*
coleru: *to collar*
eiddil: *frail*

yn grwmffast cryf: *a strong hulk of a man*
crefodd: *she begged,* (crefu ar)
ymatal: *to refrain*
wedi cynhyrfu: *agitated*
Ni chymerai'r . . . arno: *The . . . pretended,* (cymryd ar)
dieithryn: *stranger*
cymerodd afael ynof: *he got hold of me,* (cymryd gafael)
glin: *knee*
nwydwyllt: *wild frenzy*

Gofynnodd 'Y Gwyddel', fel y galwn ef, am fwyd, a synnais weld fy mam yn gosod lluniaeth o'i flaen.

Wedi i'r 'Gwyddel' orffen bwyta, closiodd at y tân yn hamddenol, fel petai ar fin aros drwy'r nos. Erfyniodd fy mam arno wedyn fynd ymaith, ond nid âi heb gael arian. Er fy mawr syndod, gwelwn fy mam yn estyn swm o arian iddo. Parodd hyn i Bob fynd i dymer ddrwg ond nid oedd tymer ddrwg Bob yn effeithio dim ar y 'Gwyddel'. Wedi iddo gael yr arian, ymddangosai yn fwy penderfynol i aros. Taniodd ei getyn, a dechreuodd ddatod careiau ei esgidiau.

Wrth weld hyn, collodd Bob bob amynedd; neidiodd ar ei draed, agorodd y drws yn llydan agored, gafaelodd yng ngwar y 'Gwyddel', a thaflodd ef i'r heol a bariodd y drws. Gwelais fod fy mam yn llesmeirio. Ond wedi i Bob (ychwanegu) dŵr oer at ei hwyneb, dadebrodd a dechreuodd wylo. Wedi ymdawelu, sgwrsiodd fy mam a Bob yn gyfrinachol. Deallwn yn iawn mai'r 'Gwyddel' oedd y testun. Methais yn hollol gael gwybod pwy oedd y dieithryn. Yr unig ateb a gawn oedd mai dyn drwg oedd, ac am imi beidio â sôn amdano wrth neb.

---

lluniaeth: *refreshment*
yn hamddenol: *leisurely*
fel petai: *as if he were*
ar fin: *about to*
Erfyniodd fy mam: *My mother begged*, (erfyn ar)
nid âi: *he wouldn't go*, (mynd)
mawr syndod: *great surprise*
Parodd hyn i Bob: *This caused Bob to*, (peri)
ymddangosai: *he appeared*, (ymddangos)

Taniodd (GC): *He lit*, (tanio)
cetyn (GC): *pib, pipe*
datod: *to untie*
careiau: *laces*
gwar: cefn y gwddf
yn llesmeirio: *fainting*
dadebrodd: *she revived*, (dadebru)
yn gyfrinachol: *secretly*
a gawn: *that I'd have*, (cael)
am imi beidio: *for me not to*
sôn: *to mention*

25

5: O Dan Addysg

Pan oeddwn i'n hogyn, dwy ysgol yn unig oedd yn fy nhref enedigol. Yr oedd un yn cael ei chadw gan fonheddwr o'r enw Mr Smith. Mr Smith oedd dewin mawr y dref. Edrychid arno gan rai gyda'r fath edmygedd ag a oedd yn ymylu bron ar addoliad. Credid ei fod yn hyddysg mewn saith o ieithoedd, ac y gallai siarad geiriau nad oedd neb yn eu deall. (Ystyrid) ysgol Mr Smith yn sefydliad urddasol iawn, ac nid oedd neb yn dychmygu anfon eu plant yno heblaw boneddigion.

Mae gennyf le cryf i gredu na fyddai fy mam yn meddwl am fy anfon i'r ysgol at Mr Smith, hyd yn oed petai ei hamgylchiadau yn caniatáu hynny, am ei bod hi'n credu mai dyn di-ras oedd ef. Yr oedd ganddi nifer o resymau dros ffurfio'r syniad hwn amdano. Yn un peth, am ei fod yn mynd i Eglwys Loegr yn lle mynd i'r capel. Yr oedd 'Eglwys Loegr' a 'chrefydd' yn eiriau pell iawn oddi wrth ei gilydd yng ngeiriadur fy mam. Peth arall a barai iddi gredu mai dyn di-ras oedd Mr Smith oedd ei arferiad o fynd am dro ar brynhawniau Sul yn lle bod yn myfyrio yn y Gair. Ond rheswm pennaf fy mam dros gredu mai dyn di-ras oedd Mr Smith oedd y ffaith ei fod yn gwisgo *moustaches*. Ni welodd

---

tref enedigol: *native town*
bonheddwr: *gentleman*
dewin: *wizard*
Edrychid arno: *He was looked upon*, (edrych ar)
edmygedd: *admiration*
yn ymylu bron: *almost bordering*
addoliad: *worship*
Credid: *It was believed*, (credu)
yn hyddysg mewn: *learned in*
nad oedd neb: *that no one*
Ystyrid: *was considered*, (ystyried)
sefydliad: *establishment*

urddasol: *grand*
dychmygu: *to imagine*
boneddigion: *gentlemen*
hyd yn oed petai: *even if*
ei hamgylchiadau: *her circumstances*
caniatáu: *permit*
di-ras: *without grace*
a barai iddi: *which caused her*, (peri)
arferiad: *habit*
yn myfyrio: *meditating*
y gair: h.y. y Beibl

26

hi neb a oedd yn deilwng o'r enw Cristion yn gwneud felly. Yr oedd tipyn o locsen wrth y glust yn beth hollol wahanol.

Yr oedd y pethau hyn, hyd yn oed petai fy mam yn gallu fforddio, yn rhwystr anorfod ar fy ffordd i gael mynd i'r ysgol at Mr Smith. Heblaw hynny, nid oedd fy mam yn credu mewn (addysg dda).

'Am blant tlodion,' meddai, 'os gallant ddarllen eu Beibl, a gwybod y ffordd i'r bywyd, mae hynny yn llawn digon iddynt.'

Yr oedd yr ysgol arall yn cael ei chadw gan un o'r enw Robert Davies, neu fel y gelwid ef yn gyffredin, Robyn y Sowldiwr. Gŵr cydnerth a chnawdol oedd ef, ac mewn gwth o oedran. Yr oedd ef wedi treulio blodau ei ddyddiau ym myddin Prydain Fawr, lle hynododd ei hun fel milwr dewr. Pan ddychwelodd yr hen sowldiwr i'w dref enedigol yr oedd heb ei goes dde, a adawsai ar ei ôl yn Belgium. (Goresgynnodd) Robert y diffyg hwn â choes bren. Teimlodd y llywodraeth rwymedigaeth i roi iddo bensiwn o chwe cheiniog y dydd am weddill ei oes i wneud i fyny am golli ei goes. Oherwydd hynny, arferai Robert alw y goes bren 'yr hen goes chwech'.

Am rai wythnosau wedi i Robert ddychwelyd o'r fyddin, gelwid arno yn aml i swpera gyda'i hen gyfeillion, er mwyn iddynt ei glywed yn adrodd hanes ei frwydrau, a'r hyn a welodd ac a glywodd. Fodd bynnag, aeth ei hanes, o dipyn i beth, yn ddiflas a'r unig fan erbyn hyn lle y gwrandewid ar

---

rhwystr: *obstacle*
anorfod: *unsurmountable*
am blant tlodion: *regarding the children of the poor*
fel y gelwid ef: *as he was called*
cydnerth: *cryf iawn*
cnawdol: *tew*
mewn gwth o oedran: hen iawn
blodau ei ddyddiau: *in his heyday*
byddin: *army*
Hynododd ei hun: *He distinguished himself,* (hynodi)

a adawsai ar ei ôl: *which he had left behind him,* (gadael)
Goresgynnodd R: *R overcame,* (goresgyn)
diffyg: *deficiency*
rhwymedigaeth: *obligation*
arferai R: *R used to*
gelwid arno: *he was called upon,* (galw ar)
swpera: *to dine*
o dipyn i beth: *gradually*
gwrandewid ar: *he was listened to,* (gwrando ar)

27

ei adroddiadau gyda diddordeb oedd y *Cross Foxes*, lle yr oedd yn ymwelydd cyson.

Gan nad oedd incwm y goes bren fawr fwy na'r galwadau wythnosol yn *Y Cross Foxes*, syrthiodd yr hen filwr yn fuan i amgylchiadau cyfyng. Yr oedd Mr Brown, y person, yn ŵr dyngarol a charedig dros ben wrth ei blwyfolion. A gan fod yr hen ryfelwr yn mynd i'r eglwys bob bore Sul, yn mynd ar y gwely bob prynhawn Sul, ac yn mynd i'r *Cross Foxes* bob nos Sul, cymerai Mr Brown ddiddordeb neilltuol yn ei amgylchiadau, ac ef oedd y cyntaf i awgrymu (iddo) ddechrau cadw ysgol. Chwarae teg i Mr Brown, ni orffwysodd nes iddo osod Robert ar ei draed, neu yn hytrach ar ei droed.

Yr oedd ysgol Robyn y Sowldiwr yn hen sefydliad erbyn i mi fynd iddi. Yr unig beth a'm cymodai i â'r syniad o fynd i'r ysgol oedd y ffaith fod Wil Bryan yn aelod o'r sefydliad. Mae'r diwrnod hwnnw yn fyw yn fy meddwl ac yr wyf yn cofio'r dydd a'i ddigwyddiadau. Dydd Llun oedd, a'r gaeaf oedd hi. Galwodd Wil Bryan amdanaf yn brydlon, a chafodd siars benodol gan fy mam i gymryd gofal ohonof. Awgrymodd Wil wrthyf ar y ffordd y byddai raid imi ymladd ag un neu ddau o'm cyd-ysgolheigion—nad oedd hynny yn beth pleserus, ond dyna oedd yr arferiad bob amser gydag ysgolor newydd. Ond gofalai ef fod wrth fy nghefn i edrych am imi gael chwarae teg. (Nid oedd hynny yn gysur imi o gwbl) am nad oedd fy nhalent yn gorwedd o gwbl yn y ffordd honno, a hefyd am fy mod yn gweld posibilrwydd i'r ffaith ddod i glustiau fy mam gartref, ac i

---

fawr fwy: *hardly more*
galwadau: *calls*
amgylchiadau cyfyng: *dire circumstances*
dyngarol: *humanitarian*
plwyfolion: *parishioners*
rhyfelwr: *warrior*
cymerai: *he would take*, (cymryd)
neilltuol: *arbennig*
sefydliad: *establishment*

a'm cymodai: *which reconciled me,* (cymodi)
syniad: *idea*
yn brydlon: *promptly*
siars: *challenge*
penodol: *specific*
cyd-ysgolheigion: *fellow scholars*
arferiad: *custom*
gofalai ef: *he'd take care*, (gofalu)
cysur: *comfort*

28

Abel Hughes yn y Seiat Plant. Yr oedd arnaf gywilydd cydnabod hyn wrth Wil Bryan, ac yn wir, ni fynnwn i ei groesi, gan mor uchel yr oedd yn sefyll yn fy meddwl.

Adeilad hir a chul oedd yr *office* lle roedd yr hen Sowldiwr yn cynnal ei ysgol. Ymhen draw'r ysgoldy yn ymyl y tân roedd desg y meistr, ac yn ei gwaelod yr oedd clamp o dwll i goes bren y meistr pan fyddai ef yn eistedd.

Ar fy mynediad cyntaf i mewn i'r ysgol, gwelais olygfa ryfedd. Yr oedd y bechgyn i gyd yn bresennol, rhai ar dop y ddesg, rhai ar gefnau ei gilydd yn chwarae ceffylau, ac yn carlamu o gwmpas yr ysgol, ac eraill yn dwr ar lawr, ac yn ymrwyfo drwy'i gilydd fel llyswennod mewn llaid. Yr oedd un—bachgen cloff wrth ei fagl—yn ceisio dynwared y meistr, gan eistedd wrth ei ddesg, ac wedi gwthio'i fagl drwy'r twll, ac yn gweiddi'n uchel am dawelwch, ond i ddim pwrpas. Yr oedd un bachgen yn sefyll ar dop y ddesg yn ymyl y ffenestr, gan rannu ei sylw rhwng y chwarae a'r cyfeiriad y disgwylid y meistr. Cyn hir gwelwn y bachgen hwnnw yn rhoi chwibaniad clir, ac mewn amrantiad yr oedd pob bachgen yn ei le.

Gwyddwn yn iawn yr edrychwn fel *monument* ar fy mhen fy hun wrth y drws pan ddaeth y Sowldiwr i mewn. Aeth heibio imi heb gymryd arno fy ngweld. Edrychai'n ffyrnig a chyffrous. Deallais yn fuan nad oedd y gwyliedydd wedi rhoi'r arwydd yn ddigon buan, a bod y meistr wedi clywed yr holl sŵn byddarol. Aeth at y ddesg a thynnodd allan

---

Yr oedd . . . cywilydd . . .: *I was ashamed*
cydnabod: *to acknowledge*
ni fynnwn: *I wouldn't wish,* (mynnu)
ei groesi: *offend him,* (croesi)
clamp o dwll: *a huge hole*
mynediad: *entrance*
carlamu: *to gallop*
yn dwr: *in a heap*
yn ymrwyfo: *writhing*
llyswennod: *eels*
mewn llaid: *in mud*
cloff: *lame*

wrth ei fagl: *on his crutches*
yn dynwared: *imitating*
y disgwylid: *that the . . . was expected from*
chwibaniad: *whistle*
mewn amrantiad: *in a twinkling*
Gwyddwn: *I knew,* (gwybod)
heb gymryd arno . . .: *pretending that he hadn't seen,* (cymryd ar)
yn ffyrnig: *ferociously*
gwyliedydd: *sentinel*
byddarol: *deafening*

29

gansen hir (ac aeth) o gwmpas yr ysgol gan ffonio pawb yn greulon. Wedi i'r bachgen olaf dderbyn ei ffonnod, aeth y meistr yn ôl at y ddesg, cododd ei ddwylo i fyny a dywedodd, 'Let us pray', ac adroddodd y pader yn bwyllog, a'r bechgyn yn ei ddilyn.

Wedi i'r pader gael ei adrodd, gwaeddodd yr hen Sowldiwr yn awdurdodol, 'Rivets, my boys', yr arwyddair bob bore Llun i'r bechgyn ddod ymlaen gyda'u ceiniogau. Os byddai bachgen heb ddod â'i geiniog gydag ef, byddai raid iddo estyn ei law allan i dderbyn y gansen.

Wedi i Wil Bryan fy nwyn at y meistr, ac iddo yntau roi fy enw yn y llyfr, a derbyn fy ngheiniog, dywedodd wrthyf am imi fynd i'm lle. Cefais y fraint o eistedd rhwng Wil Bryan ac un o'r enw John Beck. Gofynnodd (ef) a oedd gennyf ddimai. Atebais nad oedd. Gofynnodd a wyddwn i pryd y byddai gennyf un—y gwyddai ef am siop lle roedd lot o gyflaith i'w gael am ddimai. Dywedodd Wil Bryan wrtho am dewi, ac os na wnâi y byddai'n edifar ganddo. Lled awgrymodd (y byddwn i'n) rhoi curfa iddo. Dywedodd Beck fod (hynny) uwchlaw fy ngallu. Cyn pen y pum munud yr oedd y newydd wedi ei sibrwd yng nghlust pob bachgen yn yr ysgol bod ymladdfa i fod rhwng Rhys Lewis a John Beck. Teimlwn yn bryderus wrth feddwl am y fath beth, ond gwiw oedd imi sôn am hynny wrth Wil Bryan.

---

ffonio: *caning*
ffonnod: *blow*
pader: *prayer*
yn bwyllog: *yn araf*
yn awdurdodol: *with authority*
arwyddair: *key word*
fy nwyn: *bring me*
braint: *privilege*
dimai: *half penny*
a wyddwn: *whether I knew,*
   (gwybod)
y gwyddai ef: *that he knew,*
   (gwybod)
cyflaith: *toffee*

tewi: *stopio siarad*
os na wnâi: *if he wouldn't,*
   (gwneud)
edifar: *sorry*
Lled awgrymodd: *He hinted,*
   (awgrymu)
curfa: *hiding*
uwchlaw: *beyond*
wedi ei sibrwd: *had been whispered*
ymladdfa: *fight*
yn bryderus: *worried*
gwiw oedd imi sôn: *I wouldn't dare mention*

Am tua awr nid oedd dim gwaith yn mynd ymlaen yn yr ysgol. Yr oedd yr hen Sowldiwr gan mwyaf â'i ben i lawr— naill ai'n darllen neu'n ysgrifennu, a'r bechgyn, er bod eu llyfrau yn agored o'u blaenau, yn sisial yn ddiddiwedd. Gwyddwn o'r gorau mai myfi a John Beck oedd testun y sgwrsio. Os digwyddai i'r siarad fynd dipyn yn uchel, gwaeddai'r meistr nerth ei ben, 'Silence!' ac am ychydig o funudau byddai distawrwydd.

Am chwarter i un ar ddeg o'r gloch rhoddwyd gorchymyn inni fynd i chwarae, a neidiodd pawb ar eu traed gan ruthro allan fel defaid yn mynd drwy adwy. Curai fy nghalon yn gyflym wrth feddwl am yr hyn oedd i ddigwydd. Cyn i mi wybod dim bron, cefais fy hunan yn y buarth yn ymladd gyda John Beck. Gwnes fy ngorau (er bod) fy llygaid gan mwyaf o'r amser yn gaeedig, nid gan ddyrnodiau fy ngwrthwynebwr, ond gan ofn. Ni pharhaodd yr ornest yn hir, a llonnodd fy nghalon pan ddeallais fod popeth drosodd, a'm bod yn orchfygwr. Saethwyd braw i'm calon gan lais awdurdodol y Sowldiwr yn ein galw i'r ysgol. Yr oedd yn amlwg ei fod wedi gweld yr holl helynt.

Wedi inni fynd i'r ysgol, galwyd ar Rhys Lewis a John Beck at y ddesg. Dyma funudau ofnadwy, ond profodd Wil yn un â'i air. Daeth at y ddesg a dywedodd wrth y meistr mai Beck oedd wedi rhoi'r her i mi, a'm taro gyntaf. Gwadwyd hyn yn bendant gan Beck. Galwyd tyst arall, a

---

gan mwyaf: *mostly*
yn sisial: *whispering*
Gwyddwn o'r gorau: *I knew very well*, (gwybod)
nerth ei ben: *at the top of his voice*
rhoddwyd: *was given*, (rhoddi)
gorchymyn: *command*
adwy: *gap*
buarth: *yard*
dyrnodiau: *blows*
gwrthwynebwr: *opponent*
Ni pharhaodd: . . . *didn't last*, (parhau)

gornest: *contest*
llonnodd fy nghalon: *my heart leaped*
gorchfygwr: *conqueror*
Saethwyd braw: *Fear was shot*
awdurdodol: *authoritative*
helynt: *trouble*
profodd W yn un â'i air: *W proved to be as good as his word*
her: *challenge*
Gwadwyd hyn: *This was denied*, (gwadu)
tyst: *witness*

digwyddodd hwnnw fod yn elyn i Beck, a chadarnhaodd dystiolaeth Wil Bryan. Dywedodd yr hen Sowldiwr, (gan) mai hwn oedd y diwrnod cyntaf i mi fod yn yr ysgol, y gollyngai fi'n rhydd yn ddigerydd am y tro, ond câi Beck dair ffonnod.

Cydymdeimlwn yn fawr â Beck. Gosodwyd ef, druan, ar gefn yr hogyn cryfaf yn yr ysgol, a dinoethwyd rhan neilltuol o'i gorff. O flaen pob ffonnod, (dywedai'r) hen Sowldiwr,

'This is for fighting without reasonable cause (ffonnod); *this is for coming out of the fight the vanquished* (ffonnod); *and this for denying the true accusation against him* (ffonnod).'

Gorweddai euogrwydd mawr ar fy nghydwybod ac roedd arnaf frys am weld amser gwely, er mwyn imi gael gweddïo am faddeuant am bechodau'r diwrnod.

Ni ddigwyddodd dim neilltuol yn y prynhawn. A siarad yn gyffredinol, gallaf sicrhau bod pob bachgen yn cael mwy o ffonodiau nag o wersi. Digwyddodd un peth y diwrnod hwnnw a dawelodd lawer ar fy nghydwybod. Pan euthum adref i'm cinio, cefais ddimai gan berthynas imi am fy newrder yn mynd i'r ysgol. Ni chollais ddim amser cyn hysbysu John Beck am y digwyddiad hapus. Daeth yntau gyda mi i'r siop lle roedd y ddimeiwerth fawr i'w chael, a chafodd Beck y rhan orau o'r cyflaith.

---

gelyn: *enemy*

Cadarnhaodd: . . . *confirmed,* (cadarnhau)

tystiolaeth: *testimony*

y gollyngai fi: *that he'd let me,* (gollwng)

yn rhydd: *free*

yn ddigerydd: *without punishment*

câi B: *B would get,* (cael)

tair ffonnod: *3 cane strokes*

Cydymdeimlwn: *I sympathised,* (cydymdeimlo)

dinoethwyd: . . . *was stripped,* (dinoethi)

rhan neilltuol: *a particular part*

ffonnod: *blow with a stick*

euogrwydd: *guilt*

cydwybod: *conscience*

maddeuant: *forgiveness*

pechodau: *sins*

ffonodiau: *blows with a stick*

dimai: *halfpenny*

dewrder: *bravery*

cyn hysbysu: *before informing*

dimeiwerth: *halfpenny worth*

cyflaith: *toffee*

6: Materion Eglwysig

Y (peth) pwysicaf gan yr hen Sowldiwr oedd cael y geiniog, a'r nesaf oedd gwneud cansen gref yn yfflon ar ein cefnau a'n dwylo. Ni cheisiai byth greu ynom gariad at wybodaeth; yn hytrach, creodd atgasedd at bob math o addysg, ac ysfa annaturiol ymhob bachgen am fod yn ddigon cryf i roi curfa yn ôl iddo.

Ac eto yr oedd manteision yn ysgol Robyn y Sowldiwr. Bob prynhawn Gwener, byddai'r hen filwr yn dewis dau ohonom i fod yn weision iddo am yr wythnos ddilynol. Swydd y gweision hyn fyddai glanhau'r ysgoldy, cynnau tân, a negeseua. (Rhan o'r negeseua oedd) mynd yn aml i'r *Cross Foxes* i nôl cwrw i'r Sowldiwr, a hynny bob amser heb bres. Byddai'r gorchwyl yn un anghysurus iawn, oherwydd byddai'r hen Mrs Tibbett, y dafarnwraig, yn dwrdio'n ofnadwy, a byddai raid iddi bob amser ddangos i'r negesydd swm dyled yr Hen Sowldiwr. Fodd bynnag, yr oedd y bechgyn yn coleddu meddwl uchel am Mrs Tibbett, am ei bod yn dal yr un syniadau â hwy am yr Hen Sowldiwr.

Pan fyddai un yn was, ni ofynnid iddo edrych ar ei lyfr, ac yr oedd yn hollol rydd oddi wrth bob ceryddon. (Ni fyddai)

Materion Eglwysig: *Church Affairs*
cansen gref: *a strong stick*
yn yfflon: *in fragments*
cariad: *love of*
gwybodaeth: *knowledge*
yn hytrach: *rather*
creodd: *he created*, (creu)
atgasedd: *hatred*
ysfa: *urge*
annaturiol: *unnatural*
curfa: *a hiding*
manteision: *advantages*
gweision: *servants*
dilynol: *following*

negeseua: *run errands*
pres (GC): arian
gorchwyl: *task*
anghysurus: *uncomfortable*
dwrdio: *scolding*
negesydd: *messenger*
swm dyled: *total sum of the debt*
coleddu: *to cherish*
Pan . . . yn was: *When one was a servant*
ni ofynnid iddo: *he wasn't asked*, (gofyn)
ceryddon: *reprimands*

33

Wil Bryan a minnau (yn weision) yn fynych iawn, am y rheswm fod ein rhieni yn gapelwyr, ac mai anaml y byddem ni'n mynd i'r Eglwys.

Mynd i'r Eglwys ar fore Gwener y Groglith a fu'r achlysur i roi diwedd ar arhosiad Wil Bryan a minnau yn ysgol Robyn y Sowldiwr.

Bore'r Groglith oedd, ac oherwydd nad oedd gwasanaeth yn y capel, a bod y tywydd yn rhy wlyb inni fynd i chwarae, aeth Wil Bryan a minnau gyda'r plant eraill i'r Eglwys. Yr oedd yn yr hen Eglwys sedd fawr ddofn sgwâr, a oedd yn gallu dal tua ugain neu ragor o blant, ac i hon yr âi (plant) Robyn y Sowldiwr. Wedi cau drws y sedd ni allem weld hyd yn oed Mr Brown yn ei bulpud, ac ni allai neb o'r gynulleidfa ein gweld ni.

(Yr oedd) y sedd nesaf at hon (yn) hir a chul, ac yn hon yr eisteddai'r Sowldiwr, ac ef yn unig. Er mwyn cysur yr ysgolfeistr yr oedd twll yng ngwaelod sedd y Sowldiwr i (roi) lle i'w goes ymwthio drwodd pan fyddai ef yn eistedd, ac yr oedd blaen hon felly yn weledig yn sedd y bechgyn. Toc wedi i'r gwasanaeth ddechrau gwelwn Wil yn tynnu o'i (boced) gortyn main ond cryf. Yr oedd eisoes ar y cortyn gwlwm rhedeg wedi ei wneud yn barod. Aeth Wil ar ei liniau, a llithrodd y cwlwm yn esmwyth am flaen y goes bren. Yna parodd i mi gymryd gafael yn y cortyn, a dywedodd yn fy nghlust,

'Pan glywi di fo'n brathu, dal d'afael,' gan siarad am y goes bren fel petai'n bysgodyn.

Ni fûm i'n hir yn disgwyl i'r 'pysgodyn' frathu,

Gwener y Groglith: *Good Friday*
a fu'r achlysur: *was the occasion*
yr âi plant R: *to which R's children would go*, (mynd)
cynulleidfa: *congregation*
cysur: *comfort*
ymwthio drwodd: *push through*
yn weledig: *visible*
toc: *soon*

cortyn: *string*
eisoes: *yn barod*
cwlwm rhedeg: *slip knot*
llithrodd: *slipped*, (llithro)
esmwyth: *smoothly*
parodd i mi: *he caused me*, (peri)
brathu: *biting*
dal d'afael: *hold tight*
fel petai: *as if it*

oherwydd yn ôl trefn Eglwys Loegr, yr oedd yn bryd i'r gynulleidfa godi, a cheisiodd y Sowldiwr gydymffurfio, ond clywn ef yn syrthio ar ei sedd fel darn o blwm. Yn y sefyllfa hon y cadwasom ni ef drwy'r gwasanaeth. Ar y dechrau rhuai fel tarw ond boddwyd ei lais gan sain fawreddog yr organ. Daliodd Wil a minnau ein gafael yn y cortyn nes ein bod yn glasu yn ein hwynebau.

Yr oedd y rhan fwyaf o'r bechgyn yn mwynhau ein hystryw (ond) edrychai eraill mewn braw wrth feddwl am y canlyniadau. Pan oedd y gwasanaeth yn gorffen, gorchmynnodd Wil i John Beck gymryd ei gyllell a thorri'r cortyn. Wedi i Beck wneud hyn gwthiodd Wil y gweddill o'r cortyn i'w boced mewn eiliad. Pan oeddem ni'n mynd allan yn araf a difrifol iawn gwelem Mr Brown, ar ei ffordd i'r festri, yn edrych dros ymyl sedd y Sowldiwr, a chlywsom ef yn dweud,

'Holô! Robyn, fi meddwl chi ddim yma heddiw.' (Nid arhosom) i weld nac i glywed ychwaneg.

(Daeth) bore Llun, a rhaid oedd mynd i'r ysgol. Yr oedd y fath arswyd arnaf prin y gallai fy nghoesau fy nghario. A'r un modd y teimlai Beck. Wrth ein gweld mor ofnus, dywedodd Wil wrthym,

'Cheer up; mi ddaw yn well nag rydych yn ofni.'

Yr oedd y bechgyn i gyd yn bresennol, ac am unwaith yn ddistaw a llonydd. Yn y man, torrwyd ar y distawrwydd

---

trefn: ffordd
yn bryd: amser
cydymffurfio: *to conform*
clywn ef: *I would hear him*, (clywed)
plwm: *lead*
sefyllfa: *situation*
y cadwasom ef: *that we kept him*, (cadw)
rhuai fel tarw: *he roared like a bull*, (rhuo)
boddwyd ei lais: *his voice was drowned*, (boddi)
sain fawreddog: *majestic sound*

glasu: *getting blue*
ein hystryw: *our trick*
braw: ofn
canlyniadau: *consequences*
gorchmynnodd W: *W ordered*, (gorchymyn)
gweddill: *remainder*
eiliad: *second*
arswyd: ofn mawr
prin y gallai fy nghoesau: *my legs could hardly*, (gallu)
yr un modd: yr un peth
yn y man: cyn bo hir

35

gan sŵn coes bren yr Hen Sowldiwr. Aeth yr hen *warrior*, fel y galwai Wil ef, yn syth at y ddesg, a dywedodd ei bader fel arfer. Cyn gynted ag y dywedodd yr Amen, edrychodd pob llygad tuag ato, a gwelwn ef yn tynnu allan o'r ddesg gansen newydd gref. Edrychodd fel gwaetgi ar Wil Bryan, a phrysurodd ei gamau tuag ato. Neidiodd Wil ar ei draed. Petrusodd y Sowldiwr am foment, ond y foment nesaf prysurodd yn ei flaen â'i wyneb yn welw gan gynddaredd. Pan oedd o fewn dwylath i Wil cododd y gansen, ond cyn iddo gael amser (i'w daro), gafaelodd (Wil) yn ffyrnig yn ei goes bren, tynnodd hi ato a thrawodd ei ben yn erbyn stumog yr Hen Sowldiwr. (Cwympodd ef) i'r llawr yn un talp. Trodd Wil ar ei sawdl a cherdded yn hamddenol tua'r drws. Pan oedd Wil yn mynd drwy'r drws amneidiodd arnaf i a Beck i'w ddilyn. Gwrthodais wneud hynny, oherwydd am y (tro) cyntaf meddyliais ei fod yn fachgen drwg. Bu Beck yn gallach na mi a dihangodd am ei fywyd.

Am beth amser yr oedd y Sowldiwr wedi ei syfrdanu. Y foment nesaf roedd ei gansen yn fy nhorri bob ffordd—ar draws fy mhen, fy nghefn, fy nwylo, fy nghoesau, a phobman ar fy nghorff. Aeth yn nos dywyll arnaf, a chollais bob ymwybyddiaeth. Pan enillais fy synnwyr gwelwn ddau neu dri o'r bechgyn yn sefyll wrth ddrws agored yr ysgoldy, ac yn edrych yn frawychus iawn. Yr oedd John Beck yn un ohonynt. Gwaeddais arno, a phan ddeallodd fy mod yn fyw, rhedodd ataf a chododd fi ar fy eistedd. Wedi i Beck fy rhoi i eistedd, er fy syndod, gwelwn yr Hen Sowldiwr ar ei gefn ar

---

pader: gweddi
Cyn gynted: *as soon*
gwaetgi: *bloodhound*
Petrusodd y Sowldiwr: *The old warrior hesitated*, (petruso)
yn welw: *pale*
gan gynddaredd: *with rage*
dwylath: *two yards*
yn ffyrnig: *ferociously*
yn un talp: *in one heap*

sawdl: *heel*
amneidiodd: *he gesticulated*, (amneidio)
yn gallach: *wiser*
dihangodd: *he fled*, (dianc)
wedi ei syfrdanu: *was astounded*
ymwybyddiaeth: *consciousness*
yn frawychus: wedi cael ofn mawr
er fy syndod: *to my amazement*

lawr â'i wyneb wedi glasu, a Bob fy mrawd yn ei ddillad gwaith a chyn ddued â'r gloyn, ar ei liniau ar ei frest, ac yn ei dagu.

Ymddengys fod Beck, ar ôl dianc allan, wedi aros wrth y drws i wrando, ac i weld beth a ddeuai ohonof fi. Deallodd yn fuan fy mod yn ei 'chael hi'. Pwy (oedd yn mynd) heibio, wedi bod yn gweithio stem y nos, ond Bob fy mrawd. Gwaeddodd Beck arno fod yr Hen Sowldiwr yn fy lladd. Rhuthrodd Bob i'r ysgoldy, a daliodd Bob y meistr yn fy nghuro pan oeddwn yn hollol anymwybodol, a rhuthrodd arno fel gwallgofddyn.

Wel, yr oedd Bob a minnau a Wil Bryan yn 'blant seiat' ac nid oedd yn bosibl i ddigwyddiad fel hwn fynd heibio heb sylw arno.

---

glasu: troi'n las
cyn ddued â: *as black as*
gloyn: darn o lo
yn ei dagu: *choking him,* (tagu)
Ymddengys: *It appears,*
  (ymddangos)
beth a ddeuai: *what would become,*
  (dod)

yn ei 'chael hi': *having a hiding*
stem y nos: *night shift*
anymwybodol: *unconscious*
gwallgofddyn: *madman*
digwyddiad: *incident*
heb sylw: *without attention being*
  drawn to it

7: Y Pwnc o Addysg

(Ni ofynnodd Bob) imi pa ddrwg a wneuthum i haeddu fy nghuro mor dost gan y meistr, ond dyna oedd cwestiwn cyntaf fy mam. O'r braidd y gallodd Bob fy arbed rhag cael curfa arall. Fodd bynnag, pan aeth fy mam i chwilio a chanfod y gwrymiau cochion ar bob rhan o'm corff, newidiodd ei thôn yn rhyfeddol.

Ond yr oeddwn i'n synnu ei bod hi'n beio cyn lleied ar y Sowldiwr. Nid wyf yn synnu heddiw oherwydd ei hamcan oedd argraffu ar fy meddwl fy mod yn haeddu'r cerydd. Yr ymadrodd mwyaf cysurlon a ddisgynnodd ar fy nghlustiau oedd fy mod wedi cael llawn digon o ysgol—fy mod wedi bod dan addysg am agos i flwyddyn gron, a'i bod yn hen bryd imi feddwl am ddechrau gwneud rhywbeth. Dywedodd fy mam unwaith ac eilwaith fod gormod o addysg yn difetha plant, ac wedi arwain ambell un i'r grocbren. Ychwanegodd na chafodd hi erioed ddiwrnod o ysgol (heblaw) Ysgol Sul, ac na wariwyd ceiniog ar addysg fy nhaid a'm nain, a'u bod hwy'n gwybod 'be oedd be'.

(Gwisgodd fy mam) ei chlog a'i bonet fawr, ac aeth allan. Edrychodd Bob drwy'r ffenestr i weld i ba gyfeiriad yr oedd hi'n mynd, a dywedodd,

'Rhys, mae mam, wel di, yn mynd i roi'r Sowldiwr drwy'r *drill*.'

Pan ddychwelodd yr oedd yn dawelach ond yn llawer

---

pa ddrwg: *what mischief*	yn beio: *blaming*
haeddu: *to deserve*	cyn lleied: *so little*
O'r braidd: *hardly*	argraffu: *to impress*
y gallodd B fy arbed: *that B saved*	mwyaf cysurlon: *most comforting*
me, (gallu)	blwyddyn gron: blwyddyn gyfan
curfa: *a hiding*	yn difetha: *spoiling*
canfod: *to discover*	crocbren: *gallows*
gwrymiau: *weals*	na wariwyd ceiniog: *not a penny*
tôn: *tune*	*was spent,* (gwario)
yn rhyfeddol: *remarkably*	clog: *cloak*

mwy trist a gofidus. Wedi iddi ddadwisgo ei chlog a'i bonet, (eisteddodd) i lawr a sychu ei llygaid â'i ffedog.

'Bob,' ebe fy mam, '(heblaw) y brofedigaeth ges i efo dy dad, dyma'r diwrnod mwya trist 'rioed. Roeddwn wedi gobeithio pethe gwell amdanat ti. Y gelyn ddyn a wnaeth hyn.'

Er bod cadair yn ei ymyl, yr oedd Bob â'i gefn yn pwyso ar bost y pentan.

'Wel, mam, beth sydd rŵan? Mae'r gelyn ddyn neu Satan bob amser yn eich blino, a gallai un feddwl oddi wrth eich siarad nad yw'r hen frawd hwnnw'n cael hamdden i feddwl nac i sylwi ar neb ond arnom ni fel teulu.'

'Bob,' ebe fy mam, 'mae'n ddrwg gen i dy glywed di'n siarad mor ysgafn am bethau mor bwysig. Rydw i wedi deud a deud lawer gwaith y byddai'r papur newydd 'na, sydd â'i hanner yn gelwydd, yn dy ddifetha'n sicr. Ac eto mi fynni fod â dy ben ynddo o hyd yn lle bod yn darllen dy Feibl. Mae gan bawb ei bapur newydd a'i lyfr Saesneg. A beth yw'r canlyniad? Cenedl ddiofn-Duw, falch, yn gwybod mwy am bob lleidr nag am y lleidr ar y groes, ac am bob marwolaeth nag am y farwolaeth oedd yn fywyd i'r byd.'

'Mae'r oes yn mynd yn ei blaen, mam,' ebe Bob, 'ac ni wiw ichi feddwl i bethau aros fel roedden nhw pan oeddech chi'n hogen.'

'Yn 'i blaen!' ebe fy mam mewn llais uchel. 'I ble mae hi'n mynd, tybed? Ydy hi'n mynd i'r nefoedd, os gwn i? Mae'n well gynnyn nhw rŵan fynd i'r consyrt a'r cyfarfod cystadleuol i guro traed ac i weiddi "Hwrê" ac "enco", ar ôl cân ddigri, nag i'r bregeth i weiddi "Haleliwia" a "Gogoniant".'

---

gofidus: *worried*
ffedog: *apron*
profedigaeth: *bereavement*
gelyn ddyn: diafol, *devil*
pentan: *mantlepiece*
eich blino: *worry you*
dy ddifetha: *destroy you*
mi fynni: *you insist*
canlyniad: *consequence*

cenedl: *nation*
diofn-Duw: *without the fear of God*
balch: *proud*
yn mynd yn ei blaen: *going ahead*
ni wiw ichi: *does dim pwynt i chi*
yn hogen: yn hogan/yn ferch
cystadleuol: *competitive*
digri: digrif, *funny*

39

'Rhaid ichi gyfaddef, mam,' ebe Bob, 'fod mwy o wrando'r Efengyl nawr nag a fu erioed; bod mwy o weinidogion yn pregethu'r Efengyl yng Nghymru nag a fu erioed o'r blaen.'

'Gwir a ddywedaist, Bob,' atebodd fy mam, 'fod mwy o wrando; ond oes mwy o gredu? Mae lle i ofni fod crefydd y dyddie hyn yn fwy o ffasiwn nag o fater bywyd. Mae llawer yn dod i'r capel, nid i geisio gweld yr Iesu, ond i gael eu gweld gan eraill. Mae ein cynulleidfa yn amal yn debycach i ardd flode nag i bobl wedi dod i wrando'r Efengyl. Ac mi ddeuda i beth arall: ai y papur newydd a'th ddysgodd i guro hen ŵr wedi colli aelod wrth ymladd dros ei wlad? Ddisgwyliais i erioed y baset ti, bachgen na chafodd ddiwrnod o addysg, yn dwyn gwarth ar yr achos, a chywilydd i wyneb dy fam. Dos i ymofyn pardwn yr hen ŵr ar unwaith, rhag dy gywilydd.'

'Ymofyn ei bardwn?' ebe Bob. 'Byth! Os oeddwn wedi gwylltio tipyn, wnes i ond fy nyletswydd.'

'Bob,' ebe fy mam, 'mae dy galon wedi caledu. Mae'n dda gen i erbyn hyn fy mod i wedi galw efo Abel Hughes i ddeud yr hanes wrtho cyn i neb arall ddeud, a'i annog i gael sgwrs â thi yn y seiat nos yfory. Os ydy pobol am gelu anufudd-dod a drygioni eu plant, dydw i ddim. Gweddia am ras, 'y machgen i,' a dechreuodd wylo, a chladdu ei hwyneb yn ei ffedog, a fyddai bob amser yn rhoi diwedd ar Bob.

---

cyfaddef: *admit*
Efengyl: *gospel*
nag a fu erioed: *than ever before*
cynulleidfa: *congregation*
yn debycach: *more like*
ai . . . i: h.y. *was it*
aelod: *limb*
yn dwyn gwarth: *bringing disgrace*
achos: h.y. y capel
cywilydd: *shame*
ymofyn: *to seek*

pardwn: *pardon*
rhag dy gywilydd: *shame on you*
dyletswydd: *duty*
a'i annog: *and urge him*
am gelu: *want to conceal*
anufudd-dod: *disobedience*
drygioni: *wickedness*
Gweddïa am ras: *Pray for grace*
claddu: *to bury*
rhoi diwedd ar Bob: h.y. *silencing Bob*

8: Wil Bryan ar Natur Eglwys

Wedi bod agos i ddiwrnod a noson yn fy ngwely, nid oeddwn fawr gwell pan godais. Rywbryd yn ystod y dydd, deallais fod Wil Bryan a John Beck yn sefyllian yn agos i'n tŷ ni, ac yn awyddus i fy ngweld. Tra bu fy mam yn pobi torth, euthum allan yn ddistaw. Yn ystod y sgwrsio gwnes i ddau sylw a effeithiodd yn fawr arnynt. Un sylw oedd fod fy mam wedi dweud fy mod wedi cael llawn digon o ysgol. Edrychodd y ddau arnaf yn anghrediniol a chenfigennus, ac fel petaent yn methu sylweddoli fod y fath hapusrwydd yn bosibl. Nid oedd eu syndod yn llai pan hysbysais hwy fod achos Bob a minnau a Bryan i gael ei ddwyn o flaen y seiat y noson honno. Nid oedd gan Beck fel Eglwyswr syniad clir iawn am y termau 'seiat' a 'dwyn o flaen y seiat'.

'Wel,' ebe (Wil), 'seiat ydy lot o bobol dda yn meddwl eu bod nhw'n ddrwg, ac yn cyfarfod â'i gilydd bob nos Fawrth i feio ac i redeg eu hunain i lawr.'

'Dydw i ddim yn dy ddallt di,' ebe Beck.

'Wel,' ebe Wil, 'edrycha arno fel hyn. Rwyt ti'n nabod yr hen Mrs Peters, ac rwyt ti'n nabod mam Rhys. Mae pawb yn gwybod 'u bod nhw'n ddwy ddynes dda a duwiol. Wel, maen nhw'n mynd i'r seiat, ac mae Abel Hughes yn mynd atyn nhw, ac yn gofyn be sy ar 'u meddwl nhw. Maen nhw yn deud eu bod nhw yn ddrwg iawn, ac yn euog o wn i ddim faint o bethe, ac mi fydd Mrs Peters yn amal yn deud hynny gan grio. Ar ôl hynny, mi fydd Abel yn deud nad

---

fawr gwell: *much better*
sefyllian: *hanging about*
yn awyddus: *eager*
sylw: *remark*
yn anghrediniol: *incredulously*
cenfigennus: *envious*
fel petaent: *as if they*
hysbysais hwy: *I informed them,*
  (hysbysu)

i gael ei ddwyn: *to be brought*
beio (eu hunain): *blaming*
  themselves
dallt (GC): *deall*
dynes: *woman*
duwiol: *religious*
euog: *guilty*
wn i ddim faint: h.y *goodness*
  knows how many

ydyn nhw ddim mor ddrwg ag maen nhw'n meddwl, ac yn rhoi cyngor iddyn nhw, ac yn deud lot o adnode.'

'Does dim byd fel 'na yn yr Eglwys,' ebe Beck.

'Dyna lle mae'r gwahaniaeth rhwng yr Eglwys a'r capel,' ebe Wil. 'Rydach chi, bobol yr Eglwys yn meddwl eich bod chi'n dda a chithe'n ddrwg, a phobol y capel yn meddwl 'u bod nhw'n ddrwg a nhwthe'n dda. Dyna'r Hen Sowldiwr. Mi wyddost o'r gore fod o'n cymryd ei gymun ar fore Sul i blesio Mr Brown, a nos Sul mi fydd yn y *Cross Foxes* yn potio nes bydd o'n rhy ddall i weld y ffordd adre. 'Tase fo yn y capel, wel di, mi fase yn cael y *kick out* yn syth. Ond pryd y gwelest ti neb yn cael 'i dorri allan o'r Eglwys?'

(Nid oedd ateb gan) Beck ac felly aeth Bryan ymlaen i esbonio beth a olygid wrth 'ddwyn o flaen y seiat'.

'Pan fydd rhywun sydd yn perthyn i'r seiat wedi gneud drwg, mi fydd rhywun arall yn union yn mynd at y blaenoriaid i glepian arno fo, ac yn y seiat ar ôl hynny mi fydd Abel Hughes yn 'i alw fo i gownt. Os bydd (y person) yn edifeiriol, yn rhoi'r bai ar Satan, ac yn deud na wnaiff o byth eto, mi fyddan yn madde iddo fo. Ond os bydd (y person) yn gwrthod deud dim byd, mi fyddan yn 'i atal o'r cymun am dri mis neu fwy, neu'n ei dorri allan o'r seiat. Does dim llawer o *harm* yn y peth, wyddost, ond 'i fod o'n dipyn o foddar. Mi fase'n dda gen i beidio mynd i'r seiat heno ond rhaid imi fynd, neu mi fydd acw *row*.'

Yr oedd yno gynulliad anarferol o fawr yn y seiat y noson

---

cyngor: *advice*
adnode/adnodau: *(Biblical) verses*
nhwthe: hwy
Mi wyddost o'r gorau : Rwyt ti'n gwybod yn iawn
cymun: *communion*
plesio: *to please*
potio: yfed cwrw yn drwm
dall: *blind*
esbonio: *explain*
beth a olygid: *what was meant*, (golygu)
yn union: *yn syth*

blaenoriaid: *deacons*
clepian: *carrying tales*
yn 'i alw fo i gownt: *calling him to account for*
yn edifeiriol: *repentant*
na wnaiff o: *that he won't do*
byth eto: *ever again*
madde/maddau: *to forgive*
atal: cadw allan
boddar: *bother*
cynulliad: *assembly*
anarferol: *unusually*

42

honno. Eisteddai Wil Bryan a minnau yn ymyl ein gilydd yng nghanol y plant. Dechreuwyd y cyfarfod gan Thomas Morgan a phan oedd yn gweddïo, sisialodd Wil yn fy nghlust,

'Os gwnân nhw ofyn rhywbeth i ni, gad inni ddeud na wnawn ni byth eto, ac maen nhw'n siŵr o fadde inni.'

Gwrandawyd ar y plant yn adrodd eu hadnodau gan Abel Hughes, a phan ddaeth at Bryan a minnau, aeth heibio heb ofyn am ein hadnod. Yr oedd y storm yn dechrau. Wedi i Abel Hughes orffen gyda'r plant, dywedodd Thomas Morgan air yn gyffredinol. Ar ôl hyn ymgynghorodd Abel â Thomas Bowen. Clywais Abel yn dweud, 'Gwnewch chi, Thomas', a Thomas yn dweud, 'Na, gwnewch chi, Abel'.

Gwelaf Abel yn ei gap melfed yn codi ar ei draed, ac yn edrych yn ddifrifol a chynhyrfus. (Soniodd) am 'achos anhyfryd'—am 'blant y seiat yn ymddwyn fel plant y byd'. Siaradodd yn hir a hallt, ac yna enwodd Bob fy mrawd, a minnau a Bryan, fel y troseddwyr.

Yna cododd Thomas Bowen ar ei draed yn sydyn, a dywedodd rywbeth (tebyg i hyn):

'Frodyr, plant ydy plant, ac mae eisiau inni gofio ein bod ni i gyd wedi bod yn blant. Mae'n ddrwg iawn gen i am yr helynt, ac mae Abel Hughes wedi gwneud yn burion wrth ddwyn y peth i sylw. Ond be fedrwn ni wneud ond rhoi gair o gyngor i'r bechgyn druain? Cofiwch, frodyr, dydw i ddim yn sôn am Roberts Lewis rŵan: mae o mewn oed a synnwyr, ond am William Bryan a Rhys Lewis, maen nhw

---

sisialodd W: W whispered, (sisial)
gad inni: let us, (gadael)
na wnawn : that we won't do (it),
  (gwneud)
yn adrodd: reciting
ymgynghorodd A . . .: A . . .
  consulted,
difrifol: serious
cynhyrfus: agitated
anhyfryd: unpleasant
yn ymddwyn: behaving

hallt: severe
troseddwyr: transgressors
helynt: trouble
yn burion: yn iawn
wrth ddwyn: by bringing
be fedrwn ni wneud ond: what we
  can do but, (medru)
gair o gyngor: a word of advice
mewn oed a synnwyr: h.y. he
  should know better

dan oed—yn ifainc ac yn wirion, a bechgyn clên ydyn nhw hefyd. Pwy sy'n deud eu hadnod yn well na William a Rhys? Oes gynnat ti rwbath i ddeud, William, 'y machgen i?'

'Wna i byth eto,' ebe Wil.

'Da 'machgen i,' ebe Thomas. 'Ydy hi'n ddrwg gynnat ti am y peth ddaru ti wneud?'

'Ydy,' ebe Wil, ac ar yr un pryd pinsiodd fi mor dost yn fy nghoes fel na allwn beidio ag wylo.

'Wyt tithe yn deud yr un peth, Rhys?' gofynnodd Thomas. 'Ond o ran hynny, does dim eisiau gofyn i Rhys— mae Rhys â'i ddagrau yn lli. Abel Hughes, ydych chi'n clywed be mae'r bechgyn yn ddeud? Mae'n ddrwg gynnyn nhw am y peth, ac maen nhw'n deud na wnân nhw byth eto. Beth ydym i wneud â'r bechgyn, Abel Hughes?'

'Gwnewch fel y mynnoch â nhw,' ebe Abel Hughes.

'Wel, frodyr,' ebe Thomas, 'fedrwn ni wneud dim yn well â'r bechgyn na rhoi gair o gyngor iddynt, a'u gollwng i fynd adre, gan fod gennym achos arall pwysicach.'

Wedi i Thomas Bowen roi cyngor da a charedig inni, dywedodd wrthym am fynd adref yn blant da.

Ym mur ochr yr hen addoldy roedd drws yn agor i risiau'r *gallery*. Deallais mewn amrantiad beth oedd bwriad Wil. Agorodd y drws yn ddistaw, a chaeodd ef yr un modd. Yn y tywyllwch dywedodd,

'I fyny â ni rŵan cyn ddistawed â llygod.'

Ac felly yr aethom, Wil yn arwain, nes cyrraedd sêt y cloc.

---

yn wirion: *naive*

clên (GC): *nice*

Wna i byth eto: *I won't do (it) ever again*

ddaru ti wneud (GC): *a wnest ti*

pinsiodd fi: *he pinched me*, (pinsio)

fel na allwn beidio: *so that I couldn't stop*

Ond o ran hynny: *if it comes to that*

â'i ddagrau yn lli: *with his tears flowing*

na wnân nhw: *that they won't, (gwneud)*

Gwnewch . . .: *Do as you wish with them*

a'u gollwng: *and allow them*

Ym mur ochr: *in the side wall*

addoldy: *capel*

mewn amrantiad: *in a twinkling*

yr un modd: *the same manner*

cyn ddistawed â llygod: *as quiet as mice*

Yn y fan hon y buom yn gwrando ar holl achos Bob yn cael ei drin. Anghofiaf i byth yr hanner awr honno yn sêt y cloc. Teimlwn yn ddig wrth Bryan. Pan oedd achos Bob yn cael ei drin, roedd Wil yn torri ei enw â'i gyllell ar y sêt ac yn gwneud sylwadau ar Bob a fyddai'n siarad.

Gwelwn ers meityn beth fyddai diwedd yr ymdriniaeth, a meddyliwn y fath ergyd ofnadwy a fyddai i mam, oblegid nid oedd hi wedi dychmygu am Bob yn cael ei ddiarddel. Ond nid oedd dim arall i fod tra oedd ef yn dal i ddweud y gwnâi'r un peth eto o dan yr un amgylchiadau.

Dywedodd Wil Bryan lawer gwaith fod Bob 'yn ei misio hi. Petai o yn rhoi'r bai ar Satan, ac yn deud na wnâi byth eto, mi fyddai yn *all right*; ond os aiff o ymlaen fel yna, mae'n siŵr o gael y *kick out.*'

Daeth proffwydoliaeth Wil yn ffaith. Gwnaeth Thomas Morgan ei orau i gael Bob i syrthio ar ei fai, ond ni lwyddodd, a'r un modd y gwnaeth Abel Hughes gyda'r un canlyniad. Yr oedd rhaid i'r swyddogion wneud eu dyletswydd, a phan oedd Abel Hughes ar ei draed yn gofyn (am) yr arwydd i ddiarddel Bob yr oedd llais yr hen ŵr yn grynedig, â'i eiriau yn glynu yn ei wddf. Rhoddwyd yr

---

yn cael ei drin: *being discussed*
Anghofiaf i byth: *I shall never forget*, (anghofio)
Teimlwn yn ddig: *I felt annoyed*, (teimlo)
yn gwneud sylwadau: *making comments*
Gwelwn: *I (could) see*, (gweld)
yr ymdriniaeth: *the discussion*
meddyliwn: *I thought*, (meddwl)
y fath ergyd ofnadwy: *such a terrible blow*
dychmygu: *to imagine*
diarddel: torri allan (o'r capel)
y gwnâi'r un peth: *that he'd do the same thing*

amgylchiadau: *circumstances*
yn ei misio hi: *missing it*
yn rhoi'r bai ar: *putting the blame on*
os aiff: *if he'll go*, (mynd)
proffwydoliaeth: *prophecy*
i syrthio ar ei fai: *to admit he was at fault*
ni lwyddodd: *he didn't succeed*
canlyniad: *result*
swyddogion: *officials*
dyletswydd: *duty*
diarddel: h.y. *suspend membership*
yn grynedig: *trembling*
yn glynu: *sticking*

arwydd, ac nid oedd Bob mwy yn aelod gyda'r Methodistiaid Calfinaidd.

Wel, a fuasai'r eglwys wedi diarddel Bob petai wedi gwybod y canlyniadau?

---

a fuasai'r eglwys wedi: *would the church have*

diarddel: *to excommunicate*

petai wedi gwybod: *if it had known*

y canlyniadau: *the consequences*

9: Ar yr Aelwyd

Yr wyf yn cofio bod y swper wedi ei baratoi ers meityn cyn (i Bob) ddychwelyd. Dim ond ar ôl ei gymell yn fawr y daeth Bob at y bwrdd, a sylwais yn fuan nad oedd ef na'm mam yn gwneud fawr o'u hôl arno. Ar ôl swper aeth at ei lyfr, a chlosiodd fy mam ei chadair at y tân.

'Wel, 'machgen i,' ebe hi yn y man, 'noson go ofnadwy ydy hon yn dy hanes di a minne. Er tloted ydw i, mi fase'n well gen i na chan punt 'tasai'r hyn gymerodd le heno heb ddigwydd.'

'Dydw i ddim yn gweld, mam, pam bod rhaid ichi edrych ar yr hyn a gymerodd le heno yn y ffordd 'na. Wnaiff hynny ddim newid dim ar yr hyn ydw i o ran fy nghymeriad.'

'Bob,' ebe fy mam, 'rydw i'n gobeithio nad wyt ti ddim yn meddwl y peth wyt ti'n ei ddeud. Rwyt ti'n deud cymaint o bethe yn ddiweddar, er pan wyt ti'n codlo efo'r hen lyfre Saesneg 'na.'

'Mam,' ebe Bob, 'mae'n fil gwell gennyf gael fy niarddel o'r eglwys am ddwuned y gwir na chael fy ngoddef ynddi am ddeud yr hyn nad wyf yn ei gredu nac yn ei deimlo.'

'Beth, fy machgen i?' ebe fy mam, 'Dwyt ti ddim yn rhoi pris ar fod yn aelod eglwysig?'

'Nac ydw,' ebe Bob, 'os oes rhaid imi brynu fy aelodaeth

Ar yr Aelwyd: yn y tŷ
ers meityn: ers llawer o amser
dychwelyd: dod yn ôl
ar ôl ei gymell yn fawr: *after he had been greatly coaxed*
fawr o'u hôl: *not making much of their mark (on the food)*
closiodd fy mam: *my mother drew close*, (closio)
Er tloted ydw i: *However poor I am*
Wnaiff hynny ddim newid: *That will not change*, (gwneud)

dim: *anything*
yr hyn ydw i: *that what I am*
o ran fy nghymeriad: *characterwise*
yn codlo: *bothering with*
yn fil gwell: *a 1000 times better*
cael fy niarddel: *for me to be thrown out*
na chael fy ngoddef: *than to be tolerated*
aelodaeth: *membership*

drwy ragrithio. Chlywsoch chi erioed mohonof o'r blaen yn siarad amdanaf fy hun, nac yn grwgnach. Mi wyddoch (na ches i) ddiwrnod o ysgol. Anfonwyd fi i'r gwaith glo pan ddylaswn fod yn yr ysgol, ac roeddwn yn golier profiadol cyn bod yn un ar bymtheg oed. Dydw i ddim yn canmol fy hun, ond gwyddoch, er pan fu'r helynt efo fy nhad, fy mod wedi gweithio'n galed, a gwneud fy ngorau i gadw cartref i chi a Rhys. Dydw i erioed wedi gwario ceiniog ar oferedd, ond eu defnyddio i brynu llyfrau neu eu rhoi ar lyfr yr eglwys. Wrth weld fy mrawd yn cael cam a'i guro yn ddidrugaredd, gwneuthum yr hyn a fasai pob un â gronyn o ddynoliaeth ynddo yn ei wneud. Ond roedd hyn yn bechod mawr yng ngolwg y seiat.'

'Wyddost ti be?' ebe fy mam, 'rwyt ti'n swnio yn debyg iawn i ddyn hunangyfiawn. Rydw i wedi dy ddowtio di ers tro fod rhyw syniade yn cael lle yn dy galon na chest ti mohonyn nhw yn y Beibl, ac mae hynny wedi costio lawer noson o gwsg imi.'

'Y chi, mam,' ebe Bob gyda theimlad, 'sydd yn fy adnabod orau o bawb. Rhaid fy mod yn hynod mewn drygioni gan fod fy mam fy hun yn coleddu meddwl mor isel amdanaf.'

'Fel bachgen da wrth ei fam, ni fu dy well. Mae gen i ddiolch mawr i ti, ac i'r Brenin Mawr, am dy garedigrwydd yn gweithio mor galed i gadw cartre i dy fam a dy frawd.

---

drwy ragrithio: *by practising hypocrisy*
Chlywsoch chi erioed: *You have never heard,* (clywed)
yn grwgnach: *grumbling*
pan ddylaswn fod: *when I should be*
yn canmol: *praising*
gwyddoch: rydych chi'n gwybod
helynt: *trouble*
oferedd: *frivolity*
yn cael cam: *being wronged*

yn ddidrugaredd: *without mercy*
â gronyn: *with a grain*
dynoliaeth: *humanity*
pechod: *sin*
yng ngolwg: *in the sight of*
hunangyfiawn: *self-righteous*
dy ddowtio: *doubting you*
yn hynod mewn drygioni: *full of wickedness*
coleddu: h.y. *holds*
ni fu dy well: *there has never been anyone better than you*

48

Ond am dy enaid di yr ydw i am sôn rŵan. Dydy o fawr o bwys a gaf fi damaid ai peidio; ond mae o anfeidrol bwys, fy machgen annwyl, fod dy enaid di a minne dan ofal Ysbryd Duw. Mae dy weld mor ddidaro am gael dy ddiarddel yn torri fy nghalon.'

'Gwaith yr eglwys oedd barnu ai allan ai i mewn roeddwn i fod; yr eglwys ddarfu fy niarddel, nid y fi,' ebe Bob.

'Nage, fy machgen,' ebe fy mam, 'dy waith di yn gwrthod edifarhau ac addef dy bechod a wnaeth i'r eglwys dy dorri allan. Sawl gwaith y daru Thomas Bowen grefu arnat heno i syrthio ar dy fai, a thithau yn gwrthod?'

'Fedra i ddim cydymffurfio ag opiniynau pobl hen-ffasiwn pan fydd fy syniad i fy hun yn groes i hynny,' ebe Bob.

'Ffasiwn ydy edifeirwch, wel di, y bydd rhaid i ti gydymffurfio â hi, neu ei di byth i'r bywyd. Does gen i ond gweddïo, fy machgen, am i Ysbryd Duw ymweld â dy enaid.'

A dechreuodd fy mam wylo, a byddai hynny bob amser yn rhoi terfyn ar wrth-ddadleuon Bob.

---

enaid: *soul*
Dydy o fawr o bwys: *It isn't of great importance*
tamaid: *a bite to eat*
ai peidio: *or not*
o anfeidrol bwys: *of infinite importance*
mor ddidaro: *so unconcerned*
am gael dy ddiarddel: *to be relieved of your chapel membership*
barnu: *to judge*
ai: *whether*

yn gwrthod: *refusing*
edifarhau: *to repent*
addef: *confess*
y daru TB grefu arnat: *that TB begged you*
cydymffurfio: *to conform*
yn groes: *totally opposed*
edifeirwch: *repentance*
ei di byth: *you'll never go*, (mynd)
bywyd: h.y. *eternal life*
terfyn: *end*
gwrth-ddadleuon: *objections*

49

10: Seth

Rhaid imi sôn ychydig am Seth y bachgen gwirion, gan iddo ef ffurfio cyfnod yn fy hanes. Pobl syml a diniwed oedd ei rieni, yn byw mewn tŷ bychan twt, dipyn allan o'r dref. *Cobbler* oedd Thomas Bartley, tad Seth. Edrychid yn gyffredin ar Thomas a Barbara Bartley heb fod yn ben llathen; o ganlyniad—Seth. Ni fedrai Thomas na Barbara lythyren ar lyfr, ac nid âi'r naill na'r llall byth i gapel nac eglwys heblaw ar ddydd cyfarfod diolchgarwch. Yr oedd y ddau yn hynod ddiniwed a hapus.

Yr wyf yn credu (bod Seth) yn berffaith ddiniwed, ac yr oedd ganddo galon hynod o garedig a thyner. Mewn gwirionedd, plentyn ydoedd, er ei fod o ran maintioli yn ŵr. Yr oedd pawb yn y gymdogaeth yn adnabod Seth. Ychydig o amser a dreuliai gartref. Yr oedd Seth rywfodd yn gallu bod yn hapusach ym mhobman nag yn nhŷ ei dad a'i fam. Os byddai helynt yn y dref, un o'r rhai cyntaf a welwn fyddai Seth. Os byddai tŷ ar dân, yno hefyd yr oedd Seth. Ymhob cyfarfod pregethu, cyngerdd a darlith, yr oedd Seth yn un o'r gynulleidfa, oblegid yr oedd ganddo drwydded i fynd i bobman. Byddai yn y capel yn gyson, a byddai'n gwrando'n astud ar bob gair, ond ni thybiai neb ei fod yn deall dim.

---

gwirion: *naive*
gan iddo ef ffurfio: *since he formed*
cyfnod: *a period*
diniwed: *innocent*
dipyn: h.y. *quite a distance*
Edrychid: *(People) looked*
heb fod yn ben llathen: *not quite all there*
Ni fedrai . . . lythyren: h.y. Doedd . . . ddim yn gallu ysgrifennu
nid âi'r naill na'r llall: *neither one nor the other used to go,* (mynd)

cyfarfod diolchgarwch: *thanksgiving service*
yn hynod ddiniwed: *remarkably naive*
o ran maintioli: *in size*
yn ŵr: *a man*
cymdogaeth: *neighbourhood*
a dreuliai: *he would spend,* (treulio)
darlith: *lecture*
trwydded: *licence*
yn astud: *intently*
ni thybiai neb: *no one thought,* (tybio)

Deuai i'r seiat plant yn gyson ac adroddai ei adnod fel y gwnâi'r plant eraill. Yr un adnod fyddai ganddo yn ddieithriad: 'Iesu Grist ddoe a heddiw yr un, ac yn dragywydd.' Methodd fy mam a minnau ac eraill â chael allan pwy oedd wedi ei dysgu iddo.

Yr oedd Seth a minnau'n gyfeillion mawr. Wn i ddim beth a barodd iddo gymryd ataf mor fawr. Wrth gofio mor wannaidd ei iechyd oedd, mae arnaf gywilydd wrth feddwl pa mor aml y byddai'n geffyl imi. Yr wyf yn sicr iddo fy nghario ar ei gefn ugeiniau o filltiroedd, a hynny'n hollol ddirwgnach. Pan gâi Seth ddimai neu geiniog ymgynghorai â mi bob amser pa beth i'w wneud â hi, a'm cyngor fyddai yn ddieithriad—ei gwario.

Sylwais un diwrnod fod Seth yn edrych yn wael iawn, ac yn pesychu'n dost, ac yn hollol ddifater am chwarae. Drannoeth ni ddaeth Seth allan o'r tŷ. Y dydd canlynol euthum i edrych amdano, a chefais i ef yn glaf yn ei wely. Estynnodd ei law, a gwaeddodd 'Rhys!' Ymhen ychydig o funudau, collodd ei adnabyddiaeth ohonof, gan fy ngalw wrth ryw enwau eraill. Siaradai yn ddibaid, ond ni allwn wneud dim synnwyr o'r hyn a ddywedai. Yn y gegin cerddai Thomas Bartley yn ôl a blaen mewn gofid trwm.

'Mae'r doctor yn deud, Rhys, fod ffefar arno. Cato pawb, cato pawb! Gofyn i dy fam weddïo tipyn drosto fo.'

Deuai: *He'd come,* (dod)
yn gyson: *regularly*
fel y gwnâi: *as . . . would do,*
   (gwneud)
yn ddieithriad: *without exception*
yn dragywydd: *for ever more*
Methodd . . . â chael allan: . . .
   were unable to find out
mor wannaidd: *so weak*
mae arnaf gywilydd: *I'm ashamed*
ugeiniau: *20s,* (h.y. *great distances)*
yn hollol ddirwgnach: *absolutely*
   without grumbling

Pan gâi S.: *When S. would have,*
   (cael)
dimai: *a half penny*
ymgynghorai: *he would consult,*
   (ymgynghori)
yn hollol ddifater: *totally*
   disinterested
Drannoeth: *y bore wedyn*
y dydd canlynol: *the following day*
yn glaf: *yn sâl/dost*
adnabyddiaeth: *recognition*
yn ddibaid: *heb stopio*
ffefar: *fever*
Cato pawb!: *Good heavens!*

Parhaodd fy nghyfaill yn yr un cyflwr am ddyddiau. Ymwelwn ag ef bob dydd—weithiau ddwywaith y dydd. Wythfed neu'r nawfed dydd o'i saldra oedd pan ddaeth Wil Bryan i'n tŷ yn hwyr y nos gyda'r newydd fod Seth wedi 'altro', a'i fod yn galw amdanaf. Er ei bod bron yn adeg i mi fynd i'r gwely, cefais ganiatâd gan fy mam i fynd i ymweld ag ef.

Pan gyraeddasom y tŷ, aethom ni'n ddistaw i fyny i'r llofft. Yr oedd yr hen Farbara yn eistedd yn ymyl y gwely. Gorweddai Seth yn berffaith dawel, gyda gwên siriol ar ei wyneb. Yr oedd hefyd ryw brydferthwch dieithr yn ei wedd. Pan aeth Wil a minnau i'r ystafell, wrth iddo estyn ei law denau wen inni, a'n cyfarch wrth ein henwau, gofynnodd Seth i'w fam fynd i lawr i'r gegin. Gwyrais drosto a dywedais,

'Mae Seth yn well.'

'Ydy, mae Seth yn well,' atebodd.

'Ydy Seth eisio deud rhwbath wrth Rhys?' gofynnais.

Edrychodd arnaf yn siriol. Yna adroddodd yr adnod a glywswn gannoedd o weithiau o'i enau yn seiat y plant:

'Iesu Grist ddoe, heddiw, yr un ag yn dragywydd.'

Yn y man dywedais wrtho y byddai Seth yn mendio yn fuan.

'Na,' ebe fe, 'Seth ddim mendio. Seth ddim chwarae eto efo Rhys. Seth ddim mynd i gapel Abel eto. Seth mynd i ffwrdd ymhell, ymhell, i gapel mawr Iesu Grist.'

Yr oedd clywed Seth, ein hen gyfaill diniwed, yn sôn am farw ac am fynd ymhell, yn fwy nag a allai Wil ei ddal, a (saethodd) i lawr y grisiau, gan fy ngadael fy hunan gyda Seth. Wedi i Wil adael yr ystafell, edrychodd Seth o'i gwmpas, a gwelodd nad oedd neb ond ef a minnau yno, ac ebe fe,

---

cyflwr: *condition*
saldra: *illness*
caniatâd: *permisssion*
siriol: *cheerful*
yn ei wedd: *complexion*
a'n cyfarch: *and greeted us*

Gwyrais: *I bent,* (gwyro)
yr adnod a glywswn: *the verse I had heard,* (clywed)
yn mendio: *mending,* gwella
nag a allai W ei ddal: *more than W could handle*

'Rhys weddïo.'

Deallais ei ddymuniad mewn eiliad, ac ni wyddwn beth i'w wneud. Yr oeddwn i'n meddwl nad oedd neb i fod i weddïo gyda'r claf ond pregethwr. Dywedodd wrthyf eto, gyda mwy o daerni yn ei olwg,

'Rhys weddïo.'

Ni allwn ei wrthod. Euthum ar fy ngliniau yn ymyl ei wely, a gweddïais orau y gallwn. Nid wyf yn cofio pa eiriau a ddefnyddiais ond gwn imi ofyn i Iesu fendio Seth. Pan oeddwn yn gofyn i Iesu Grist fendio fy nghyfaill, teimlwn law denau ysgafn Seth ar fy mhen. Arhosais am dipyn mewn distawrwydd, i weld a fuasai yn ei thynnu ymaith, ond ni wnaeth. Teimlwn hi'n mynd i bwyso'n drymach ar fy mhen. Yn fuan teimlwn hi'n mynd yn oer, oer. Symudais ei law yn araf, a chodais ar fy nhraed yn grynedig. Siaradais ag ef, ond nid atebodd. Gelwais arno eilwaith, ond yr oedd Seth wedi mynd yn rhy bell i'm clywed. Pan sylweddolais ei fod wedi marw, gwaeddais fel ynfytyn, a'r funud nesaf yr oedd ei fam a'i dad wrth fy ochr.

Prysurais adref gyda chalon drom. Yr oedd tipyn o ffordd o dŷ Seth i'n tŷ ni, ac yr oedd rhaid imi fynd fy hunan oblegid yr oedd Wil wedi mynd ers meityn. Yr oedd yn noson olau-leuad, ac yr oedd yr awyr yn glir a'r sêr yn disgleirio ac yn ymddangos yn bell iawn. Mae'n rhyfedd (ond daeth) rhywbeth i'm meddwl y noson honno mai pregethwr oeddwn i fod. O ble daeth y meddwl, neu pwy a'i hanfonodd, ni wn, ond yr wyf yn dyddio fy awydd am fod yn bregethwr o'r noson honno.

Yr oedd gennyf i ddau neu dri o gaeau i fynd drostynt ar

---

ni wyddwn: doeddwn i ddim yn
  gwybod
y claf: *the patient*
taerni: *persistence*
orau y gallwn: *best I could*, (gallu)
a fuasai: *whether he would*
yn grynedig: *trembling*
sylweddolais: *I realised*,

(sylweddoli)
fel ynfytyn: *like a madman*
calon drom: *a heavy heart*
ers meityn: *ers amser*
y meddwl: *the thought*
yn dyddio: *dating*
awydd: *eagerness*

fy ffordd adref. Yr oedd fy llwybr hefyd yn mynd gydag ymylon coed y Plas. Pan ddeuthum at goed y Plas, gwelwn rywbeth ar ffurf dyn yn eistedd ar y clawdd. Wrth imi nesáu at y dyn, gwelwn fod ganddo ddryll yn ei law, a phenderfynais mai *keeper* y Plas oedd y dyn. Dywedais â llais uchel,

'Nos dawch, Mr Jones.'

Atebwyd fi gan lais cras ac annymunol.

'Aros, aros, Rhys Lewis; paid â cherdded mor ffast rhag iti syrthio ar draws rhai o dy berthnasau.'

Sefais a gwelais nad Mr Jones oedd, a bod ganddo wn ddau faril henffasiwn yn ei law.

'Paid â dychrynu,' ebe fe, 'wna i mo dy saethu di rŵan, os gwnei di fel y bydda i'n deud wrthat ti. Eistedd ar y clawdd yma i mi gael siarad efo ti.'

Ufuddheuais yn grynedig. Gosododd y dyn ei ddryll i orwedd ar y clawdd. Llwythodd y dyn ei bibell, a goleuodd fatsen. Pan oedd y dyn yn rhoi tân ar ei bibell, adnabûm ef, a bu'n agos imi lewygu gan ofn. Y dyn budr a drwg (oedd) 'y Gwyddel'.

Dechreuodd fy holi'n fanwl am fy mam a Bob, ac yn enwedig am ŵr y Plas a'r *keepers*. Cadwodd fi yno'n hir, a gollyngodd ambell air allan a agorodd fy llygaid i hanes y teulu. (Yna) ar ganol brawddeg arhosodd yn sydyn. Gafaelodd yn ei ddryll. Dychmygwn glywed sŵn traed yn cerdded yn gyflym ar hyd y llwybr. Tynnodd y Gwyddel ei

---

ymylon: *edges*
Pan ddeuthum: Pan ddes i
gwelwn: roeddwn i'n gweld
ffurf dyn: *in the form of a man*
nesáu: *draw near*
dryll: *gwn*
cras: *coarse*
annymunol: *unpleasant*
nad . . . oedd: *that it wasn't . . .*
dychrynu: ofni
wna i mo dy saethu di: *I won't shoot you*

os gwnei di: *if you'll do,* (gwneud)
Ufuddheuais: *I obeyed,* (ufuddhau)
adnabûm ef: *I recognized him,* (adnabod)
a bu'n agos imi: *I almost*
llewygu: *to faint*
budr (GC): brwnt
gollyngodd: *h.y. dywedodd*
Dychmygwn: *I imagined,* (dychmygu)

het yn dynn am ei ben, ac yna clywn rywun heb fod ymhell yn chwibanu'n isel. Heb ddweud un gair, neidiodd (y Gwyddel) ar ei draed a llamodd dros y gwrych i'r coed. Yr un foment yr oeddwn innau fel carw dychrynedig yn difodi'r pellter oedd rhwng y fan a'n tŷ ni.

Pan gyrhaeddais y briffordd, arhosais i gymryd fy ngwynt, a chlywn ergyd, ac un arall, a gweiddi, a chynnwrf. Ac euthum yn fy mlaen yn gyflym. (Yn syth bron) cyfarfûm â Bob yn dod i chwilio amdanaf, ac adroddais iddo yr helynt. Rhoddodd yntau siars imi beidio â sôn gair wrth fy mam na neb arall ac ychwanegodd fod yr amser wedi dod i mi gael gwybod (mwy am fy nheulu). Adroddai'r cyfan imi wedi inni fynd i'r gwely.

Cyflawnodd ei addewid, a chyflawnais innau ei orchymyn, ac ni soniais i air wrth neb hyd y dydd hwn am yr hyn a fu y noson honno wrth goed y Plas.

---

clywn: roeddwn i'n clywed
yn chwibanu: *whistling*
llamodd: neidiodd, (llamu)
gwrych: *hedge*
carw dychrynedig: a *frightened stag*
yn difodi: *destroying*
pellter: *distance*
y fan: y lle
ergyd: *gunshot*
cynnwrf: *commotion*

cyfarfûm: cwrddais i, (cyfarfod)
helynt: *trouble*
Rhoddodd siars imi: *He warned me*, (siarsio)
ychwanegodd: *he added*, (ychwanegu)
Adroddai: *He would tell*, (adrodd)
Cyflawnodd: *He fulfilled*, (cyflawni)
addewid: *promise*
gorchymyn: *command*

11: Wil Bryan

Wedi claddu Seth, fy unig gyfaill mynwesol oedd Wil Bryan. Yr oedd gan Wil galon agored a charedig, ond o ddydd i ddydd cryfhâi'r teimlad ynof nad oedd ef yn fachgen da. Siaradai'n ddiystyrllyd am reolau manwl y seiat, ac anaml y galwai neb wrth eu henwau priodol. Un tro (soniodd) wrthyf am fy mam dan yr enw 'yr hen ddeg gorchymyn'. Pan welodd Wil nad oeddwn yn hoffi'r enw, ni ddefnyddiodd ef mwy. Ond wrth imi ystyried heddiw (yr oedd) priodoldeb yn yr enw hwnnw, oherwydd byddai fy mam fyth a hefyd yn rhoi gorchmynion i ni. Yr oedd Wil yn deall fy mam i'r dim. Clywais hi'n dweud fwy nag unwaith pan fyddai'n isel ei hysbryd, fod ymweliad (gan) Wil yn hanner ei mendio. Gwelais hi hefyd yn gwenu, ac yn gorfod gwneud ymdrech galed i beidio â chwerthin allan ar rai o sylwadau digrif Wil.

'Wel, Wil bach, mi wnei lawer o dda neu o ddrwg yn y byd yma, a gobeithio y cei di dipyn o ras.'

'Mae digon ohono i'w gael, on'd oes, Mary Lewis? Ond fydda i ddim yn leicio cymryd mwy na fy *share* o ddim.'

'Paid â siarad yn ysgafn, Wil. Fedri di byth gael gormod o ras.'

'Felly y bydd y gaffer acw yn deud wastad. Dydy o ddim yn beth da bod yn rhy *having*.'

'Pwy ydy dy "gaffer" di, dywed?' gofynnodd mam.

'Ond yr hen law acw; 'nhad,' ebe Wil.

---

cyfaill mynwesol: *bosom friend*
cryfhâi'r teimlad: *the feeling strengthened*, (cryfhau)
yn ddiystyrllyd: *contemptuously*
anaml: *infrequently*
priodol: iawn
yr hen ddeg gorchymyn: *the old ten commandments*

priodoldeb: *suitability*
byth a hefyd: o hyd ac o hyd
gorchmynion: *commands*
i'r dim: perffaith
mi wnei: *you will do,* (gwneud)
y cei di: *that you'll have,* (cael)
gras: *grace*
yr hen law: h.y. fy nhad

'Wil,' ebe fy mam, gan edrych yn ddifrifol arno, 'paid â gadael i mi dy glywed di yn galw dy dad ar yr enwau gwirion 'na eto.'

'*All right,*' meddai Wil, 'y tro nesaf galwaf fo yn *Hugh Bryan, Esquire, General Grocer and Provision Dealer, Baker to His Royal Highness* . . .'

Ond cyn iddo orffen ei stori byddai rhaid iddo wneud y gorau o'i draed, â'm mam yn ei ddilyn â rhyw erfyn yn ei llaw.

Nid wyf yn meddwl i'm mam goleddu syniad is am Wil na'i fod yn fachgen direidus—hyd nes iddo ddechrau troi ei wallt oddi ar ei dalcen, neu fel y dywedid y pryd hynny, 'gwneud *Q.P.*'. Pan welodd hi res wen ar ben Wil, ac arwyddion ei fod wedi rhoi olew ar ei wallt, yr oedd ei dynged wedi ei phenderfynu am byth yn ei golwg.

'Wel, Wil bach,' meddai fy mam, 'mi welaf fod y diafol wedi cael man gwan arnat tithe.'

'Be ydy'r mater rŵan, Mary Lewis? Ddaru mi ddim lladd neb yn ddiweddar.'

'Naddo, gobeithio,' ebe fy mam, 'ond mae isio i ti ladd yr hen ddyn.'

'Pwy ydach chi'n feddwl, Mary Lewis? Y gaffer acw? Na wna i. Be ddôi ohono i? Mi fyddwn wedi llwgu.'

'Nage, Wil, nid dy dad ydw i'n feddwl, ond yr hen ddyn sydd yn dy galon di.'

'Hen ddyn yn 'y nghalon i? Does 'na'r un hen ddyn yn 'y nghalon i.'

'Oes, y mae, Wil bach.'

'Wel, pryd aeth o i 'nghalon i, Mary Lewis? Rhaid ei fod o yn un bychan iawn, llai na Tom Thym!'

---

gwirion: *silly*
erfyn: *instrument*
coleddu: *to cherish*
is: *lower*
direidus: *playful*
fel y dywedid: *as it was said,*
   (dweud)
rhes wen: *a parting*

arwyddion: *signs*
tynged: *fate*
yn ei golwg: *in her eyes*
wedi cael: h.y. wedi ffeindio
Ddaru mi ddim lladd: *I didn't kill*
Be ddôi . . .?: *What would become . . .?,*
   (dod)
wedi llwgu: *starved*

'Mi wyddost am bwy rydw i'n sôn, Wil,' ebe fy mam, 'yr hen ddyn pechod rydw i'n feddwl.'

'O! mi rydw i'n eich dallt chi rŵan. Pam na siaradwch chi'n blaen, Mary Lewis? Ond (mae) pechod yn ein calonnau ni i gyd, medde'r hen—'y nhad acw.'

'Ac mae o'n dŵad allan yn dy ben di hefyd efo'r Q.P. gwirion 'na.' Teimlodd Wil y cerydd, ac aeth ymaith braidd yn ffroenuchel.

'Rhys,' ebe fy mam, pan aeth Wil ymaith, 'paid â gwneud llawer o siapri o Wil o hyn allan. Mae balchder wedi meddiannu ei galon. Rydw i'n synnu am Hugh Bryan yn goddef iddo wneud y fath beth. Wn i ddim be ddaw o'r oes sydd yn codi os na chawn ni ymweliad buan,' ac ochneidiodd fy mam o waelod ei chalon.

---

pechod: *sin*
gwirion: *silly*
cerydd: *reprimand*
braidd yn ffroenuchel: *rather haughtily*
balchder: *pride*
wedi meddiannu: *has taken possession*

yn goddef: *tolerating*
yr oes sydd yn codi: *the up and coming generation*
os na chawn ni: *if we don't have, (cael)*
ymweliad: h.y. *a religious revival*
ochneidiodd fy mam: *my mother sighed, (ochneidio)*

12: Dechrau Gofidiau

Ebe fy mam wrthyf un diwrnod:

'Rwyt ti'n dechre mynd yn fachgen mawr, a fedra i ddim fforddio dy gadw i redeg o gwmpas. Ond be fedri di neud, wn i ddim. Dwyt ti ddim yn ddigon cryf, mae hynny'n ddigon plaen, neu i'r gwaith glo y baset ti'n cael mynd yn syth. Dwyt ti ddim yn ddigon o slaig i fod yn siopwr. O ble cawn i bump neu ddeg punt i dy brentisio, ys gwn i? Ac eto rhaid iti feddwl am neud rhywbeth at dy damaid.

'Dydw i ddim yn amau na fedrwn i berswadio James Pwlfford y teiliwr i dy gymryd di ato. Ond dyn digon di-sut ydy yntau, ac yn aml iawn yn meddwi. Mae gen i ofn na châi dy enaid di ddim chwarae teg, a dyna ydy'r pwnc mawr, wedi'r cwbl.

'Ddymunwn i (ddim) i ti fod yn was ffarmwr. Rydw i bron â dechre meddwl fod Bob dy frawd yn ei le, a bod tipyn o ddysg yn beth digon handi, ond peidio â chael gormod ohono. 'Taset ti wedi cael tipyn chwaneg o addysg, faswn i'n hidio pluen â gofyn i'r hen Abel Hughes dy gymryd di ato i'r siop.

'Roedd Thomas Bowen yn deud wrtha i, wrth ddŵad o'r seiat, fod yn hen bryd i ti gael dy dderbyn yn gyflawn aelod, a mi leiciwn dy weld yn dŵad ymlaen, os wyt ti wedi ystyried y mater. Mi fyddai'n dda gan fy nghalon i gael dy brentisio wrth yr alwedigaeth nefol cyn dy brentisio wrth yr hen fyd 'ma.'

---

slaig: h.y. ysgolhaig, *scholar*
cawn i: *I would get,* (cael)
dy brentisio: *to apprentice you*
at dy damaid: *to earn your living*
yn amau: *to doubt*
di-sut: *inept*
na châi dy enaid: *that your soul wouldn't get,* (cael)
yn ei le: yn iawn

tipyn chwaneg: *a little more*
faswn i'n hidio pluen: *I wouldn't mind at all*
yn gyflawn aelod: *a full member (of the chapel)*
yn dŵad ymlaen: *presenting (yourself)*
ystyried: *to consider*
galwedigaeth nefol: *heavenly calling*

Yr oedd yn amlwg i mi fod yr amser wedi dod pan oedd rhaid imi feddwl am ennill fy mara. Yr oedd y farchnad lo yn lled fywiog, ond yr oedd haid o swyddogion a goruchwylwyr estronol yng ngwaith y Caeau Cochion yn pocedu, yn bwyta ac yn yfed yr holl elw, a'r gweithwyr a'u teuluoedd druain yn gorfod llwgu bron. Yr oedd Bob yn un o'r gorthrymedigion, ac yr oedd yn amlwg i mi ers (tipyn) fod ei ysbryd wedi sorri drwyddo.

Deallwn oddi wrth siarad plant rhai o'r glowyr fod Bob yn ddyn lled bwysig ymhlith ei gyd-weithwyr—mai ef oedd y cadeirydd mewn cyfarfod a gynhaliwyd beth amser cyn hynny i ystyried y priodoldeb o ofyn am godiad yn y cyflogau, a'i fod wedi siarad 'yn iawn'. Bu raid imi wneud addewid ddifrifol iddo lawer gwaith nad awn yn golier, hyd yn oed 'tasai rhaid imi fynd i gardota. Ond nid oedd rhaid iddo fod mor daer; nid oedd ynof yr awydd lleiaf am fynd i'r 'gwaith'. Yr oedd cwynion Bob am y gwaith caled a'r gorthrwm wedi creu atgasedd ynof at y lofa.

Heblaw hynny, yr oeddwn yn dirgel goleddu'r awydd am fod yn bregethwr. Ni wyddai yr un creadur byw am yr awydd hwn oedd ynof, ac yr oedd arnaf arswyd rhag ofn i rywun ddod i wybod. Nid wyf yn adrodd ond ffaith syml pan ddywedaf fy mod y pryd hynny yn fwy difrifol na'm cyfoedion. Er y teimlwn i'r byw oddi wrth watwareg Wil

---

yn lled: yn eithaf
haid: *hoard*
goruchwylwyr: *supervisors*
estronol: *from afar*
elw: *profit*
llwgu bron: *almost starving*
gorthrymedigion: *oppressed*
wedi sorri drwyddo: *was absolutely fed-up*
Deallwn: Roeddwn i'n deall
cyd-weithwyr: *co-workers*
ystyried: *to consider*
y priodoldeb: *the appropriateness*
nad awn: *that I wouldn't become,* (mynd)

mynd i gardota: *to go begging*
mor daer: *so persistent*
awydd: *eagerness*
cwynion: *complaints*
gorthrwm: *oppression*
atgasedd: *hatred*
y lofa: y gwaith glo
yn dirgel goleddu: *secretly cherishing*
awydd: *desire*
roedd arnaf arswyd: *I was terrified*
na'm cyfoedion: *than my contemporaries*
teimlwn i'r byw: *I felt to the quick*
gwatwareg: *sarcasm*

Bryan pan alwai fi 'y sanctaidd', yr oeddwn yn ymwybodol fod gennyf amcan cuddiedig, yr hyn na allai ddeall, ac nad oedd ganddo'r cydymdeimlad lleiaf ag ef. Cymerwn ddiddordeb neilltuol ymhob pregethwr, ac nid oeddwn byth yn blino siarad am (bregethwyr) os cawn rywun i siarad â mi.

Drwy ymroddiad parhaus, a help Bob, yr oeddwn yn fwy o ysgolhaig nag y tybiai fy mam. Gallwn ddarllen ac ysgrifennu Cymraeg a Saesneg yn eithaf da. Yr oeddwn ers amser yn y cyfarfod plant yn arfer ysgrifennu'r testunau ar y Saboth a chymaint ag a allwn o bennau'r bregeth.

Cyn bo hir dygwyd enw Wil Bryan a minnau ac eraill o flaen y seiat fel ymgeiswyr am gyflawn aelodaeth. Thomas Bowen y pregethwr a ddygai'n hachos ymlaen. Un noson galwyd ni i ddod ymlaen ar y fainc ar ganol llawr y capel i gael ein holi. Yr oeddwn i a'm cyfoedion yn awyddus i ddod ymlaen, ond byddai'n well gan Wil Bryan gael ei adael yn llonydd, gan nad oedd yn cymryd ond ychydig ddiddordeb mewn pynciau crefyddol.

Chwech oedd ein nifer, ac eisteddwn i ar un pen i'r fainc, a Wil ar y pen arall, ac edrychai yn ddidaro. Cododd Abel Hughes ar ei draed, gan ddechrau fy holi i yn gyntaf. Gwasgodd yn lled drwm arnaf, ond deuthum drwy'r prawf

---

y sanctaidd: *the holy*
yn ymwybodol: *conscious*
amcan cuddiedig: h.y. *secret purpose*
cydymdeimlad lleiaf: *the least bit of sympathy*
Cymerwn: *I would take*, (cymryd)
neilltuol: *special*
ymroddiad: *devotion*
parhaus: *continual*
nag y tybiai fy mam: *than my mother thought*, (tybio)
testunau: *(Biblical) texts*
pennau'r bregeth: *the main points of the sermon*
dygwyd enw: *the name of . . . were brought*, (dwyn)

ymgeiswyr: *candidates*
cyflawn aelodaeth: *full membership*
a ddygai'n: *who would bring our,* (dwyn)
a'm cyfoedion: *and my contemporaries*
yn awyddus: *eager*
cael ei adael yn llonydd: *to be left alone*
pynciau crefyddol: *religious*
yn ddidaro: *unconcerned*
Gwasgodd AH: *AH pressed,* (gwasgu)
yn lled drwm: yn eithaf trwm
deuthum: des i, (dod)

yn well nag roeddwn i wedi disgwyl. Gwyddwn ar sŵn a golwg Thomas Bowen fy mod yn ateb yn foddhaol. Aeth Abel ymlaen gyda'r ddau fachgen nesaf ataf, a chafodd yr un bodlonrwydd. Yna eisteddodd i lawr, ac anogodd Thomas Bowen i fynd ymlaen gyda'r tri arall. Meddyliwn nad oedd Thomas yn holi mor galed ag Abel, ac atebai'r bechgyn yn rhwydd. Yn y man daeth tro Wil Bryan i gael ei holi, ac ebe Thomas wrtho:

'Wel, William, 'machgen i, rwyt ti dipyn hŷn na'r bechgyn eraill yma, a mi ddylset ti fod wedi dy dderbyn erstalwm. Wnei di ddeud wrtha i, William, 'y machgen i, sawl swydd sydd yn perthyn i'r Arglwydd Iesu fel Cyfryngwr?'

'Tair,' ebe Wil.

'Ho!' ebe Thomas, 'tair! Ydach chi'n clywed, Abel Hughes? Tair! Mae'r bechgyn yn gwybod mwy o lawer nag yr ydach chi'n meddwl, Abel Hughes. Ie siŵr. Tair. Wel, William, 'y machgen i, wnei di eu henwi nhw?'

'Y Tad, y Mab, a'r Ysbryd Glân,' ebe Wil. Chwarddodd amryw dros y capel. Edrychai Thomas Bowen fel petai rhywun wedi ei daro â gordd, ac eisteddodd i lawr mewn cywilydd a siomedigaeth.

'Ewch ymlaen, ewch ymlaen, Thomas Bowen,' ebe Abel yn fywiog, ond ni chymerai arno'i glywed. Ni wn ai drygioni ai anwybodaeth a barodd i Wil ateb fel y gwnaeth. Gwn y credai Abel Hughes nad oedd yn bosibl i Wil fod

---

yn foddhaol: *satisfactorily*
bodlonrwydd: *satisfaction*
anogodd: *he encouraged,* (annog)
yn rhwydd: yn hawdd
dipyn hŷn: *a little older*
mi ddylset: fe ddylet ti
wedi dy dderbyn: wedi cael dy dderbyn
erstalwm: ers amser
Cyfryngwr: *mediator*
Chwarddodd amryw: *Several laughed,* (chwerthin)

fel petai rhywun wedi: *as if someone had*
ei daro â gordd: *hit him with a sledge-hammer*
cywilydd: *shame*
siomedigaeth: *disappointment*
ni chymerai arno: *he pretended not to,* (cymryd ar)
drygioni: *mischief*
anwybodaeth: *ignorance*
a barodd i W: *that caused W,* (peri)
Gwn y credai AH: *I know that AH believed,* (credu)

mor anwybodus, a siaradodd yn hallt ag ef, ac fel cerydd, anogodd yr eglwys i dderbyn y pump ohonom yn gyflawn aelodau, gan adael Wil nes y byddai'n aeddfetach ei wybodaeth a'i brofiad.

Ond nid oedd Wil yn gofalu dim am yr hyn oedd wedi digwydd. (Pan) oeddem allan o'r capel cymerodd afael yn fy mraich, gan ddweud wrthyf, 'Gad inni fynd i gyfarfod y *colliers.*' Wyddwn i ddim fod y (fath) gyfarfod i fod, ond rywfodd gwyddai Wil am bob cynulliad.

Cyfarfod yn yr awyr agored oedd. Yr oedd yn noson hyfryd yn yr haf. Pan gyraeddasom y fan ni allaf adrodd fy syndod pan welais mai fy mrawd Bob oedd yn annerch y bobl. Roedd yn sefyll ar domen uchel, a'r dorf anferth islaw iddo. Ni chlywswn ef yn siarad yn gyhoeddus erioed o'r blaen, a synnwn o ble roedd yn cael yr holl eiriau a ddylifai dros ei wefusau. Chwarddai, ochneidiai, a chrochlefai'r dyrfa o'i gyd-weithwyr a oedd yn sefyll o'i flaen. Yr oeddent yn hollol yn ei law. Pan beidiodd â siarad, rhoddwyd banllefau uchel gan y gynulleidfa, a rhedais innau adref i adrodd yr hanes wrth fy mam—y fath siaradwr campus oedd Bob.

Eisteddai fy mam o flaen y tân gan bletio'i ffedog. Ar fy mynediad i'r tŷ, edrychodd yn foddhaus arnaf, a

---

anwybodus: *ignorant*
yn hallt: *severely*
cerydd: *reprimand*
anogodd: *he urged,* (annog)
aeddfetach: *more mature*
Wyddwn i ddim: Doeddwn i ddim yn gwybod
gwyddai W: roedd W yn gwybod
cynulliad: cyfarfod
ni allaf: dydw i ddim yn gallu
syndod: *surprise*
yn annerch: *addressing*
tomen: *mound*
torf: *crowd*
Ni chlywswn ef: *I hadn't heard him,* (clywed)

yn gyhoeddus: *in public*
a ddylifai: *which flowed,* (dylifo)
Chwarddai: . . . *laughed,* (chwerthin)
ochneidiai: . . . *sighed,* (ochneidio)
crochlefai: . . . *shouted loudly,* (crochlefain)
yn hollol: *totally*
peidiodd: stopiodd, (peidio)
banllefau: *loud shouts*
pletio: plygu
ffedog: *apron*
mynediad: *entry*
yn foddhaus: *pleased*

63

llongyfarchodd fi ar fy arholiad. Prysurais innau i adrodd hanes Bob—y fath siaradwr gwych oedd. Yn lle ymfalchïo wrth glywed yr hanes newidiodd ei gwedd.

'Wel, wel,' ebe hi gydag ochenaid drom, 'ni cheir mo'r melys heb y chwerw. Mae rhywbeth yn deud wrtha i y daw helbul o hyn. Mae dydd y brofedigaeth yn ymyl.'

llongyfarchodd fi: *she congratulated me*, (llongyfarch)
ymfalchïo: *taking pride in*
gwedd: *manner*
ochenaid drom: *a heavy sigh*

Ni cheir . . . y chwerw: *One doesn't get the sweet without the bitter*
y daw helbul: *trouble will come*, (dod)
y brofedigaeth: *the tribulation*

13: Dydd y Brofedigaeth

Yr oedd y Caeau Cochion yn un o brif weithfeydd y gymdogaeth, ac roedd yn cyflogi—a chyfrif y bechgyn—rai cannoedd o bobl.

Pan ddaeth Bob adref o'i waith nos drannoeth, edrychai'n synfyfyriol. Wedi iddo ymolchi a chael (bwyd), ebe fy mam wrtho,

'Bob, mi wn ar d'olwg di fod gynnat ti newydd drwg; wyt ti wedi cael notis?'

'Do,' ebe fe, 'mae Morris Hughes, James Williams, John Powell, a minnau i ymadael â'r gwaith ddydd Sadwrn nesaf.'

'Wel, wel,' ebe fy mam, 'be wnawn ni rŵan?'

'Gwneud ein dyletswydd, mam, ac ymddiried i Ragluniaeth,' ebe Bob.

'Ie, fy machgen i, ond wyt ti'n meddwl dy fod di wedi gneud dy ddyletswydd? Mi ddaru imi dy siarsio di lawer gwaith i gymryd gofal a pheidio â chymryd rhan mor amlwg yn yr helynt. Mi wn o'r gore fod gynnoch chi fel gweithwyr le i gwyno. Ond dwyt ti ddim ond ifanc; pam na faset ti'n gadel i rywun fel Edward Morgan siarad—dyn sydd ganddo dŷ a buwch a mochyn.'

'Mam,' ebe Bob, 'nid fel yna y darfu i chi fy nysgu. "Gwna dy ddyletswydd a gad rhwng y Brenin Mawr a'r canlyniadau," oedd un o'r gwersi cyntaf a ddysgoch chi i

---

Dydd y Brofedigaeth: *The Day of Tribulation*
prif weithfeydd: *biggest coalmines*
yn cyflogi: *employing*
cyfrif: *counting*
nos drannoeth: y noson wedyn
edrychai: roedd yn edrych
yn synfyfyriol: *in deep thought*
be wnawn ni: *what shall we do,* (gwneud)

dyletswydd: *duty*
ymddiried: *trust*
Rhagluniaeth: *providence*
Mi ddaru imi dy siarsio: *I warned you*
amlwg: *prominent*
y darfu ichi fy nysgu: *that you taught me*
canlyniadau: *consequences*

65

mi. Mae rhaid i rywun ddioddef cyn y daw daioni i'r lliaws. Dydw i ddim wedi dweud un gair ond y gwir, ac mae pawb sydd yn y gwaith yn ei gredu ac yn ei deimlo. Rhaid i rywrai ymladd yn y Caeau Cochion cyn y ceir gwared o'r gorthrwm.'

Yr oedd fy mam naill ai'n ddifater neu yn analluog i ateb Bob, a'r unig beth a ddywedodd oedd:

'Gweddïa fwy, fy machgen i, a siarada lai.'

Parodd y rhybudd a gafodd fy mrawd, a'r dynion eraill, gryn siarad yn y gwaith a'r gymdogaeth, ac edrychid ar y dydd Sadwrn canlynol gyda diddordeb pryderus. Yr oedd rhai'n ofni y byddai helynt ymhlith y gweithwyr os byddai'r rhybudd yn cael ei gario allan.

Dydd Sadwrn a ddaeth, ac aeth Wil Bryan a minnau ac amryw hogiau i fod ar y 'bonc' erbyn yr adeg yr oedd y dynion i ddod i fyny, i weld beth a ddigwyddai. Yr un pryd daeth dau heddgeidwad gyda'r un neges. Dau Sais oeddynt. Yn y man dechreuodd y gweithwyr ddod o'r pwll. Fel y deuent i'r lan aent i'r swyddfa i dderbyn eu cyflogau, ond yn lle mynd yn syth adref ar ôl derbyn yr arian fel yr oeddent hwy'n arfer gwneud, arhosent ar y bonc. Bob a'i gymdeithion oedd yr olaf. Edrychent yn gwbl ddidaro. Mewn eiliad amgylchwyd Bob a'i gymdeithion gan yr holl

---

dioddef: *suffer*
cyn y daw daioni: *before good will
   come,* (dod)
i'r lliaws: *to the multitude*
gwared o'r gorthrwm: *get rid of
   the oppression*
naill ai . . . neu: *either . . . or*
yn ddifater: *unconcerned*
yn analluog: *unable*
cryn: llawer
cymdogaeth: *neighbourhood*
edrychid ar: *one looked upon*
canlynol: *following*
pryderus: *anxious*
helynt: *trouble*

rhybudd: *warning*
bonc: *bank (of the mine)*
beth a ddigwyddai: *what would
   happen,* (digwydd)
heddgeidwad: *policeman*
Fel y deuent: Fel roedden nhw'n
   dod
aent: roedden nhw'n mynd
cyflogau: *wages*
arhosent: roedden nhw'n aros
cymdeithion: *companions*
Edrychent: Roedden nhw'n edrych
yn gwbl ddidaro: *totally unconcerned*
amgylchwyd B: *B was surrounded,*
   (amgylchu)

weithwyr, yn holi ar draws ei gilydd a oeddynt wedi eu talu allan. Amneidiodd Morris Hughes ar Bob i siarad.

'Fy annwyl gyd-weithwyr, rydw i a'm cymdeithion wedi ein talu allan. Rydym yn ffarwelio â'r Caeau Cochion, ac yn gorfod troi ein hwynebau i rywle arall i edrych am waith.'

Cyn iddo gael dweud ychwaneg, dechreuodd rhai o'r dynion dyngu a rhegi ac ymyrrodd y ddau heddgeidwad, gan eu hannog i fynd adref yn ddistaw ond gwthiwyd hwy ymaith yn ddiseremoni, a gwaeddwyd ar Bob i fynd ymlaen.

'Rydyn ni'n eich gadael chi â chydwybod dawel na wnaethom ddim allan o'i le. Rhaid i chi bellach ymladd am eich iawnderau heb ein cymorth ni. Rydw i'n meddwl mai'r peth gorau i chi fyddai gosod eich cwynion o flaen y cyfarwyddwr. Rydw i'n ofni mai ofer, bellach, fyddai i chi apelio at Mr Strangle, oherwydd . . .'

Yn anffodus, pan oedd enw Mr Strangle ar ei wefusau, daeth y gŵr hwnnw allan o'r swyddfa. (Pan) ddaeth i'r golwg rhuthrwyd arno a chariwyd ef ymaith ar y ffordd a oedd yn arwain i'r *railway station*, fel gwelltyn o flaen corwynt. (Tynnodd) un o'r heddgeidwaid, gan dybied mai Bob oedd y pennaf o'r ymlidwyr, ei *staff* allan a (tharo Bob) ar ei ben nes y syrthiodd i'r llawr. Meddyliais fod Bob wedi ei ladd, oherwydd ymddangosai'n hollol farw ar y ffordd, ac nid arhosodd neb ond Morris Hughes gyda mi i geisio ei

---

yn holi: *inquiring*
Amneidiodd MH ar: *MH gestured*,
  (amneidio)
cael dweud: *allow to say*
ychwaneg: *rhagor*
tyngu a rhegi: *curse and swear*
ymyrrodd . . .: *the two policemen
  interrupted*, (ymyrryd)
gan eu hannog: *urging them*
gwthiwyd hwy: *they were pushed*,
  (gwthio)
cydwybod: *conscience*

iawnderau: *rights*
cymorth: *help*
cyfarwyddwr: *director*
ofer: *futile*
i'r golwg: *into view*
gwelltyn: *one blade of grass*
corwynt: *hurricane*
pennaf: *mwyaf*
ymlidwyr: *pursuers*
ymddangosai: *he appeared*,
  (ymddangos)

ymgeleddu. Ond ymhen ychydig funudau daeth ato'i hun a neidiodd ar ei draed.

'Morris,' ebe fe, 'mae ein hymdrechion oll yn ofer; mae'r gwallgofiaid wedi andwyo ein hachos; rhaid inni atal hyn os nad yw'n rhy ddiweddar.'

Prysurodd y ddau ar ôl y dorf, a minnau'n eu dilyn. Ond pan oeddem o fewn rhyw dri chan llath i'r orsaf, clywem y trên yn dod i mewn, a hefyd fanllef fawr gan y gweithwyr.

'Rhy hwyr!' ebe Morris Hughes, 'os ydy (hynny o unrhyw bwys).'

'(Unrhyw bwys)?' ebe Bob, gan arafu ei gerddediad, 'gallwn feddwl ei fod. Collwn gydymdeimlad y wlad. Edrychir arnom fel anwariaid. Rydyn ni wedi colli popeth,' a thorrodd allan i wylo fel plentyn.

Rhuthrodd y dorf tua'r dref. Pan ddaethant i'r fan lle roedd Morris Hughes, Bob, a minnau, esgynnodd Bob i ben y clawdd, a dywedodd,

'Gyfeillion, o ddechrau'r ymdrech am godiad cyflog ac am well trefn yn y Caeau Cochion, rydw i wedi cymryd rhan amlwg, ac wedi gwneud fy ngorau i wella eich amgylchiadau. Ar ôl yr hyn sydd newydd ddigwydd, rhaid imi ddweud wrthych yn onest, fod arnaf gywilydd.'

Gorchfygwyd Bob gan ei deimladau fel na allai ddweud rhagor, ac ymwahanodd y dorf, rhai yn tyngu, eraill yn murmur, ac eraill yn ddistaw a synfyfyriol. Nid aeth Bob

---

ei ymgeleddu: *nursing him*
daeth ato'i hun: *he recovered,* (dod ato'i hun)
ymdrechion: *efforts*
gwallgofiaid: *madmen*
andwyo: *to destroy*
atal: stopio
clywem: roedden ni'n clywed
banllef: *loud shouts*
cydymdeimlad: *sympathy*
anwariaid: *barbarians*
esgynnodd B: *Bob ascended,* (esgyn)

codiad cyflog: *rise in wages*
amlwg: *prominent*
amgylchiadau: *circumstances*
fod arnaf gywilydd: *that I'm ashamed*
Gorchfygwyd B: *B was overcome,* (gorchfygu)
ymwahanodd y dorf: *the crowd dispersed,* (ymwahanu)
yn tyngu: *cursing*
yn murmur: *murmuring*
synfyfyriol: *contemplative*

allan o'r tŷ y noson honno, ond ymwelwyd ag ef gan ei dri chyfaill a daflwyd allan fel yntau. Treuliasant rai oriau i ddyfalu beth a fyddai canlyniadau ynfyd y dydd. Aeth y cymdeithion ymaith, ac ar ôl hynny ni siaradwyd ond ychydig yn ein tŷ ni y noson honno.

Yr oedd yn hwyr y nos a phan oeddem ar (fin) mynd i'r gwely clywem sŵn traed yn nesáu at y tŷ. Curwyd ar y drws a daeth i mewn ddau heddgeidwad. Yn berffaith hunanfeddiannol, anogodd Bob y swyddogion i eistedd i lawr.

'Rydw i'n meddwl,' ebe Bob yn dawel, 'fy mod yn deall eich neges.'

'Wel,' ebe Sergeant Williams, gan edrych ar fy mam, 'neges ddigon annymunol sydd gennym ni, Robert Lewis, ond rydw i'n gobeithio y bydd popeth yn iawn ddydd Llun. Mrs Lewis,' ebe ef, gan estyn y warant i Bob i'w darllen er mwyn arbed teimladau fy mam, 'peidiwch â dychrynu, dydy o ddim ond *matter of form*; rhaid inni wneud ein dyletswydd, wyddoch.'

Ni ddywedodd fy mam ddim. Rhoddodd Bob ei esgidiau am ei draed yn hamddenol, a'r gair olaf a ddywedodd wrth fy mam oedd,

'Mam, rydych chi'n gwybod ble i droi; mae fy nghydwybod yn dawel,' a cherddodd ymaith gyda'r swyddogion.

Nid oeddent hwy wedi mynd ugain llath o'r tŷ pan glywsom ni siarad uchel a *struggle*, ac er gwaethaf fy mam rhedais allan, a gwelwn ymdrech ddychrynllyd rhwng y swyddogion a dau ddyn dieithr. Yr oedd un o'r ddau yn ddyn mawr grymus. Nid oedd y llall (yn fawr), ond yr oedd

---

a daflwyd allan: *who were thrown out*, (taflu)
Treuliasant: *They spent*, (treulio)
dyfalu: *wondering*
ynfyd: *mad*
cymdeithion: *companions*
nesáu: *drawing near*
hunanfeddiannol: *self-composed*
anogodd B: *B urged*, (annog)

annymunol: *unpleasant*
peidiwch â dychrynu: *don't be alarmed*
dyletswydd: *duty*
hamddenol: heb frysio
cydwybod: *conscience*
er gwaethaf: *despite*
grymus: *powerful*

yn fedrus ar y gwaith yr oedd yn ei wneud. Ni chefais i anhawster i adnabod yr olaf—yr un gŵr ag a'm hataliodd i ar y llwybr y noson honno pan fu farw Seth—'y Gwyddel'. Amcan y ddau ddieithryn, gallwn feddwl, oedd rhoi (cyfle) i Bob ddianc. Ond pan welsant hwy nad oedd e'n cymryd mantais ar y cyfle, ond yn hytrach yn cynorthwyo'r swyddogion, dihangodd y ddau ymaith. Pan euthum yn ôl i'r tŷ a hysbysu fy mam am yr hyn a welais, cododd a chlodd y drws.

Nid aethom ni i'r gwely y noson honno. Gwawriodd y bore—bore Saboth hyfryd. Gwelwn y bobl yn mynd i'r gwahanol gapeli, ac wrth fynd heibio yn edrych yn chwilfrydig ar ein bwthyn. Aeth fy mam na minnau dros y rhiniog, a chlywais hi'n sibrwd fwy nag unwaith, 'Dydd y brofedigaeth!' Gwelwn y bobl yn mynd heibio o oedfa'r bore, ond ni alwodd neb. Gwelwn hwynt drachefn yn mynd i'r ysgol ac yn dychwelyd, ond ni throes neb i mewn i'r tŷ. Credwn yn sicr y byddai rhai o bobl y capel yn dod i edrych amdanom ar ôl oedfa'r nos, ond ni ddaeth neb, neu, fel y dywedai fy mam, 'Ddaru neb dwllu'r drws trwy gydol y dydd.'

Trawodd y cloc naw, a'r un funud curodd rhywun wrth y drws, ac euthum innau yn awyddus i'w agor, a gwelwn Thomas a Barbara Bartley, wedi methu mynd i'w gwelyau heb ddod i edrych sut oedd fy mam yn ei helynt. Yr oedd Thomas a Barbara Bartley wedi bod yn y *Crown*, ac wedi

---

anhawster: *difficulty*
a'm hataliodd i: *who stopped me*, (atal)
cynorthwyo: helpu
dihangodd y ddau: *the two escaped*, (dianc)
a hysbysu: *and informed*
clodd: *she locked*, (cloi)
Gwawriodd y bore: *The morning dawned*, (gwawrio)
yn chwilfrydig: *inquisitively*
y rhiniog: carreg y drws

yn sibrwd: *whispering*
dydd y brofedigaeth: *the day of tribulation*
drachefn: eto
yn dychwelyd: yn dod yn ôl
ni throes neb: *no one turned*, (troi)
Ddaru neb . . .: *No one darkened the door*
trwy gydol: *throughout*
yn awyddus: *eager*
helynt: trafferth

70

cael yr holl fanylion am yr helynt. Parodd eu hymweliad ollyngdod mawr inni, a gallodd fy mam a minnau gysgu y noson honno heb feddwl fod pethau chwerwach yn ein haros.

Parodd eu hymweliad: *Their visit*
   caused, (peri)

gollyngdod: *relief*
chwerwach: *more bitter*

14: Ychwaneg o Brofedigaethau

Bore dydd Llun oedd hi, ac yr oedd fy mam ers oriau yn eistedd yn synfyfyriol o flaen y tân, gan bletio'i ffedog. Cefais ganiatâd i fynd i'r dref i weld beth a ddeuai o'm brawd, a'r pump arall a gymerwyd i'r carchar. Cyn imi fod ond ychydig o funudau yn y dref, deuwyd o hyd imi gan fy (ffrind) Wil Bryan. Yr oedd ef bob amser yn dod o hyd imi.

Gwelwn gryn gynnwrf pan ymddangosodd gŵr y Plas yn gyrru'n gyflym yn ei gerbyd tua'r llys. Ef oedd y prif ustus heddwch. Yr oedd yr adeilad wedi ei lenwi yn dynn. Ar y fainc eisteddai Mr Brown y Person, a gŵr y Plas. Gŵr rhadlon a charedig oedd Mr Brown, ond cwbl wahanol oedd gŵr y Plas. Dyn mawr meistrolgar ac anhrugarog oedd ef. Tybiai fod pawb a phopeth wedi eu creu i'w wasanaethu ef. Credid petai'r gyfraith yn caniatáu, na fuasai'n petruso crogi dyn am ladd ffesant.

(Dim ond) tri o'r chwe charcharor a oedd o'i flaen (oedd) wedi cymryd rhan yn yr ymosodiad ar Mr Strangle. Yr oedd Morris Hughes, John Powell, a'm brawd, wedi ymdrechu i atal y ffolineb. Ond tystiai Mr Strangle a'r ddau

---

Ychwaneg: rhagor
Profedigaethau: *tribulations*
yn synfyfyriol: *contemplatively*
caniatâd: *permission*
beth a ddeuai: *what would become,*
  (dod)
deuwyd o hyd imi: *I was found,*
  (dod o hyd i)
cryn gynnwrf: *quite a commotion*
ustus heddwch: *justice of the peace*
y fainc: *the (court) bench*
y Person: y ficer
rhadlon: caredig
meistrolgar: *masterful*
anhrugarog: *merciless*
Tybiai: *He assumed,* (tybio)

wedi eu creu: *had been created*
i'w wasanaethu ef: *to serve him*
Credid: *It was believed,* (credu)
y gyfraith: *the law*
yn caniatáu: *permitted*
na fuasai: *that he wouldn't*
petruso: *hesitate*
crogi: *to hang*
ffesant: *pheasant*
ymosodiad: *attack*
wedi ymdrechu: *had made an effort*
atal: stopio
ffoliineb: *foolishness*
tystiai Mr S: *Mr S . . . testified,*
  (tystio)

heddgeidwad mai y tri oedd yn bennaf gyfrifol. Er nad oedd y goruchwyliwr na'r heddgeidwad yn deall gair o Gymraeg, cymerent eu llw mai Bob oedd wedi annog yr ymgyrch, oherwydd clywsant ef yn enwi Mr Strangle pan ruthrwyd arno gan y gweithwyr. Nid oedd gan y carcharorion neb i'w hamddiffyn, a hynny oherwydd ystyfnigrwydd fy mrawd. Nid oedd am i neb ei amddiffyn, a dilynwyd ei esiampl gan y lleill.

Wedi i (ŵr y Plas) wrando ar y tystiolaethau, gofynnodd i'r carcharorion a oedd ganddynt ryw amddiffyniad i'w wneud. Ar ôl eiliad neu ddau o ddistawrwydd, dywedodd Bob ei fod ef yn ateb drosto'i hun—ei fod yn hollol ddieuog o gymryd rhan yn yr ymosodiad ar Mr Strangle, ac nid hynny'n unig, ond ei fod wedi gwneud ei orau i'w amddiffyn ef, ac mai hynny yr oedd yn ei wneud pan drawyd ef gan yr heddgeidwad. Gwenodd gŵr y Plas yn wawdlyd, ac ebe ef,

'Ydych chi'n disgwyl i'r Fainc gredu peth fel yna?'

'Digon prin rydw i'n disgwyl i'r Fainc gredu dim a ddywedaf i,' ebe Bob.

'Rydyn ni'n digwydd gwybod rhywbeth o'ch hanes cyn heddiw. Rydyn ni wedi clywed amdanoch o'r blaen, ac rydyn ni'n adnabod eich teulu, ŵr ifanc, cyn heddiw.'

'Does dim a wnelo fy nheulu â'r cyhuddiad,' ebe Bob. 'Os felly, gwell fyddai i chi nôl fy mam yma.'

---

yn bennaf gyfrifol: *chiefly responsible*
goruchwyliwr: *supervisor*
cymerent eu llw: *they swore,* (cymryd llw)
wedi annog: *had incited*
ymgyrch: *campaign*
carcharorion: *prisoners*
i'w hamddiffyn: *to defend them*
ystyfnigrwydd: *stubborness*
tystiolaethau: *testimonies*
amddiffyniad: *defence*

yn hollol ddieuog: *absolutely innocent*
ac nid hynny'n unig: *and not only that*
i'w amddiffyn: *to defend him*
pan drawyd ef: *when he was hit,* (taro)
yn wawdlyd: *scornfully*
Digon prin: *hardly*
Does dim a wnelo fy nheulu: *My family has nothing to do with*
â'r cyhuddiad: *with the accusation*

'Dim o'ch trahauster, ŵr ifanc, rhag y bydd rhaid i chi dalu amdano,' ebe gŵr y Plas yn ffyrnig.

Wedi i ŵr y Plas siarad gair neu ddau yn gyfrinachol â Mr Brown, dywedodd:

'Nid yw'r Fainc yn gweld fod angen am *remand*; mae'r tystiolaethau'n ddigon. Mae'r Fainc yn penderfynu gwneud esiampl o'r rhai a ddygwyd ger ei bron. Ac mae'r Fainc yn penderfynu dangos mai'r meistr sydd i fod yn feistr, ac mai gweithiwr ydyw'r gweithiwr i fod. Ac mae'r Fainc yn penderfynu dangos fod y gyfraith yn gryfach na'r glowyr. Ac felly mae'r Fainc yn dedfrydu pump ohonoch, sef Morris Hughes, John Powell, Simon Edwards, Griffith Roberts a John Peters i un mis o garchar, gyda llafur caled, a Robert Lewis i ddau fis o garchar gyda llafur caled, am fod y Fainc yn credu mai ef yw'r cynhyrfwr.'

Cyn gynted ag y traddodwyd y ddedfryd, dechreuodd pawb ymwáu trwy'i gilydd fel gwenyn; ac yr oedd cynnwrf y bobl yn mynd allan ac yn siarad, mor uchel, fel mai prin y gallwn fy nghlywed fy hunan yn crio.

Cydymdeimlodd Wil â mi'n fawr, a gwnaeth ei orau i'm diddanu. Estynnodd imi ei holl eiddo, sef ei gyllell boced, a dywedodd gyda phwyslais ei fod yn ei rhoi imi am byth. Mae'r gyllell gennyf hyd heddiw, ac er nad yw'n werth chwe cheiniog, yr wyf yn ei rhestru gyda hatling y wraig weddw, ac ni fynnwn ymadael â hi.

Yr oedd arnaf ofn mynd adref wrth feddwl am

---

trahauster: *arrogance*
yn ffyrnig: yn gas
yn gyfrinachol: *secretly*
a ddygwyd: *of those that were brought*, (dwyn)
yn dedfrydu: *sentencing*
llafur caled: *hard labour*
cynhyrfwr: *agitator*
Cyn gynted: *as soon*
y traddodwyd . . .: *the . . . was announced*, (traddodi)
y ddedfryd: *the verdict*

ymwáu: *weave*
fel gwenyn: *like bees*
cynnwrf: *commotion*
prin y gallwn: *I could hardly*, (gallu)
Cydymdeimlodd W: *W sympathised*, (cydymdeimlo)
i'm diddanu: *to comfort me*
ei holl eiddo: *all his possessions*
hatling y wraig weddw: *the widow's mite*

brofedigaeth fy mam oherwydd y gwarth a ddygwyd
arnom. Ofnwn y byddai'n angau iddi. Ond yn hyn
siomwyd fi o'r ochr orau. (Gallwn weld) ar ruddiau fy mam
ôl wylo mawr, ond synnwyd fi yn anferth wrth ei gweld
mor gysurus. Yr oedd y wên ar ei hwyneb yn dangos yn
eglur imi nad oedd Duw wedi anghofio ei gyfamod â hi.
Ebe hi:

'Wel, fy machgen, mae hi'n mynd yn waeth o hyd. Ond
mae rhywbeth yn deud wrtha i y daw golau yn fuan. Ond
ddaru i mi ddim dychmygu y base hi mor dost ar dy frawd,
ond dydw i ddim yn meddwl llai ohono am hynny. Mi wn
ei fod o'n ddieuog, achos ddeudodd o erioed anwiredd
wrtha i. Pwy ŵyr nad amcan y Brenin Mawr drwy'r cwbl
ydy ei gael o'n ôl? Rhyfedd fel mae'n gallu cymryd popeth
mor dawel. Mi wn o'r gore be sy'n blino mwya ar ei feddwl
o—a hynny ydy be ddaw ohonon ni'n dau—sut y cawn ni
damaid, achos fu erioed fachgen ffondiach o'i fam.'

Yn y fan torrodd fy mam i wylo. Wedi ymdawelu, ebe hi:

'Ydyn nhw'n cael Beibl yn y *jail*, dywed? Wyt ti'n meddwl
y ca i lythyr 'tasen ni'n sgrifennu? Wel, a' i ddim i gysgu
heno nes iti yrru gair ato fo.'

Yna bu raid i mi fynd ati i ysgrifennu llythyr.

'ANNWYL FACHGEN,—Rydw i'n sgrifennu hyn o leinia atat
ti gan obeithio dy fod yn iach fel rydyn ni. Mi wn o'r gore y
byddi di yn trwblo dy feddwl amdanom ni ond rydw i'n

---

y gwarth: *the shame*
a ddygwyd arnom: *which was
    brought upon us*, (dwyn)
y byddai'n angau iddi hi: *that it
    would be the death of her*
siomwyd fi o'r ochr orau: *I was
    pleasantly surprised*, (siomi)
ôl: *traces*
cyfamod: *covenant*
y daw golau: h.y. *that things will
    improve*
ddaru . . . dychmygu: *I didn't
    imagine*

anwiredd: *lies*
Pwy ŵyr . . .?: *who knows,
    (gwybod)*
ei gael o'n ôl: *get him back (to
    religious ways)*
sut y cawn ni: *how we will get,
    (cael)*
tamaid: *a bite to eat*
ffondiach: *fonder*
ymdawelu: *quieten down*
y ca i: *that I'll have,* (cael)
a' i ddim: *I won't go,* (mynd)
gyrru gair: *send a word*

gobeithio y gwyddost ti ble i droi. Annwyl fachgen, mae gen i ofn garw i ti roi dy galon i lawr a cholli dy iechyd am iti gael dy roi yn *jail* ar gam. Er dy fod yn y *jail* dwyt ti fymryn gwaeth yng ngolwg dy fam, ac yr wyf yn gobeithio nad wyt ti'n waeth yng ngolwg dy Brynwr chwaith. Yr un pryd, rydw i'n gobeithio yn fawr y doi di i weld rŵan dy fod wedi digio Gŵr y tŷ am adael y seiat. Cadw dy ysbryd i fyny; dydy dau fis ddim llawer, mi ddôn i ben yn fuan. Gweddïa ddydd a nos, fedr neb dy rwystro i weddïo. Mae rhywbeth yn deud wrtha i y byddi yn well dyn ar ôl yr helynt hwn. Rydyn ni'n cofio atat ti yn arw iawn.

MARY A RHYS LEWIS'

---

ar gam: *unjustly*
dwyt ti fymryn gwaeth: *you're not a jot worse*
yng ngolwg dy fam: *in your mother's eyes*
dy Brynwr: *your Redeemer*
y doi di i weld: h.y. *that you'll come to realise,* (dod)

wedi digio: *have offended*
mi ddôn i ben: *they'll come to an end,* (dod)
fedr neb dy rwystro: *no one can stop you*
yn arw iawn: yn ofnadwy, h.y. yn fawr iawn

76

15: Thomas a Barbara Bartley

Heb (Bob) yr oedd y cartref fel corff heb enaid. Teimlais golli ei ymddangosiad gwrol, ei lais soniarus, a'i ffraethineb dihysbydd; ac nid oedd cartref bellach yn gartref. Er na ddywedai hynny, gwyddwn y teimlai fy mam yr un peth. Mewn un diwrnod newidiodd lliw a gwedd ei hwyneb. Ymadawodd gweddillion gwrid ei hieuenctid—byth i ddychwelyd. Laweroedd o weithiau cerddai i'r drws gan edrych bob tro i'r un cyfeiriad, fel petai'n gobeithio gweld ei bachgen yn dychwelyd. Darllenai lawer ar y Beibl.

Thomas a Barbara Bartley oedd y rhai cyntaf i ddod i ymweld â ni a theimlwn yn dra diolchgar iddynt am eu caredigrwydd.

'Wel, Mary Lewis, rydach chi mewn tipyn o helynt, on'd ydach chi? Ac mae'n ddrwg gan 'y nghalon i drostoch chi.'

'Rydw i'n ddiolchgar iawn i chi am eich cydymdeimlad. Mae ei ffyrdd Ef yn y môr—ond Efe sydd yn gwybod . . .'

'Hoswch, hoswch, Mary bach,' ebe Thomas. 'On'd i'r *jail* mae Bob druan wedi mynd? Dydy o ddim wedi mynd dros y môr—dydy o ddim wedi'i dransportio.'

'Mi wn hynny yn burion, Tomos; sôn yr ydw i am y Brenin Mawr.'

'Ho! Dydy Barbara na minne ddim yn gallu darllen, ac felly dydan ni ddim yn gwybod fawr am y Brenin Mawr.'

'Mae'n ddrwg gen i glywed hynny, Tomos,' ebe fy mam, 'fe ddyle pawb ohonom ni feddwl a sôn llawer am y Brenin Mawr, gan mai ynddo Ef rydyn ni'n byw, yn symud ac yn bod.'

---

enaid: *soul*

ymddangosiad gwrol: *confident appearance*

llais soniarus: *melodious voice*

ffraethineb dihysbydd: *unlimited wit*

Er na ddywedai: *Although she didn't say,* (dweud)

gwyddwn: roeddwn i'n gwybod

lliw a gwedd: *colour and complexion*

ymadawodd . . .: . . . *left,* (ymadael)

gweddillion gwrid: *the remains of the colour*

ei hieuenctid: *of her youth*

yn dra . . .: yn . . . iawn

yn burion: yn iawn

'Mae Barbara a minne yn trio byw mor agos byth i'n lle ag y medrwn ni, on'd ydan ni, Barbara?' Rhoddodd Barbara nòd o gadarnhad.

'Mi wn eich bod yn onest,' ebe fy mam. 'Ond mae crefydd yn ein dysgu ni fod eisio rhywbeth mwy na hynny cyn yr awn ni mewn i'r bywyd, Tomos Bach.'

'Be well fedrwn ni wneud, Mary, na byw yn onest? Ac am grefydd, rydw i'n eich gweld chi, y crefyddwrs yma, yn waeth *off* na neb. Dyma chi, Mary, rydach chi bob amser yn sôn am grefydd, a'r Brenin Mawr a'r byd arall a phethe felly, a phwy sydd wedi cael mwy o flinder na chi? Mi fase rhywun yn meddwl fod chi wedi cael digon o flinder efo'ch gŵr—a dyma chi eto mewn helynt. A dyna Bob—un o'r bechgyn clenia erioed—yn waeth *off* na neb. Mi fûm i'n deud wrth Bob—os peth fel yna ydy crefydd—nad ydw i ddim yn dallt y Brenin Mawr at ôl.'

'Dydy crefydd ddim yn addo cadw dyn rhag profedigaethau, Tomos,' ebe fy mam, '(ond mae'r) gorthrymderau yn ein sancteiddio ni, a pheidio â gadel i'n hysbrydoedd syrthio i ormod o dristwch.'

'Maen nhw'n deud i mi, Mary,' ebe Thomas, 'nad oes dim byd gwell i godi sbrydoedd na—be maen nhw'n 'i alw fo—y peth maen nhw yn werthu yn siop y drygist—be ydy enw fo, Barbara?'

'Asiffeta,' ebe Barbara.

'Twbi shŵar,' ebe Thomas. 'Ddaru mi rioed dreio fo fy hun—cymryd dropyn o ddiod ddaru mi yn yr helynt efo

---

mor agos byth i'n lle: h.y. *as close as possible to what is right*

ag y medrwn ni: *as we can,* (medru)

nòd o gadarnhad: *a nod of confirmation*

cyn yr awn ni: *before we'll go,* (mynd)

y crefyddwrs: *religious people*

blinder: *worries*

clenia (GC): *nicest*

at ôl: h.y. *at all*

yn addo: *promising*

rhag: *from*

profedigaethau: *tribulations*

gorthrymderau: *tribulations*

ein sancteiddio ni: *sanctify us*

ysbrydoedd: *spirits*

gormod o dristwch: *too much sadness*

siop y drygist: *the chemist shop*

twbi shŵar: *to be sure*

Seth a mi wnath les mawr i mi—roeddwn i'n gallu crio yn well o lawer. Synnwn i ddim na wnâi o les i chithe, Mary.'

'Rydw i'n gobeithio, Tomos,' ebe fy mam, 'fy mod erbyn hyn yn gwybod am well resêt i godi sbrydoedd na dim sydd yn cael ei werthu yn siop y drygist nac yn y dafarn. Yn 'y meddwl i, Tomos, does dim ond eli o Galfaria a all godi ysbryd cystuddiedig.'

'Siŵr iawn, gobeithio nad ydy o ddim yn ddrud,' ebe Thomas.

'Dydach chi ddim yn 'y nallt i, Tomos,' ebe fy mam, 'yr unig beth all godi ysbryd cystuddiedig yw addewidion gwerthfawr a melys y Beibl. A mi fase yn dda iawn gen i 'tase marwolaeth Seth wedi'ch arwain chi a Barbara i ddod i sŵn yr Efengyl, ac nid i geisio boddi eich teimlade gyda'r ddiod feddwol, Tomos bach.'

'Ond dydw i ddim yn cyd-weld â chi ar y ddiod. On'd ydy'r Beibl ddim yn 'i galw hi yn ddiod gadarn?'

'Ydy siŵr, Tomos,' ebe fy mam.

'Fase'r Beibl byth yn 'i galw hi yn ddiod gadarn 'tase hi ddim yn nerthu dyn,' ebe Thomas.

'Mae hi'n ddigon cadarn i'ch taflu chi i lawr, Tomos, os na chymerwch chi ofal mawr,' ebe fy mam. 'Tomos bach, ydy Barbara a chithe bellach ddim yn dechre meddwl am fater eich enaid? Mi leiciech, mi wn, weld Seth unwaith eto, a bod efo fo byth. Wel, does dim dowt ar 'y meddwl i nad ydy Seth yng nghanol y nefoedd. Rydach chi'n cofio be ddeudodd o pan oedd o'n marw wrth y bachgen yma—"fod

---

lles: *good, benefit*
synnwn i ddim: *I wouldn't be surprised,* (synnu)
na wnâi o les i chi: *that it wouldn't do you good,* (gwneud lles)
resêt: *recipe*
eli: *ointment*
Calfaria: *Calvary*
a all: *which can,* (gallu)
ysbryd cystuddiedig: *an afflicted spirit*

addewidion: *promises*
gwerthfawr: *valuable*
Efengyl: *Gospel*
diod feddwol: *alcoholic drink*
cyd-weld: *agree*
diod gadarn: *strong drink*
nerthu: *to strengthen*
os na: *unless*
enaid: *soul*
Mi leiciech: *You'd like,* (licio)
dowt: *doubt*

o'n mynd ymhell, ymhell i gapel mawr Iesu Grist?" Ac mi aeth yn siŵr i chi. Ond roedd Seth yn dŵad i'r capel, Tomos—fydde fo byth yn colli moddion. Ac er ein bod yn meddwl nad oedd o yn dallt dim, mi gafodd Seth hyd i'r perl gwerthfawr.'

Yr oedd geiriau olaf fy mam yn effeithio fel trydan ar Thomas a Barbara. Edrychai Thomas yn syn i'r twll lludw, â'i ddagrau mawrion yn rholio i lawr ei ruddiau. Rhwbiai Barbara hithau ei thrwyn a'i llygaid â'i ffedog.

Gwelwn fod Thomas yn anesmwyth iawn, ac yn awyddus am fynd.

'Barbara, rhaid inni fynd adre. Be sy gynnat ti yn dy fasged?' Tynnodd Barbara ddarn braf o facwn allan o'r fasged, ac estynnodd ef i'm mam.

'*Champion* o stwff, Mary,' ebe Thomas, 'mae ichi groeso calon ohono fo. Oes gynnoch chi datws? (Anfonwch) Rhys acw fory.'

'Tomos bach,' ebe fy mam, gan gydio yn llabed ei gob, 'rydach chi bob amser yn garedig, ond byddwch garedig wrth eich enaid. Wnewch chi addo dŵad i'r capel y Sul nesa?'

Edrychodd Thomas ar lawr y tŷ, ac ar ôl eiliad neu ddau o ddistawrwydd, ebe ef,

'Mary, 'tase'r pregethwrs yn siarad mor blaen â chi, mi ddown i'r capel bob Sul. Ond deud y gwir, dydw i ddim yn 'u dallt nhw.'

'Wnewch chi addo, Tomos bach, dŵad hefo Barbara i'r capel. Mi ddaw y gole ond ichi ddŵad,' ebe fy mam, gan gydio yn dynnach yn y llabed.

---

moddion: gwasanaeth (yn y capel)
mi gafodd S hyd i: *S found*, (cael hyd i)
perl: *pearl*
yn awyddus am: *eager to*
llabed: *lapel*
cob: cot
Wnewch chi addo . . .?: *Will you promise . . .?*

eiliad: *a second*
distawrwydd: *silence*
plaen: *plain*
mi ddown: *I'd come*, (dod)
Mi ddaw y gole: *The light will come*, (dod)
ond ichi: *if you only*

'Be wyt ti'n ddeud, Barbara?' gofynnodd Thomas. Rhoddodd Barbara nòd o gadarnhad, ac ebe Thomas:

'Wel, mi ddown. Nos dawch, a Duw fyddo gyda chi.'

Wedi iddynt fynd ymaith, ebe fy mam yn llawen:

'Mi gwela hi, Rhys; mi gwela hi rŵan! Mae Bob wedi cael ei roi yn *jail* i achub Thomas a Barbara Bartley!'

---

nòd o gadarnhad: *an affirmative*
  nod
mi ddown: *we shall come*, (dod)

Mi gwela hi: *I see it*, (gweld)
achub: *to save*

16: Abel Hughes

(Yn ystod y cyfnod hwn yr wyf yn cofio) synnu'n fawr pa
mor llugoer oedd swyddogion yr eglwys, o'i gyferbynnu â
charedigrwydd a chydymdeimlad parod Thomas a Barbara
Bartley. Ac ni allwn beidio â mynegi hynny i'm mam. Ond
ebe hi:

'Mae hynny'n y drefn, fy machgen. Mae rhyw achos yn
peri fod y brodyr dipyn yn ddiarth hefo ni. Fe ofala Pen yr
Eglwys amdanom yn ei amser da ei hun.'

Ni fu raid imi aros yn hir oherwydd yn gynnar drannoeth
ymwelwyd â ni gan yr hen flaenor parchus, Abel Hughes.
Gwyddwn yn dda nad oedd fy mam yn dymuno gweld neb
yn fwy yn ei helynt nag Abel Hughes. Estynnodd Abel ei
law, ac ebe ef:

'Wel, Mary, sut yr ydach chi?'

'Rydw i'n rhyfedd, Abel, a chonsidro,' ebe fy mam. 'Ond
fase fo *harm* yn y byd, Abel, 'tasech chi wedi dŵad i edrach
amdana i yn gynt. Cofiwch, 'tasech chi heb ddŵad yma am
fis, faswn i ddim yn meddwl llai ohonoch chi. Ac eto, rydw i
wedi bod yn synnu ac yn synnu na fasech chi wedi dŵad
yma yn gynt, Abel.'

'Nid am nad oeddwn i'n meddwl llawer amdanoch chi,

---

yn synnu'n fawr: *greatly surprised*
pa mor llugoer: *how lukewarm*
o'i gyferbynnu â: *in contrast with*
cydymdeimlad : *sympathy*
ni allwn beidio: *I couldn't stop,* (gallu)
mynegi: *express*
y drefn: h.y. *that's in the order of
things*
achos: *cause*
yn peri: *causing*
dipyn yn ddiarth: h.y. *rather distant*
Fe ofala Pen yr Eglwys: *The Head of
the Church will take care*

drannoeth: y bore wedyn
blaenor: *deacon*
parchus: *respected/respectful*
Gwyddwn yn dda: *I knew very well*
nad oedd fy mam: *that my mother
didn't*
yn dymuno: *wishing*
yn ei helynt: *in her problems*
na fasech chi wedi dŵad: *that you
wouldn't have come*
Nid am nad oeddwn i: *Not because
I wasn't*

Mary,' ebe Abel. 'Roedd yn chwith gen i eich colli o'r capel ar y Saboth, er nad oeddwn yn disgwyl eich gweld dan yr amgylchiadau. Doedd Bob ddim yn aelod efo ni, er ei fod yn debycach i aelod na llawer ohonom. Ond mae'r streics yma'n bethau rhyfedd iawn, Mary. Pethau ydyn nhw wedi dŵad oddi wrth y Saeson; nid y ni piau nhw, ac mae gen i ofn y gwnân nhw lawer o ddrwg i'r wlad ac i grefydd. Roeddan ni fel brodyr yn ystyried fod eisio cymryd pwyll. 'Tasen ni'n rhedeg yma i gydymdeimlo â chwi, buasai rhywun yn ddigon parod i ddweud mai'r un peth oeddan ninnau â'r tefysgwyr, a basai'r achos mawr yn dioddef. Mae'n dda gen i ddweud wrthoch, Mary, nad oes neb erbyn hyn yn credu yn euogrwydd Bob. Mae gen i newydd da arall i'w adrodd i chi. Mae'r dynion wedi sefyll yn benderfynol i beidio â gweithio o dan Mr Strangle, ac mae'r meistriaid wedi ei dalu allan, ac wedi anfon am Abram yr hen stiward. Bydd y gwaith yn cychwyn yfory.'

'Wel, does bosib,' ebe fy mam, 'na ollyngan nhw Bob o'r *jail* rŵan ar ôl gweld ei fod yn ddieuog, a bod y pethe oedd o yn ddeud yn iawn?'

'Na, mae gen i ofn, Mary, na allwn ni ddisgwyl am hynny. Pan fydd ynadon wedi gwneud camgymeriad, dydyn nhw byth yn ceisio cywiro'r camgymeriad.'

Yr oedd yr amser yn hir i aros am ryddhad fy mrawd. Trwy fod y cyflogau mor fach, nid oedd gan fy mam ddim wrth gefn tuag at fyw. Am tua thair wythnos bu ein

---

yn chwith: *strange, sad*
amgylchiadau: *circumstances*
yn debycach: *more like*
nid y ni piau nhw: *they don't belong to us*
y gwnân nhw: *that they will do,* (gwneud)
fel brodyr: *as brethren*
cymryd pwyll: *take one's time*
terfysgwyr: *rioters*
euogrwydd: *guilt*
meistriaid: *owners*

wedi ei dalu allan: *paid him off*
na ollyngan nhw: *that they won't release,* (gollwng)
yn ddieuog: *not guilty*
na allwn ni ddisgwyl: *that we can't expect,* (gallu)
ynadon: *J.P.s*
cywiro: *to correct*
rhyddhad: *release*
cyflogau: *wages*
wrth gefn: *in reserve*

cyfeillion yn garedig iawn wrthym ond yr oedd pum wythnos (arall) cyn y byddai Bob yn rhydd. Anghofiaf i byth yr wythnosau hynny. Nid oedd tuedd cwyno yn fy mam, ac yr oedd ynddi ryw fath o annibyniaeth ffôl, neu ni fyddai raid inni fod mewn angen.

Yr oeddwn innau wedi etifeddu ei gwendidau, ac nid addefwn hyd yn oed wrth Wil Bryan fy mod yn dioddef. Ond yr wyf yn sicr ei fod ef wedi deall hynny, oherwydd gwelais ef amryw weithiau yn mynd i'r tŷ, ac yn nôl darn braf o fara ac ymenyn neu fara a chig, ac wedi dechrau ei fwyta yn tynnu wyneb hyll, ac yn dweud nad oedd ganddo archwaeth ato, ac y byddai'n ei daflu ymaith os na chymerwn i ef.

Gwerthodd fy mam amryw fân bethau, ond gofalai fod y prynwyr yn ddieithriaid. Gwyddwn fod arni arswyd i bobl y capel ddeall ei bod mor anghenog. Buom (i dŷ Thomas a Barbara Bartley) deirgwaith o dan wahanol esgusodion, ac ni ddaethom oddi yno unwaith ar ein cythlwng nac yn waglaw.

Ond ni allaf fynd heibio i un amgylchiad heb gyfeirio ato. Rhwng amser brecwast a chinio ydoedd. Nid oeddem wedi profi tamaid er canol y dydd blaenorol. Teimlwn yn wan a digalon, ond ceisiwn dreulio'r amser yn darllen. Eisteddai

wrthym: *towards us*
yn rhydd: *free*
annibyniaeth ffôl: *foolish independence*
ni fyddai . . . angen: *we wouldn't have to be in need*
etifeddu: *inherited*
gwendidau: *weaknesses*
nid addefwn: *I wouldn't admit*, (addef)
yn dioddef: *suffering*
amryw: nifer o
archwaeth ato: *appetite for it*
os na chymerwn i ef: *unless I'd take it*, (cymryd)
mân bethau: *minor items*

gofalai: *she took care*, (gofalu)
dieithriaid: *strangers*
Gwyddwn: Roeddwn i'n gwybod
fod arni arswyd: *that she was terrified*
mor anghenog: *so much in need*
esgusodion: *excuses*
ar ein cythlwng; *starving*
gwaglaw: *empty-handed*
ni allaf fynd heibio: *I can't pass by*
amgylchiad: *incident*
heb gyfeirio ato: *without referring to it*
profi tamaid: *tasted any food*
y dydd blaenorol: *the previous day*

fy mam yn llonydd a synfyfyriol. Yn y man, cododd a gwisgodd ei bonet, ac eisteddodd drachefn am ysbaid. Cododd eilwaith, a rhoddodd ei chlog amdani, ac eisteddodd wedyn. Ymhen munud neu ddau, cododd ar ei thraed yn benderfynol, ac aeth i nôl basged o'r ystafell gefn. Gofynnais iddi ble roedd yn bwriadu mynd, ac ebe hi:

'Wel, fy machgen i, dydy e ddim diben yn y byd fod yn y fan yma yn pendwmpian. Fedrwn ni ddim dal lawer yn hwy, wel di, ac maen nhw'n deud mai'r ci a gerddiff a gaiff. Mi af yn ddigon pell fel na wnaiff neb fy nabod i.'

Deellais ei bwriad mewn eiliad, a theimlais fy ymysgaroedd yn rhoi tro ynof. Gosodais fy nghefn yn erbyn drws y tŷ, a gan ddolefain yn uchel, dywedais wrthi na châi hi fynd. Nid oedd llawer o waith perswadio arni.

Nid aethom ni ddim dros y rhiniog y diwrnod hwnnw, a llusgai'r oriau'n araf. Pan ddaeth y nos, clywsom gnoc caled a chyflym ar ddrws cefn y tŷ, a chodasom ein dau ar unwaith i'w ateb. Pan agorasom y drws, doedd dim neb yn y golwg, (ond) gwelwn rywbeth ar y rhiniog.

Sypyn ydoedd mewn papur llwyd, ac wedi'i lapio'n daclus. Gwelwn fod enw fy mam wedi'i ysgrifennu'n garbwl arno. Nid oedd yr ysgrifen yn ddieithr imi. Yr oedd y sypyn mewn un ystyr yn debyg i galon yr anfonydd, sef yn cynnwys llawer o bethau da. Ac eto, yr oedd y dirgelwch

---

synfyfyriol: *contemplative*
dim diben: *no point*
yn pendwmpian: *dozing*
Fedrwn ni . . . lawer yn hwy:
  We can't hold out much longer
y ci a gerddiff: *the dog that will*
  walk, (cerdded)
a gaiff: *will get*, (cael)
fel na wnaiff: *so that no one will*,
  (gwneud)
fy nabod i: *recognize me*
bwriad: *intention*
ymysgaroedd: *insides*

gan ddolefain: *crying*
na châi hi fynd: *that she wouldn't*
  be allowed to go, (cael mynd)
Nid oedd . . . arni: *She didn't need*
  a lot of persuasion
y rhiniog: *the threshold*
clywsom: clywon ni
a chodasom: ac fe godon ni
sypyn: *bundle*
yn garbwl: yn anniben
anfonydd: *sender*
dirgelwch: *mystery*

a oedd o'u cwmpas yn peri i'm mam betruso tipyn cyn eu defnyddio.

Wel, fy nghyfaill pur, yr wyf yn gwybod yn eithaf da y byddet ti'n rhannu'r tamaid olaf â mi. Yr oeddwn mor sicr mai ti oedd yr anfonydd ag oeddwn mai o'th law di y derbyniais y darn bara ac ymenyn y dydd blaenorol.

17: Person y Plwyf

Mewn tref fechan nid gŵr dibwys yw 'person y plwyf'. Nid oedd Mr Brown yn eithriad i'r rheol. Gŵr tew a rhadlon oedd ef. Ynddo ef cafodd y weddw a'r amddifad gyfaill caredig, yn enwedig os oeddent yn arfer mynd i'r Eglwys. (Eto i gyd) nid oedd yr Ymneilltuwyr tlawd yn gwbl anghofiedig ganddo. Os byddai ar rywun angen llythyr cymeradwyaeth, at Mr Brown y byddai'n mynd. Ni fyddai unrhywbeth trefol o bwys yn berffaith heb fod enw Mr Brown ynglŷn ag ef. Yr wyf yn cofio i Mr Brown unwaith anrhydeddu cyfarfod Y Feibl Gymdeithas â'i bresenoldeb ac ni fu erioed y fath guro traed a dwylo.

Ac eto, cyfaddefai hyd yn oed ei edmygwyr pennaf fod ynddo un gwendid, sef na allai bregethu. Siaradai'n araf a phoenus ond fel dyn call gofalai bob amser am beidio â blino ei wrandawyr â meithder. Heblaw hynny, yr oedd yr ychydig ddiffyg yn y pulpud yn cael ei wneud i fyny, a mwy hwyrach, gan y ffaith fod Mr Brown yn Ustus Heddwch. Yr oedd (hyn) yn rhoi iddo ddylanwad ar rai na fuasai byth yn eu cyrraedd o fewn muriau'r Eglwys.

Pa un ai ei ofal amdanom fel ei blwyfolion, neu (o)

---

person: *parson*
dibwys: *unimportant*
yn eithriad i'r rheol: *an exception to the rule*
rhadlon: *jovial*
gweddw: *widow*
amddifad: *orphan*
Ymneilltuwyr: *Nonconformists*
yn gwbl anghofiedig: *totally forgotten*
llythyr cymeradwyaeth: *a letter of recommendation*
trefol: *civic*
o bwys: *of any importance*

ynglŷn ag ef: *connected with it*
anrhydeddu: *to honour*
presenoldeb: *presence*
cyfaddefai . . .: . . . *admitted,* (cyfaddef)
edmygwyr pennaf: *greatest admirers*
na allai: *that he couldn't,* (gallu)
peidio â blino: *not to burden*
meithder: h.y. *long sermon*
diffyg: *deficiency*
Ustus Heddwch: *J.P.*
dylanwad: *influence*
pa un ai: *Whether*
plwyfolion: *parishioners*

deimlad o euogrwydd oherwydd (ei) ran yn anfon Bob i'r carchar, a barodd i'r gŵr parchedig ymweld â ni yn ein hadfyd, nid wyf yn gallu bod yn siŵr. Hwyrach y dylwn ddweud, er bod Mr Brown yn Gymro o ochr ei fam, na siaradai ef yr hen Gymraeg yn rhyw berffaith iawn.

'Bore da, Mrs Lewis,' ebe ein ficer, gan sychu'r chwys oedd yn berwi allan o'i wyneb coch.

'Bore da,' ebe fy mam, yn gwta ddigon, heb ofyn iddo eistedd. Ond eisteddodd Mr Brown heb ei ofyn ar hen gadair oedd yn ei ymyl.

Ar ôl ychydig o ddistawrwydd poenus, ebe Mr Brown,

'Mae hi'n diwrnod braf heddiw, Mrs Lewis?'

'Mae'r diwrnod yn burion, Mr Brown; petai popeth gystal â'r diwrnod fydde raid i neb gwyno,' ebe fy mam.

'Roeddwn i'n meddwl amdanoch chi sut oeddach chi yn dŵad ymlaen rŵan mae Robyt yn *jail*, oeddach chi yn cael digon o bwyd, chi a'r bachgen yma; ac er nad ydach chi ddim yn dŵad i'r Eglwys, oeddwn i'n meddwl, Mrs Lewis, rhoi tipyn o—o *assistance* ichi, ne cael tipyn o'r plwy ichi nes i Robyt dŵad yn ôl.'

Dywedodd Mr Brown y geiriau hyn mewn modd caredig, (ac mae'n siŵr gen i ei fod) yn cydymdeimlo'n fawr â'm mam a minnau yn ein caledi. Ond cyffyrddodd ef â thant yn natur annibynnol fy mam.

'Mr Brown,' ebe hi, 'os daethoch chi yma gyda'r meddwl o roi plaster ar y dolur ddaru i chi achosi, mae'ch neges chi'n ofer. Cic a chusan ydw i'n galw peth fel yna, Mr

---

euogrwydd: *guilt*
a barodd: *which caused*
gŵr parchedig: *reverend gentleman*
adfyd: *adversity*
Hwyrach (GC): *efallai*
yn gwta: *curtly*
heb ei ofyn: *without (him) being asked*
distawrwydd poenus: *painful silence*
yn burion: *yn iawn*
fydde raid i neb: *no one would have to*
plwy/plwyf: *Parish Relief*

modd: *ffordd*
yn cydymdeimlo: *sympathising*
caledi: *hardship*
cyffyrddodd . . .: *he touched,*
   (cyffwrdd)
tant: *cord*
annibynnol: *independent*
dolur: *wound*
ddaru i chi achosi: *that you caused*
neges: *errand*
yn ofer: *in vain*

Brown. Wedi i chi roi fy machgen diniwed i yn *jail*, mi fydde yn o arw gen i dderbyn dim help gynnoch chi. Rydw i wedi synnu atoch chi, Mr Brown! Dydw i ddim yn meddwl fod Duw yn eich arwain chi i gymdeithasu efo un fel gŵr y Plas, dyn nad ydy o'n meddwl am ddim ond am ei gyffyle rasys a'i gŵn hela.'

'Mrs Lewis! Mrs Lewis!' ebe Mr Brown yn syn.

'Nid ych lle chi ydy bod ar y Fainc. Mae gan offeiriad ddigon o waith i edrach ar ôl eneidiau ei wrandawyr. A pheth arall, Mr Brown, wn i ddim sut yr ydach chi yn disgwyl bendith pan mae eich calon chi erbyn hyn yn gwybod eich bod chi wedi gyrru bachgen diniwed i'r *jail*. A fase raid i neb sôn wrtha i am help o'r plwy 'tasech chi, Mr Brown, a gŵr y Plas heb roi fy machgen i yn y *jail* ar gam.'

Gwisgai wyneb (fy mam) ysgorn na welais mohoni yn ei ddangos cynt nac wedyn. Edrychai Mr Brown yn syn a chlwyfedig, ac nid heb achos. Ni cheisiodd ei amddiffyn ei hun. Cyn ymadael ebe fe braidd yn sarrug:

'Daru neb erioed siarad fel yna efo fi o'r blaen, Mrs Lewis; hwyrach y byddwch chi isio *assistance* gynnaf fi eto.'

'Os byth y do i,' (ebe fy mam), 'mi ellwch fod yn siŵr y bydda i wedi trio pawb arall yn gyntaf.'

Aeth Mr Brown ymaith yn ffrom.

Y noson honno daeth Abraham, stiward y Caeau Cochion, i'n tŷ ni i hysbysu fy mam fod gwaith yn cael ei gadw i Bob erbyn y byddai'n dod adref, a pha arian bynnag roedd hi ei

---

diniwed: *innocent*

o arw: *ofnadwy*

eich arwain chi: *leads you*

cymdeithasu: *to socialise*

cŵn hela: *foxhounds*

y Fainc: *(court) Bench*

offeiriad: *priest*

eneidiau: *souls*

gwrandawyr: *listeners*

bendith: *blessing*

gyrru (GC): *anfon*

ar gam: *unjustly*

na welais mohoni: *that I didn't see her,* (gweld)

cynt nac wedyn: *before or after*

clwyfedig: *hurt*

ei amddiffyn ei hun: *defending himself*

braidd yn sarrug: *rather surly*

Os byth y do i: *If I'll ever come,* (dod)

yn ffrom: *angrily*

hysbysu: *inform*

angen eu bod i'w cael, ac y byddai Bob yn cael eu talu yn ôl o'i gyflog fel y medrai. Wedi i'm mam grio tipyn a diolch mwy a mwy, estynnodd Abraham sofren yn fenthyg i'm mam, ac aeth ymaith.

Edrychodd fy mam ar y sofren bob ochr a phob cyfeiriad, fel un yn syllu ar hen gyfaill mae ymron wedi ei anghofio, ac ebe hi:

'Wyddost ti be? Roeddwn i *just* wedi anghofio ffasiwn un oedd y frenhines yma.'

---

fel y medrai (GC): *as he could,*
  (medru)
sofren: *sovereign*

yn fenthyg: *as a loan*
yn syllu: *staring*
ffasiwn un: sut un

90

18: Dychweledigion

Yr oedd ymweliadau Abel Hughes â'n tŷ ni yn ddigwyddiadau mor gyffredin fel mai ychydig o sylw yr oeddwn i'n ei gymryd ohonynt. Ond mae gennyf reswm da dros gofio un ymweliad ryw bythefnos cyn i Bob ddod o'r carchar. Yr oedd fy mam ac Abel wedi bod yn sgwrsio am dipyn, a minnau'n ysgrifennu yn ymyl y ffenestr.

'Mary, mae'n hen bryd i'r bachgen yma feddwl am wneud rhywbeth, yn enwedig fel mae pethau arnoch chi rŵan.'

'Rydw i'n meddwl yr un fath â chi yn union, Abel,' ebe fy mam. 'Ond be feder o neud, wn i ddim, achos dydy o ddim yn gry, a dydy o fawr o slaig.'

'Ond mae o yn glamp o fachgen,' ebe Abel. 'Mi fedrwn wneud efo hogyn yn y siop acw rŵan, 'taswn i'n siŵr y gwnâi Rhys ateb y diben,' ebe Abel.

'*Just* y peth rydw i wedi bod yn meddwl amdano ddwsinau o weithiau, Abel,' ebe fy mam. 'Mi wn i y câi o chware teg efo chi, Abel. Ac mae o'n beth od, Abel. (Po) hyna rydw i'n mynd mwya yn y byd rydw i'n dŵad i weld yr un fath â Bob druan, fod tipyn bach o ddysg yn beth handi dros ben, ond peidio â chael gormod ohono fo.'

'Beth wyt ti'n ei wneud fan yna, Rhys?' gofynnodd Abel, gan gerdded tuag ataf, ac ychwanegu, 'Wyddost ti beth, rwyt ti'n ysgrifennu yn deidi; pwy ddysgodd ti, dywed?'

'Bob,' ebe finnau yn wylaidd.

'Fedri di gowntio? Fedri di wneud *simple additions*?'

Dychweledigion: *people returning*
ymweliadau: *visits*
be feder o neud: beth mae o'n
  gallu ei wneud
yn gry: yn gryf
slaig: ysgolhaig, *scholar*
clamp o: *a huge*

y gwnâi Rhys: *that Rhys would do,*
  (gwneud)
ateb y diben: h.y. *fit the bill*
y câi o: *that he'd have,* (cael)
(Po) hyna rydw i'n mynd mwya
  yn y byd . . .: *The older I get the*
  more I realise
dysg: *education*

Yr wyf yn ofni imi wenu braidd yn wawdlyd wrth ei ateb. 'Medraf *addition, subtraction, multiplication,* a *divisions of money.'*

'Be mae o'n ddeud, Abel?' gofynnodd fy mam.

'O, dim ond dweud ei fod o'n gwybod sut i gyfrif arian,' ebe Abel.

'Rhys,' ebe fy mam, gan edrych yn geryddgar arnaf, 'ddaru i mi erioed o'r blaen dy ddal di'n deud anwiredd! Abel! Mi ddeuda yn onest wrthoch chi, dydw i ddim isio'ch twyllo chi; fu erioed arian yn ei ddwylo fo; ac rydw i'n synnu atat ti, Rhys, yn deud ffasiwn beth wrth Abel Hughes.'

Yr oedd llawer o'r hen Fethodistiaid yn credu nad oedd chwerthin 'yn gweddu i'r Efengyl', ac nid wyf yn cofio imi erioed cyn y tro hwn glywed Abel Hughes yn chwerthin.

Ymlaen yr aethom—Abel yn holi, a minnau'n ateb. Yr wyf i'n sicr fod Abel yn synnu fy mod yn gwybod cymaint ag a wyddwn, a minnau heb gael (dim) ysgol (bron).

'Rydw i'n gobeithio, Abel,' ebe fy mam, 'nad ydy Bob wedi dysgu dim drwg iddo. Maen nhw efo'u Saesneg y dyddiau hyn, fel na wyddoch beth sydd yn mynd ymlaen yn eich tŷ eich hun.'

Canlyniad ymweliad Abel y noson honno oedd y cytundeb rhwng fy mam ac yntau fy mod yn mynd ar fis o dreial ato i'r siop.

Peth arall a lonnodd (fy mam) yn fawr oedd fod Thomas a Barbara Bartley yn parhau i ddod i foddion gras. Pan fyddai

---

braidd yn wawdlyd: *rather scornfully*
yn geryddgar: *reprovingly*
deud anwiredd: *telling lies*
Mi ddeuda: *I'll tell you,* (dweud)
eich twyllo chi: *deceive you*
fu erioed arian . . ..: *there has never been money in his hands*
rydw i'n synnu atat ti: *I'm surprised at you*
ffasiwn beth: y fath beth

yn gweddu i'r Efengyl: *as befits the Gospel*
cymaint ag a wyddwn: *as much as I knew*
Canlyniad: *consequence*
cytundeb: *agreement*
a lonnodd: *which cheered up,* (llonni)
yn parhau i ddod: *continued to come*
i foddion gras: h.y. *to chapel services*

hi'n egluro iddynt y gwirionedd mewn iaith syml, clywais Thomas Bartley yn dweud amryw weithiau,

'Piti garw, Mary, na fasech chi'n perthyn i'r Ranters; mi fasech yn gneud pregethwr da iawn.'

(Ar y dydd Sul olaf i Bob fod yn y carchar, ar y ffordd) allan o'r capel sylwais fod Thomas a Barbara Bartley yn aros am fy mam. Aeth y tri tua chartref gan sgwrsio yn ddifrifol, ac roedd Wil Bryan a minnau'n cerdded y tu ôl iddynt. Ni allwn beidio â dweud wrth Wil fy mod yn mynd yn brentis at yr hen Abel. Trawyd Wil â syndod, ac edrychodd arnaf gyda thosturi, ac ebe fe,

'*Goodbye!* Flasi di byth eto chware na chwerthin. Chei di byth ddim byd eto ond seiat ac adnod. Mi fyddi'n ffit i fynd i'r nefoedd *any day*. Mae'n ddrwg gen i drosot ti, Rhys; ond gan fod pethe wedi'u setlo—*fire away*. Ond mi fase'n well gan y *chap* yma (trawodd ei frest wedyn) fynd i hel *oysters* ar ben Foel Famau na mynd yn brentis at yr hen Ab.'

Am chwech o'r gloch yr hwyr cafodd y pregethwr W. Hughes oedfa lewyrchus ac ar ôl yr oedfa, gofynnodd Abel Hughes fel yr arferai,

'Oes yma rywun wedi aros o'r newydd?'

Yr oedd Thomas a Barbara Bartley wedi aros.

'Ewch i siarad gair â nhw, William Hughes,' ebe Abel wrth y pregethwr.

---

yn egluro: *explaining*
y gwirionedd: *the truth*
amryw: *nifer o*
y Ranters: *the Primitive Methodists (founded 1810) preached rather noisily and were nicknamed 'the Ranters'*
Ni allwn beidio: *I couldn't refrain,* (gallu)
Trawyd W â syndod: h.y. *Wil was stunned,* (taro)
tosturi: *compassion*
Flasi di byth eto: *You'll never again taste,* (blasu)
Chei di byth: *You'll never have,* (cael)

ddim byd: *nothing*
adnod: *a (Biblical) verse*
Mae'n . . . drosot ti: *I'm sorry for you*
hel (GC): *casglu*
Moel Famau: mynydd yng Nghlwyd
Ab: Abel Hughes
yr hwyr: yn y nos
oedfa: gwasanaeth
llewyrchus: *successful*
fel yr arferai: *fel roedd yn arfer* (gwneud)
wedi . . . newydd: h.y. Oes rhywun newydd eisiau dod yn aelodau?

'Wel, Thomas Bartley,' ebe'r pregethwr, 'dydw i ddim yn gwybod dim amdanoch chi, a hwyrach y deudwch chi dipyn o'ch hanes.'

'Gwna,' ebe Thomas. 'Pobol dlawd oedd 'y nhad a 'mam , a fi oedd yr ienga o dri o blant. Yr ydan ni i gyd wedi marw erbyn hyn heblaw fi.'

'Doeddwn i ddim yn meddwl i chi ddeud hanes eich teulu,' ebe'r pregethwr, 'eisiau gwybod oedd arna i dipyn o'ch profiad. Beth wnaeth i chi a'ch gwraig aros yma heno?'

'O! begio'ch pardwn,' ebe Thomas. 'Wel, mi ddeuda ichi. Mae Barbara a minne wedi bod yn meddwl am ddŵad atoch chi i'r seiat, a mi roedd Mary Lewis yn deud fod yn hen bryd inni.'

'Chwi wnaethoch yn dda,' ebe'r pregethwr. 'Mae'n debyg eich bod yn gweld eich hun yn bechadur mawr, Thomas Bartley?'

'Wel, mi ddeuda i hyn, ddaru i mi erioed ddal dig at neb, mae Barbara'n gwybod, ac yr ydw i bob amser wedi trio byw yn onest,' ebe Thomas.

'A fedrwch chi ddarllen, Thomas Bartley?' gofynnodd y pregethwr.

'Mae gen i grap ar y llythrenne a dim chwaneg, ond mi fydda i'n ffond o glywed rhai'n darllen,' ebe Thomas.

'Colled fawr ydyw bod heb fedru darllen. Felly fe ddylech (wneud ymdrech arbennig) i ddod i'r moddion o hyn allan,' ebe Mr. Hughes.

'Os byddwn ni byw,' ebe Thomas, 'mae Barbara a minne wedi penderfynu dilyn y moddion yn solet, achos mae amser yn pasio yn ffeindiach o lawer na bod yn pendwmpian gartre. A deud y gwir ichi, Mr. Hughes, yr ydan ni'n cael

---

hwyrach (GC): efallai
ienga: ieuengaf, *youngest*
profiad: *(religious) experience*
mi ddeuda ichi: *I'll tell you,* (dweud)
Mae'n debyg: h.y. *I'm sure*
pechadur: *sinner*
ddaru . . . dig: *I never bore a grudge*

crap ar y llythrenne: *some idea of letters*
chwaneg: mwy
Colled: *loss*
dilyn y moddion: h.y. dod i'r capel
yn solet: *solidly*
yn ffeindiach o lawer: *much nicer*
yn pendwmpian: *dozing*

pleser mawr yn y capel. 'Tasen ni'n gwybod hynny'n gynt, mi fasen ni wedi dŵad yma ers blynyddoedd, ond ofynnodd neb erioed inni nes i Mary Lewis *just* ein fforsio ni i ddŵad.'

'Da iawn,' ebe'r pregethwr. 'Pwy bynnag ydyw y Mary Lewis yma, mae hi'n lled agos i'w lle.' Trodd y pregethwr at Barbara, ac ebe fe,

'Wel, Barbara Bartley, fedrwch chwi ddarllen?'

'Crap ar y llythrenne, 'run fath â Thomas,' ebe Barbara.

'Wel, dywedwch air o'ch teimlad,' ebe Mr. Hughes.

''Run fath â Thomas yn union,' ebe Barbara.

Cerddodd William Hughes yn ôl i'r sêt fawr, ac ebe fe,

'Abel Hughes, rydach chwi'n adnabod y cyfeillion yma'n well na mi.'

Cododd Abel ar ei draed. Ebe fe, â'i lais yn crynu gan deimlad,

'Fy hen gymdogion, does dim eisiau i mi ddweud wrthoch chi fod fy nghalon yn llawenhau. Yr ydw i'n gobeithio ac yn credu fod eich amcan yn eithaf cywir wrth aros yma heno. Wel, Thomas Bartley, ydach chi'n ffeindio rhyw altreth yn eich teimlad a'ch meddwl y dyddiau hyn, yn wahanol, dywedwn, i dri mis yn ôl?'

'Altreth mawr yn siŵr i chi, Abel Hughes,' ebe Thomas. 'Cyn i mi ddechre dŵad i'r capel, fydde Barbara na minne byth yn meddwl dim am ein diwedd. Ond rŵan, does dim yr un diwrnod yn mynd dros ein pennau nad ydan ni'n sôn am hynny. Mi fydda i'n meddwl llawer sut y bydd hi arnom ni ar ôl mynd oddi yma—a gaiff Barbara a finne fod hefo'n gilydd, ac a fyddwn ni'n gyfforddus?'

---

yn gynt: *sooner*	altreth: *alteration*
ein fforsio: *forced us*	dywedwn: *let's say*, (dweud)
yn lled: yn eithaf	ein diwedd: *our demise*
Trodd: Troiodd, (troi)	sut y bydd hi arnom ni: *how will*
yn crynu: *trembling*	*things be for us*
cymdogion: *neighbours*	a gaiff . . .: *whether . . . will be*
yn llawenhau: *rejoicing*	*allowed*, (cael)
amcan: *purpose*	yn gyfforddus: *comfortable*
cywir: *honourable*	

'Yn hollol, Thomas,' ebe Abel. 'Beth ydach chi'n ei feddwl fydd raid i chi ei gael i'ch gneud yn gyfforddus yma, ac ar ôl mynd oddi yma?'

'Wel, fedra i ddim deud wrthoch chi yn gysáct; ond mi fydda'n meddwl mai ymddiried yng Nghrist, fel roedd Mari Lewis yn deud.'

'Peidiwch â newid eich meddwl ar hynny, Thomas bach,' ebe Abel. 'Mae gennych fachgen, Thomas, wedi mynd ato— does dim amheuaeth.'

Nid cynt y soniodd Abel am Seth nag y dechreuodd dagrau mawrion syrthio i lawr gruddiau Thomas. Yr oedd Abel Hughes yn ddyn *stern*, ond meddai ar galon fawr (a) gorchfygwyd ef yn lân. Yn y man adfeddiannodd ei hun, a gofynnodd arwydd derbyniad i Thomas a Barbara Bartley.

Eisteddwn yn ymyl y sêt fawr. Ar ôl i'r pregethwr ddiweddu'r seiat, gwelwn Thomas Bartley'n dod at Abel, a gan ddodi ei law yn ei boced, ebe fe,

'Abel Hughes, oes 'na ryw *entrance* i'w dalu heno?'

Gwenodd Abel, a dywedodd,

'Nac oes, Thomas; cewch gyfle eto i roi rhywbeth ar lyfr yr eglwys.'

'Twbi shŵar,' ebe Thomas, ac ymaith ag ef.

Yn hollol: *quite, exactly*
yn gysáct: *exactly*
ymddiried: *to trust*
wedi mynd ato: *has gone to him*
does dim amheuaeth: *there's no doubt (about that)*
nid cynt: *no sooner*
y soniodd A: *that A mentioned,* (sôn)
meddai: *he possessed,* (meddu)

(a) gorchfygwyd ef: *he was overcome,* (gorchfygu)
yn lân: *totally*
adfeddiannodd ei hun: *he recovered self-control*
arwydd derbyniad: *a sign of acceptance*
diweddu: *gorffen*
twbi shŵar: *to be sure*

19: Ymweliad mwy nag un perthynas

Er nad oedd ond ychydig ddyddiau er pan oeddwn wedi dechrau gweithio gydag Abel Hughes yn y siop, rhoddodd yr hen ŵr ŵyl i mi i longyfarch fy mrawd ar ei ddychweliad adref. Disgwylid ef gyda'r trên canol dydd, ac er yn fore yr oedd fy mam yn gynhyrfus yn glanhau'r tŷ ac yn paratoi derbyniad croesawgar iddo.

Yr oedd y llestri te ar y bwrdd, teisen wedi'i chrasu, a'r dŵr yn y tegell wedi berwi ac oeri lawer gwaith drosodd ymhell cyn yr adeg yr oedd y trên i fod i gyrraedd. Yr oeddwn innau yn y stesion o leiaf hanner awr cyn yr amser, a chwarae teg i Wil Bryan yr oedd ef yno o'm blaen. Yn fuan iawn wele ddegau o'r glowyr ar y *platform* ond synnwn at absenoldeb cyfaill pennaf Bob, sef John Powell.

Canodd y gloch, a daeth y trên i'r golwg ac wrth ei weld yn dod mor gyflym tybiwn nad oedd yn bosibl iddo sefyll, ond sefyll a wnaeth. Yr oedd yr orsaf yn ferw gwyllt. Edrychwn bob ffordd am Bob.

'*All right*,' ebe rhywun ac ymaith â'r trên drachefn. Edrychai'r glowyr yn siomedig, a rhedodd Wil Bryan ataf, ac ebe ef,

'Dydy Bob ddim wedi dŵad.'

---

gŵyl: *a day's holiday*
llongyfarch: *to congratulate*
dychweliad: *return*
Disgwylid ef: *He was expected,*
  (disgwyl)
yn fore: yn gynnar yn y bore
yn gynhyrfus: *excited*
derbyniad: *reception*
croesawgar: llawn croeso
wedi'i chrasu: *baked*

drosodd: *over*
wele: *behold*
degau: tens, (h.y. *dozens)*
synnwn: *I was surprised,* (synnu)
absenoldeb: *absence*
i'r golwg: *into view*
tybiwn: roeddwn i'n meddwl,
  (tybio)
yn ferw gwyllt: *full of excitement*
drachefn: eto

Syrthiodd fy nghalon o'm mewn, ac o'r braidd y gallwn reoli fy nheimladau. Ceisiai'r glowyr fy nghysuro trwy fy sicrhau y byddai Bob yn dod gyda'r trên nesaf, ymhen teirawr. Euthum adref yn bendrist, ac ymhell cyn cyrraedd y tŷ gwelwn fy mam yn y drws yn ein disgwyl, a phan welodd hi fi yn dod ar fy mhen fy hunan ciliodd i'r tŷ. Roedd ei siomedigaeth yn dost, ond dywedais wrthi fod y glowyr yn sicrhau y byddai fy mrawd yn dod gyda'r trên nesaf. Ni thorrwyd y gacen gyrans, ac ail-lanwyd y tegell.

Euthum i gyfarfod y trên drachefn, ac (yr oedd) mwy o weithwyr y Caeau Cochion yno nag o'r blaen. Yr oedd ynof (y teimlad) na ddeuai Bob gyda'r trên hwnnw ychwaith, ac yr (oeddwn) yn gywir. Pan nesawn at y tŷ nid oedd fy mam fel o'r blaen yn sefyll yn y drws, a phan euthum i mewn nid oedd yn ymddangos mor siomedig ag yr oeddwn i'n disgwyl iddi hi fod. Cyn imi ddweud dim, ebe hi,

'Mi wyddwn na ddôi o ddim; roedd rhywbeth yn deud wrtha i. Mi wn fod rhwbeth wedi hapno iddo fo,' a gan gladdu ei hwyneb yn ei ffedog, ymollyngodd i wylo'n hidl.

Nid oedd ots gan fy mam pa un a awn ai peidio i gyfarfod â'r trên olaf, ond mynd a wnes i. Sylwais fod yn yr orsaf erbyn hyn amryw o weithwyr y Caeau Cochion a fu'n gweithio yn ystod y dydd. Sylwais hefyd fod nifer fawr o'r rhai na fu'n gweithio y diwrnod hwnnw wedi hanner meddwi.

---

o'r braidd: *hardly*
gallwn reoli: *I could* control, (gallu)
Ceisiai'r glowyr: *The colliers tried,* (ceisio)
fy nghysuro: *comfort me*
trwy fy sicrhau: *by assuring me*
gwelwn: roeddwn i'n gweld
ciliodd: she retreated, (cilio)
Ni thorrwyd . . .: *The . . . wasn't cut,* (torri)
cacen gyrans: *currant cake*
na ddeuai B: *that B wouldn't come,* (dod)
Pan nesawn at: *When I was approaching,* (nesáu at)

fel o'r blaen: *as before*
ymddangos: *to appear*
na ddôi o ddim: *that he wouldn't come,* (dod)
wedi hapno: *has happened*
a gan gladdu: *and by burying*
ymollyngodd: *she let herself go,* (ymollwng)
wylo'n hidl: *to cry her heart out*
pa un a awn: *whether I'd go,* (mynd)
ai peidio: *or not*
na fu'n gweithio: *who hadn't been working*
wedi hanner meddwi: *were half drunk*

Daeth y trên i mewn, ond nid oedd yn cario Bob. Pan aethom i'r tŷ, synnwyd Wil a minnau gan mor dawel oedd fy mam, a dywedodd Wil yn fy nghlust,

'Mae'r hen wraig yn sticio i fyny fel *brick*.'

'Mi welaf,' ebe fy mam, 'mai newydd drwg sy gynnoch chi eto. Ond dydy o ddim ond y peth oeddwn i yn ddisgwyl. Mae rhwbeth wedi hapno iddo fo, neu mi fase adre cyn hyn. Ddaru un ohonoch chi ddim digwydd siarad hefo John Powell? Beth oedd o yn ei feddwl am Bob heb ddŵad?' gofynnodd fy mam.

'Doedd John Powell ddim yno,' atebon ni'n dau.

'Ddim yno! John Powell ddim yno?' ebe fy mam mewn syndod.

'Roedd o'n gweithio stem y dydd,' ebe Wil.

'Pwy oedd yn deud hynny wrthat ti, William?' gofynnodd fy mam.

'Neb, ond 'y mod i'n meddwl hynny,' ebe Wil.

Parodd hyn i'm mam bletio'i ffedog a hirfyfyrio. Yn y man ebe hi:

'William, fyddet ti fawr o dro yn rhedeg cyn belled â thŷ John Powell, a deud wrtho, os ydy o i mewn, y baswn yn leicio'i weld o.'

'*No sooner said than done*,' ebe Wil, gan neidio ar ei draed.

'Mae yna rwbeth yn garedig ac yn glên yn y bachgen ene,' ebe fy mam, 'a fedra i yn 'y myw beidio'i hoffi o; ond mi hoffwn o yn fwy 'tase o dipyn yn fwy difrifol ac yn siarad llai o Saesneg.'

Er fy mod yn gweld yr amser yn hir, dychwelodd Wil yn

---

synnwyd . . . gan: . . . *were surprised by*
Ddaru un ohonoch chi . . .?: *One of you didn't happen to . . .?*
mewn syndod: *in amazement*
stem: *shift*
Parodd hyn: *This caused*, (peri)
hirfyfyrio: meddwl yn hir
fyddet ti fawr o dro: *you wouldn't take long*

cyn belled â: *as far as*
yn glên (GC): *nice*
ene: h.y. yna
a fedra i yn 'y myw: *and I can't for the life of me*, (medru)
peidio'i hoffi o: *not to like him*
dipyn: *considerably*
yn fwy difrifol: *more serious*
dychwelodd W: *W returned*, (dychwelyd)

99

fuan gyda'r newydd nad oedd John Powell gartref, ac nad oedd wedi bod gartref ar hyd y dydd. Parodd (hyn) i'm mam syrthio i fyfyrdod dwfn, mor ddwfn fel na chymerodd hi un sylw o'r hyn a ddywedodd Wil wrthyf braidd yn ddistaw:

'Mi alwes i ddeud wrth y gaffer acw 'y mod i'n mynd i aros efo ti heno. Rydan ni wedi colli *sport* iawn. Mae'r *colliers* wedi bod yn llosgi gŵr gwellt o Mr Brown a gŵr y Plas. Mae 'na dair batel wedi bod.'

Carlamodd Wil gyda'r stori, ond pan welodd nad oedd o un diddordeb i mi, tawodd; a'r funud nesaf syrthiodd i gysgu gan chwyrnu dros y tŷ.

Ni wn am ba hyd y buom yn y sefyllfa hon; ond yr wyf yn cofio'n dda imi ddychmygu ddegau o weithiau clywed rhywun yn cerdded i fyny'r buarth at ddrws y tŷ, a phan fyddai o fewn ychydig gamau i'r drws collwn sŵn y troed. Weithiau byddwn yn sicr mai troed Bob ydoedd, a byddwn yn dal fy anadl, ond gorffennai'r cyfan mewn distawrwydd.

(Ond gwelais) Wil yn deffro yn sydyn a'm mam yn neidio ar ei thraed. Yr oedd rhywun yn curo'r drws. Tra oedd Wil yn deffro o'i gwsg, a minnau o'm breuddwydion, i groesawu Bob, roedd fy mam wedi agor y drws. Ond dyna siomedigaeth!

'Wel, Mary, sut ydach chi erstalwm?'

'Y Gwyddel' (oedd yno). Gwyddai Wil mewn eiliad pwy oedd, oherwydd gwyddai gymaint amdano ag a wyddwn i bron. Safodd fy mam o flaen y Gwyddel fel nad oedd yn bosibl iddo ddod i'r tŷ ac ebe hi wrtho:

---

myfyrdod dwfn: *deep thought*
fel na . . . un sylw: *so that she didn't take any notice*, (cymryd)
braidd yn: *rather*
y gaffer acw: h.y. tad WB
gŵr gwellt: *straw effigy*
batel: *battle*
Carlamodd W: *W galloped*, (carlamu)
nad oedd: *that it wasn't*
o un . . . i mi: *of any interest to me*
tawodd: stopiodd siarad, (tewi)

sefyllfa: *situation*
dychmygu: *to imagine*
buarth: *yard*
camau: *steps*
gorffennai'r cyfan: *everything would end*, (gorffen)
distawrwydd: *silence*
siomedigaeth: *disappointment*
Gwyddai W: *W knew*, (gwybod)
ag a wyddwn i: ag yr oeddwn i'n gwybod
bron: *almost*

'James, rydw i wedi deud wrthoch chi laweroedd o weithiau nad oes gen i byth eisio gweld eich wyneb chi, ac nad ydach chi ddim i ddŵad i'r tŷ 'ma.'

Chwaraeai Wil â'r pocer, ac estynnodd y Gwyddel ei ben i weld pwy oedd yn y tŷ, ac ebe fe gan edrych ar Wil:

'Onid bachgen Hugh Bryan ydy o?'

'Ie,' ebe fy mam.

'Roeddwn i'n meddwl hynny ar ei drwyn o,' ebe'r Gwyddel.

'Be ydach chi'n ei weld ar 'y nhrwyn i?' ebe Wil yn boethlyd.

'William, taw y munud yma,' ebe fy mam. Gallwn ddarllen ar wyneb y Gwyddel na fasai dim yn rhoi mwy o bleser iddo na chael rhoi tro yng ngwddf Wil, a gwyddai fy mam hynny'n dda.

'Ga i roi dyrnod iddo fo?' ebe ef wrthyf yn ddistaw.

Rhybuddiais ef i gymryd gofal, oherwydd nid gŵr i gellwair ag ef oedd y Gwyddel. Erbyn hyn siaradai fy mam â'r Gwyddel mor ddistaw fel na allem ddeall ond ychydig eiriau o'r hyn yr oeddent hwy'n ei ddweud. Yn hollol sydyn peidiodd y ddau â siarad, a gwelwn y Gwyddel yn troi ei lygaid tua'r buarth ac yn gwelwi yn ei wyneb. Eto, ni symudodd o'r unfan, a'r foment nesaf clywem sŵn traed yn dod i fyny at y tŷ. Y funud nesaf gwelwn law yn cydio yn ei war, a chlywn lais nad oedd wedi'i glywed yn ein tŷ ni ers deufis, yn dweud wrtho:

'Holô, *Gamekeeper*, beth sydd arnoch chi ei eisiau yma?'

Chwaraeai W: *W played,*
pocer: *poker*
yn boethlyd: *hot under the collar*
taw: bydd yn dawel, (tewi)
na fasai dim: *that nothing would*
na chael: *than being allowed,* (cael)
dyrnod: *blow*
rhybuddiais ef: *I warned him,*
  (rhybuddio)
nid gŵr: *that he wasn't a man*

cellwair ag ef: *to be provoked*
fel na allem: *that we couldn't,*
  (gallu)
peidiodd: stopiodd
gwelwi: *to become pale*
clywem: roedden ni'n clywed
yn cydio: *grasping*
yn ei war: *in the nape of his neck*
clywn lais: roeddwn i'n clywed
  llais

WITHDRAWN
UNIVERSITY OF WALES LIBRARY SWANSEA

Dyna oedd yr olwg olaf a gefais ar y Gwyddel y noson honno, a cherddodd Bob a John Powell i'r tŷ, gan gau'r drws ar eu holau. Ni cheisiaf ddarlunio llawenydd fy mam a minnau. Cerddai Wil Bryan neu'n hytrach lled-ddawnsiai o gwmpas y gegin, gan chwibanu'r alaw, 'When Johnny comes marching home'.

Nid oeddwn yn gallu gweld bod y carchar wedi gwneud un newid yn ymddangosiad Bob. Pan ddaeth fy mam ati ei hun, dechreuodd ei 'holi a'i stilio', a phan ofynnodd iddo pam nad oedd wedi dod adref gyda'r trên canol dydd, atebodd John Powell:

'Arnaf fi mae'r bai. Deellais fod y gweithwyr yn penderfynu gwneud helynt, a gwyddwn na fuasai Bob yn hoffi hynny, ac euthum i'w gyfarfod gan ei gadw yn ôl nes i bawb fynd i'w gwelyau.'

Pan ddaeth tro Bob i ofyn am newyddion, roeddwn i'n disgwyl i fy mam ddweud wrtho fy mod i wedi mynd yn brentis at Abel Hughes. Ond cefais fy siomi. Ebe hi:

'Y newydd gorau ar y ddaear sy gen i ddeud wrthat ti, Bob, ydy fod Thomas a Barbara Bartley wedi dod i'r seiat, a bod lle i gredu fod y ddau wedi cael tro gwirioneddol.'

Yr oedd fy mam wedi'i llyncu i fyny gymaint gan ei phwnc, fel na feddyliodd hi am eiliad gynnig bwyd i'm brawd a'i gydymaith. Ond yr oedd yn ymddangos fod y ddau wedi bod yn gwledda yn rhywle cyn dod adref, ac yr oedd fy mam, o'r diwedd, yn ddigon meddylgar i ddwyn y gacen gyrans o flaen Wil a minnau.

---

yr olwg olaf: *the final look*
Ni cheisiaf: *I shall not try,* (ceisio)
llawenydd: *joy*
Cerddai W: *W walked*
lled-ddawnsiai: *he half-danced*
yn chwibanu: *whistling*
yr alaw: *the tune*
ymddangosiad: *appearance*
Pan . . . hun: *When my mother was herself again*
na fuasai B yn hoffi: *that B wouldn't like*

cefais fy siomi: *I was disappointed*
tro gwirioneddol: *a real conversion*
wedi'i llyncu: *had been swallowed up*
gymaint: *so much*
pwnc: *subject*
cydymaith: *companion*
ymddangos: *to appear*
yn gwledda: *dining*
meddylgar: *thoughtful*
dwyn: *to bring*
cacen gyrans: *currant cake*

20: Bob

Aeth misoedd heibio. Yr oedd gwaith y Caeau Cochion yn llwyddo o dan oruchwyliaeth Abraham. Ni chlywid yn ein tŷ ni y geiriau annymunol 'gorthrwm' ac 'anghyfiawnder', ac yr oedd Bob yn hollol fodlon ar ei enillion. Ymhen ychydig wythnosau talodd bob dimai o ddyled fy mam.

Cyn belled ag y gallwn i weld, nid oedd y carchar wedi effeithio fawr ar ysbryd Bob y naill ffordd na'r llall. Yn ei oriau hamdden yr oedd yn darllen yn ddiddiwedd a dywedai fy mam y byddai hynny yn sicr o niweidio'i olwg. Byddai hefyd yn dod i'r capel yn gyson fel o'r blaen, ond er cael ei gymell yn daer, gwrthododd ailymuno â'i ddosbarth yn yr Ysgol Sul.

Rhaid imi addef un newid ynddo, sef na byddai yn awr yn darllen y Beibl yn (ein cwmni ni). Parodd hyn ofid mawr i'm mam. Yr oedd hi'n ofni am amser nad oedd ef yn ei ddarllen o gwbl. Yn gyffredin, eisteddai Bob i fyny am rai oriau wedi i'm mam a minnau fynd i'r gwely. Ond gofalai fy mam osod y Beibl bob nos mewn ffordd arbennig ar y bwrdd fel y gallai hi wybod i sicrwydd bore trannoeth a

---

goruchwyliaeth: *supervision*
Ni chlywid . . .: . . . *weren't heard*
annymunol: *unpleasant*
gorthrwm: *oppression*
anghyfiawnder: *injustice*
enillion: *earnings*
pob . . . ddyled: *every halfpenny of debt*
cyn belled: *as far*
y naill . . . na'r llall: *neither one way or the other*
yn ddiddiwedd: *endlessly*
a dywedai fy mam: *my mother would say*

niweidio: *to damage*
ei olwg: *his eyesight*
er cael ei gymell: *though he was coaxed*
yn daer: *earnestly*
ailymuno: *to rejoin*
addef: *to admit*
Parodd hyn: *This caused,* (peri)
gofid: *worry*
gofalai fy mam: *my mother would take care,* (gofalu)
gosod: *to place*
fel y gallai hi: *so that she could*
i sicrwydd: *for certain*

oedd Bob wedi bod yn ei ddarllen. (Câi fy mam gysur mawr) wrth weld yn y bore fod y Beibl wedi ei symud.

Ond a oedd fy mam yn hapus? Yr oeddwn yn sicr nad oedd. Ni ddychwelodd y gwrid i'w hwyneb, ac nid ymadawodd y marciau duon o dan ei llygaid. Mewn tri mis roeddwn i'n meddwl ei bod wedi heneiddio deng mlynedd; ac eto rydw i'n credu y buasai ei gwrid yn dychwelyd a'r düwch o dan ei llygaid yn ymadael, 'tasai Bob ddim ond yn dweud,

'Mam, rydw i'n teimlo'n anesmwyth, ac rydw i'n bwriadu fy nghynnig fy hun i'r seiat nos Sul nesaf.' Ond ni ddywedodd hynny.

'Wnei di ateb un cwestiwn i mi?' ebe fy mam (un noson).

'Gwnaf, os medraf,' ebe Bob.

'Os atebi di mi deimlaf yn berffaith dawel. Ydy dy gydwybod di yn dawel dy fod ti, fel rwyt ti, ar lwybr dyletswydd?'

Gallwn weld ar wyneb Bob ei fod wedi ei wasgu i'r gongl. Bu am beth amser heb ateb.

'Rhaid imi gyfaddef mai yn y tywyllwch ydw i, ac mai teimlo fy ffordd ydw i. Gallaf ddweud yn onest fy mod yn ymbalfalu. Rydw i'n eich sicrhau mai gwaedd fy enaid yw— "Goleuni, goleuni, ychwaneg o oleuni!" Dydw i ddim yn caru'r tywyllwch, ond ni welaf ond y nos. I chi sydd bob amser yn byw yng nghanol y goleuni, mae fy ngeiriau'n ynfyd, ond rydw i'n eich sicrhau mai geiriau gwirionedd ydyn nhw.'

Câi fy mam: *My mother would get,* (cael)
cysur: *comfort*
Ni ddychwelodd y gwrid: *The colour didn't return,* (dychwelyd)
nid ymadawodd . . . : *the . . . didn't leave,* (ymadael)
wedi heneiddio: *had grown old*
düwch: *blackness*
anesmwyth: *uneasy*

cydwybod: *conscience*
dyletswydd: *duty*
Gallwn: Roeddwn i'n gallu
gwasgu i'r gongl: *squeezed into the corner*
cyfaddef: *to admit*
yn ymbalfalu: *groping*
eich sicrhau: *assure you*
gwaedd fy enaid: *the cry of my soul*
yn ynfyd: *mad*
gwirionedd: *truth*

Ceisiai fy mam edrych yn siriol, ac ebe hi,

'Wel, 'y machgen annwyl i, mae arna i ofn fod y felancoli arnat ti. Iselder ysbryd sydd arnat ti, 'y machgen i; rhaid iti gael tipyn o ffisig a newid yr aer, dim byd gwell maen nhw'n deud.'

O'r funud honno allan newidiodd fy mam ei thôn â'i hymddygiad tuag at Bob. Siaradai'n gysurus a chalonogol, ond dim ond ysgwyd ei ben a wnâi Bob, cystal â dweud nad oedd hi yn ei ddeall ef.

Yr wyf yn meddwl mai rhyw bythefnos (wedyn), pan oeddwn yn nesáu adref (ar ôl gwaith), gwelwn bobol yn rhedeg yn gyflym tua'r dref. Prysurais innau, ac yn fuan deuthum o hyd i hen löwr methiantus, ac yntau'n cyfeirio tua'r dref. Gofynnais iddo pam roedd y bobol yn rhedeg? Ei ateb oedd:

'Y damp, 'y machgen i, yn y Caeau Cochion.'

Teimlais fel 'tasai ei ateb yn rhoi adenydd i mi. Gadewais y ffordd fawr, a gwneuthum linell unionsyth tua chartref. Llamwn dros furiau, gwrychoedd, a llidiardau ac ni theimlwn fod un rhwystr ar fy ffordd. Nid oeddwn yn meddwl am neb ond am Bob! Oedd ef ymhlith y rhai a losgwyd? Yn ôl (yr amser) dylai fod gartref cyn hyn oherwydd yr oedd ei stem ef yn gorffen am saith o'r gloch. Ac eto nid oedd ond ychydig o funudau wedi saith ar y

---

siriol: *cheerful*
iselder ysbryd: *depression*
aer: *air*
tôn: *tune*
ymddygiad: *behaviour*
cysurus: *comforting*
calonogol: *encouraging*
ysgwyd: *shake*
a wnâi B: *that B would do,*
  (gwneud)
cystal â dweud: *as if to say*
nesáu: *drawing near*
Prysurais innau: *I also hurried,*
  (prysuro)

deuthum o hyd i: *I came across,*
  (dod o hyd i)
methiantus: *decrepit*
yn cyfeirio: *heading*
damp: h.y. *explosion*
adenydd: *wings*
Llamwn: Roeddwn yn llamu
gwrychoedd: *hedges*
llidiardau: *gates*
rhwystr: *obstacle*
y rhai a losgwyd: *those that were*
  burned, (llosgi)
stem: *shift*

pryd! Os oedd ef wedi llosgi i farwolaeth beth a wnawn? Os oedd y tân heb gyffwrdd ag ef mor llawen fyddwn! Ond beth os oedd wedi llosgi ei wyneb! Tybed a oedd ef wedi colli un llygad—mor hyll fyddai!

O! gymaint o feddyliau oedd yn rhuthro drwy fy nghalon. Yn fuan cyrhaeddais i olwg ein tŷ ni, a gwelwn fod Bob wedi dod adref. Ond pa fodd! Mewn trol â gwellt ynddi, a dau ddyn, un o boptu iddo, yn ei gynnal. Yr oeddwn yn ei ymyl mewn eiliad. Clywn ef yn griddfan wrth gael ei gludo i'r llofft. Yr oedd fy mam cyn wynned â'r galchen, ond yn berffaith dawel. Yr oedd Bob cyn ddued â'r gloyn, ac wedi ei losgi'n golsyn, ond yn hollol lonydd. Yr oedd ei lygaid disglair wedi eu llosgi yn glir allan o'i ben—ac eto yr oedd yn fyw. Ni faswn yn ei adnabod o holl bobl y byd. Gwelwn fod Doctor Bennett, sef doctor y gwaith, yn yr ystafell ond ysgydwai ei ben, yn anobeithiol. Wedi i rywun, nid wyf yn cofio pwy, roi llymaid o ddŵr i (Bob), ymddangosai fel 'tasai'n bywhau ychydig, a dywedodd yn eglur—'Mam'.

Nesaodd fy mam ato, ac ebe hi,

'Wyt ti'n gweld tipyn, fy machgen i?' Nid oedd fy mam ar y pryd yn deall ei fod wedi colli ei ddau lygad.

'Ydw, mam,' ebe fe, 'mae'r goleuni o'r diwedd wedi dod.'

---

beth a wnawn?: *what would I do?*, (gwneud)
mor llawen fyddwn: *so happy I'd be*
mor hyll fyddai: *so ugly he'd be*
i olwg: *within sight*
pa fodd!: *(in) what way!*
trol: *cart*
gwellt: *straw*
yn griddfan: *groaning*
cyn wynned: *as white*
â'r galchen: h.y. *as snow*
cyn ddued: *as black*

gloyn: darn o lo (coal)
wedi'i . . . 'n golsyn: *burned to a cinder*
Ni . . . adnabod: *I wouldn't recognise*, (adnabod)
ysgydwai: *he was shaking*
yn anobeithiol: *hopelessly*
llymaid: *a sip*
ymddangosai: *he appeared*
yn bywhau: *livening up*
yn eglur: *clear*
Nesaodd fy mam: *My mother drew near*, (nesáu)

Ymhen ychydig eiliadau ychwanegodd yn Saesneg,
'Doctor, it is broad daylight!'
Y funud nesaf yr oedd Bob wedi gadael ar ei ôl yr holl
ofnau a'r tywyllwch i mi ac eraill.

---

ychwanegodd: *he added,*
  (ychwanegu)

yr holl ofnau: *all the fears*
tywyllwch: *darkness*

21: Atgofion Prudd a Diddanol

Collodd fy mam fab, a fu, er yn hogyn, yn lle gŵr iddi, ac yn dibynnu arno'n hollol am ei chynhaliaeth, a charai ef yn fwy o lawer na'i heinioes ei hun. Collais innau frawd o'r brodyr, y teimlwn yn ddyledus iddo am bopeth bron a feddwn. Yr oeddwn i'n cenfigennu at fy mam wrth ei gweld yn dal y brofedigaeth mor ddewr, a minnau wedi mynd yn swp diwerth.

Ond yr oedd ganddi ryw nerth ysbrydol, cuddiedig i syrthio'n ôl arno. Nid nerth corfforol oedd yn ei chynnal oherwydd yr oedd hwnnw ers amser yn gwywo'n gyflym.

Yr oeddwn yn eithaf sicr fod fy mam wedi gweddïo llawer dros Bob, ac wedi pryderu llawer am nad oedd ers peth amser yn aelod eglwysig. Ond nawr, (a'i) gorff llosgedig yn gorwedd yn llonydd yn y llofft, nid oedd hi'n ymddangos ei bod hi'n pryderu dim ynghylch diogelwch ei enaid, oherwydd yr wyf yn cofio'n dda pan oedd hi wedi bod yn ddistaw am tua awr, gan bletio'i ffedog ac edrych yn syn i'r tân, iddi ofyn imi,

'Be ddeudodd o,' (dywedodd) fel 'tasen ni wedi bod yn siarad amdano y funud gynt, 'Be ddeudodd o, dywed, yn Saesneg wrth Dr. Bennett?'

Atgofion Prudd: *sad memories*
Diddanol: *comforting*
a fu: *who had been*
er yn hogyn: *since a lad*
yn lle: *in the place of a*
hollol: *totally*
cynhaliaeth: *sustenance*
brawd o'r brodyr: *a brother amongst brothers*
y teimlwn: *that I felt*
yn ddyledus iddo: *indebted to*
yn cenfigennu at: *envious of*
yn dal: *standing up to*

profedigaeth: *bereavement*
mor ddewr: *so brave*
swp diwerth: *an useless heap*
nerth corfforol: *physical strength*
yn gwywo: *withering*
wedi pryderu: *had worried*
corff llosgedig: *charred body*
ymddangos: *to appear*
ynghylch: *regarding*
diogelwch ei enaid: *the safety of his soul*
fel 'tasen ni: *as if we were*

Ac atebais innau, 'Dweud ddarfu o fod hi'n ganol dydd golau.'

'A be ddeudodd y Doctor?'

'Dweud ei fod yn dechrau ramblo,' atebais innau.

'Roeddwn i'n meddwl mai dyna ddeudodd o. Ramblo, wir! Dim peryg i Bob ramblo. Ond am y goleuni ysbrydol roedd o'n sôn—y peth roedd o'n ymbalfalu amdano, fel roedd o'n deud. Rhyfedd, rhyfedd! Gorfod colli ei ddau lygad cyn dechre gweld! Gobeithio nad ydw i'n pechu, ond rydw i'n teimlo mor siŵr ei fod o yn y nefoedd.'

(Daeth llawer) i'n cysuro, ac (nid oedd neb yn fwy ffyddlon na) Thomas a Barbara Bartley. Yr oedden nhw mor blentynnaidd, a'u cydymdeimlad mor ddiffuant, fel na ellid peidio â'i werthfawrogi. O'r braidd hefyd y gallai fy mam beidio â gwenu ar rai o gwestiynau syml-ddiniwed Thomas, megis:

'Mary, ydach chi'n meddwl fod Bob erbyn hyn wedi deud wrth Seth fod Barbara a finne wedi dŵad i'r seiat?'

'Hwyrach ei fod o, Tomos,' ebe fy mam.

Wedi bod yn ddistaw am funud, ebe Thomas drachefn,

'Mi fu Barbara a finne yn cysidro llawer iawn amdanoch chi neithiwr, Mary. Mae acw faint fynnoch chi o le, a chan mil o groeso, on'd oes, Barbara? Rydan ni wedi gneud lle'n barod ichi, a rhaid i chi'ch dau ddŵad acw heno. Dydach chi ddim yn claddu Bob tan drennydd, a be newch chi yma yn torri'ch calon, yntê, Barbara?'

---

ramblo: *rambling*

Dim peryg: *No danger*

goleuni ysbrydol: *spiritual light*

roedd o'n sôn: *that he was talking about*

yn ymbalfalu: *groping*

yn pechu: *sinning*

i'n cysuro: *to comfort us*

mor blentynnaidd: *so childish*

cydymdeimlad: *sympathy*

mor ddiffuant: *so sincere*

fel na ellid peidio â: *so that one couldn't fail*, (gallu)

â'i werthfawrogi: *appreciate it*, (gwerthfawrogi)

O'r braidd: *hardly*

y gallai . . . beidio â: *that my mother could refrain from*

syml-ddiniwed: *simple and naive*

Hwyrach (GC): *efallai*

faint fynnoch chi: *however much you would wish*, (mynnu)

can mil o groeso: *100 thousand welcomes*

yn claddu: *burying*

trennydd: *dydd ar ôl yfory*

Rhoddodd Barbara nòd, ac ebe fy mam,

'Rydach chi'n garedig iawn, Tomos, ond fedrwn i ddim meddwl am funud adel Bob ar ei ben ei hun yma.'

'Ddaru mi ddim meddwl am hynny.'

'Be sy gen i i'w ofni, Tomos? Does yma ond y corffyn gwael a'r tŷ gwag.'

'Nid at hynny roeddwn i'n cyfeirio,' ebe Thomas.

Deallodd fy mam ei feddwl. Gwyddai Thomas fwy o'n hanes nag a dybiwn. Ychwanegodd (fy mam),

'Mae clo a bar ar y drws, Tomos.'

'Twbi shŵar, ond mi fydd raid ichi ddŵad acw drennydd.'

Drennydd a ddaeth. Teimlwn fel pe buaswn mewn breuddwyd. (Yr wyf yn cofio bod) llawer o bobl yn y cynhebrwng, a bod Wil Bryan yn cerdded wrth fy ochr. Mae gennyf atgof gwan o glywed llais cras Mr Brown yn rhuthro dros y wers gladdu.

Ni siaradodd (Wil) air â mi nes ein bod ar hanner y ffordd adref.

'Rhys, wyddost ti be fase Bob yn ddeud 'tase fo'n gwbod mai Mr Brown fase'n ei gladdu o? Mi fase'n deud geirie ola Bobby Burns—"Don't let that awkward squad shoot over my grave!" Dyna fase fo'n ddeud.'

Cofio roedd Wil am waith Mr Brown fel Ustus Heddwch yn anfon Bob i'r carchar ar gam.

Ddiwrnod claddu Bob, gofynnodd Thomas Bartley i'm mam onid oedd hi'n bwriadu cael tipyn o fara a chaws a chwrw i'r bobl. Ychwanegodd mai yn y *Brown Cow* oedd y ddiod orau, ac awgrymodd yn eglur y talai ef am bopeth. Wrth ddiolch iddo am ei garedigrwydd, cymerodd fy mam

---

corffyn gwael: *poor body*
cyfeirio: *referring to*
Gwyddai T: *T knew,* (gwybod)
nag a dybiwn: *than I thought,* (tybio)
fel pe buaswn: *as if I were*
cynhebrwng (GC): angladd, *funeral*
atgof gwan: *a vague memory*
cras: *coarse*

y wers gladdu: *the funeral lesson*
ar gam: *unjustly*
Ychwanegodd: *he added,*
  (ychwanegu)
awgrymodd: *he suggested,*
  (awgrymu)
yn eglur: *clearly*
y talai ef: *that he'd pay*

drafferth i ddangos i Thomas pa mor wrthun oedd yr arferiad o wledda mewn claddedigaethau, ac yn enwedig o ddod â diod feddwol ar y bwrdd.

'Twbi shŵar, Mary, chi ŵyr ore. Rydach chi'n gwbod mwy o'ch Beibl na fi.'

Cyfarfu fy mam â dymuniadau ein cyfeillion caredig hanner y ffordd, trwy ganiatáu i Barbara, ar ôl y cynhebrwng, wneud te, a gwahodd ychydig o'r cymdogesau agosaf i'w fwynhau, ac i sôn am y marw, ac esmwythodd hyn lawer ar gydwybod Thomas. Wedi i (bawb) fynd, ac i minnau a'm mam, a Thomas a Barbara, gael ein gadael wrthym ein hunain, ebe Thomas,

'Rŵan, Mary, rhaid ichi hel eich pac odd'ma. Be newch chi yma yn torri'ch calon? Mor gyfforddus fyddwn ni acw. Wyddoch chi be? Mi fydd cystal â phregeth eich cael chi acw.'

'Wn i ddim sut i ddiolch digon i chi am eich caredigrwydd, Thomas,' ebe fy mam, 'ond er pan ddaru chi sôn am y peth y noson o'r blaen, rydw i wedi penderfynu derbyn eich gwahoddiad cynnes, ar yr amod 'y mod i'n cael talu am fy lle tra deil 'y mhres i.'

'Mi gawn setlo pethe fel yna eto,' ebe Thomas.

Yr oeddwn wedi fy syfrdanu. Ni ddychmygais y buasai fy mam yn ymostwng i dderbyn caredigrwydd, hyd yn oed

---

pa mor wrthun: *how offensive*
yr arferiad: *the custom*
gwledda: *to feast*
claddedigaethau: *burials*
diod feddwol: *alcohol*
chi ŵyr ore: *you know best,*
  (gwybod)
Cyfarfu fy mam: *My mother met,*
  (cyfarfod)
trwy ganiatáu: *by allowing*
gwahodd: *to invite*
cymdogesau: *(female) neighbours*
esmwythodd hyn: *this eased,*
  (esmwytho)

ar gydwybod: *on the conscience of*
hel eich pac: *pack your things*
cystal â phregeth: *as good as a*
  sermon
gwahoddiad: *invitation*
ar yr amod: *on (the) condition*
tra deil 'y mhres: *whilst my money*
  holds out, (dal)
pres (GC): *arian*
Yr oeddwn i wedi syfrdanu: *I was*
  stunned
Ni ddychmygais: *I didn't imagine,*
  (dychmygu)
yn ymostwng: *stooping*

111

gan Thomas Bartley, nes i amgylchiadau ei gorfodi. Gwyddwn fod annibyniaeth meddwl ac arswyd bod yn faich ar neb, yn nodweddion amlwg yn ei chymeriad. (Yn sicr), ofni yr oedd ein hen ymwelydd.

Hon oedd y noson gyntaf i mi fod oddi cartref. Pan euthum i'r gwely—y gwely y bu Seth farw ynddo—daeth drosof y fath gawod drom o hiraeth am yr hen dŷ, am Bob, ac am yr hen ddyddiau, fel y bu rhaid imi roi fy mhen dan y dillad, a gwthio'r gynfas i'm ceg rhag gweiddi allan.

Yn y bore gwybu fy mam ar fy llygaid chwyddedig sut yr oeddwn wedi treulio'r noson. Ar ôl brecwast cychwynnais i'r siop, a daeth fy mam i'm hebrwng ychydig er mwyn cael siarad gair yn breifat â mi.

'Mi welaf ar dy wyneb di dy fod wedi bod yn ffretio. Rhaid i ni'n dau, wel di, ymostwng, ond peidio ag ymollwng. Os byddi di'n fachgen da ac ufudd—a mi greda i y byddi di—fe ofala Duw amdanat ti. Ymro i blesio dy feistar, ac wrth blesio dy feistar mi blesi Dduw. Yn y man mi ddof i siarad hefo Abel Hughes am i ti gael aros acw i gysgu'r nos. Mi gei ddŵad yma bob nos ar ôl cau'r siop i edrach amdanon ni, os byddi di'n dewis. Yr unig beth sydd yn fy nhrwblo i ydy ofn gorfod gofyn lusen plwy. Ond hwyrach y ca i fy arbed rhag hynny eto. Mae gen i dipyn wedi'i gynilo.'

---

nes i amgylchiadau: *until circumstances*
ei gorfodi: *force her*
annibyniaeth meddwl: *independence of mind*
arswyd: *terror*
bod yn faich ar neb: *being a burden to anyone*
nodweddion amlwg: *prominent characteristics*
hen ymwelydd: h.y. Y Gwyddel
cawod drom: *a heavy shower*
gwybu fy mam: *my mother knew,* (gwybod)
chwyddedig: *swollen*

i'm hebrwng: *to accompany me*
ymostwng: *to submit*
peidio ag ymollwng: *not to give in*
ufudd: *obedient*
Ymro: *Strive,* (ymroi)
mi blesi: *you will please,* (plesio)
mi gei ddŵad: *you may come,* (cael dod)
edrach amdanon ni: *look us up*
lusen plwy: h.y. elusen plwyf, *parish relief*
hwyrach (GC): *efallai*
y caf i fy arbed rhag: *that I'll be saved from,* (cael)
wedi'i gynilo: *saved, put away*

22: Marwnad Ryddiaith

Yn ystod y cyfnod y bu fy mam yn lletya gyda Thomas a Barbara Bartley, derbyniodd y caredigrwydd mwyaf. Ei phrif waith tra bu yn y Twmpath oedd paratoi'r ddau i gael eu derbyn yn gyflawn aelodau eglwysig.

Pan ddaeth noson eu derbyn, bu cryn ddifyrrwch yn y seiat. Roedd eu hatebion yn syml a gwreiddiol. Wrth ateb rhai cwestiynau edrychai Thomas yn amheus a hanner ofnus ar fy mam, fel y gwelir ambell hogyn yn edrych ar ei dad wrth adrodd ei adnod yn y cyfarfod eglwysig. Ar y cyfan, rhoddodd Thomas fodlonrwydd. Ni ddaeth Barbara mor foddhaol drwy'r arholiad. Anodd iawn oedd cael mwy ganddi hi na'i bod yn meddwl ac yn teimlo 'yr un fath â Thomas'. Ar sail atebion Thomas, derbyniwyd Barbara fel yntau i holl freintiau'r eglwys, a phan oeddent yn mynd adref y noson honno fraich yn fraich teimlent yn hapus dros ben.

Yr oedd fy mam wedi edrych ymlaen at hyn gyda diddordeb a phryder mawr, gan yr ystyriai hi Thomas a Barbara Bartley fel ei disgyblion arbennig. Gwn y teimlai hithau'n ddedwydd nad aeth ei llafur, ei hyfforddiant, a'i gweddïau yn ofer.

Marwnad: *elegy*
Rhyddiaith: *prose*
cyfnod: *period*
yn lletya: *lodging*
y Twmpath: *cartref T a BB*
yn gyflawn: *full*
aelodau eglwysig: *church/chapel members*
cryn ddifyrrwch: *considerable amusement*
yn amheus: *suspiciously*
fel y gwelir: *as one sees*
rhoddodd T fodlonrwydd: *T gave satisfaction*

mor foddhaol: *as satisfactory*
ar sail: *on the basis of*
holl: *all*
breintiau'r eglwys: *the privileges of the church*
fraich yn fraich: *arm in arm*
gan yr ystyriai hi: *since she considered,* (ystyried)
Gwn: *I know,* (gwybod)
y teimlai . . . 'n ddedwydd: *that she felt contented*
llafur: *labour*
hyfforddiant: *training*
yn ofer: *in vain*

113

Hwn oedd y tro olaf i'm mam fod yn y capel. Yr oedd ei hiechyd ers amser yn gwywo, a'i nerth yn pallu. Prysurwyd ei (diwedd) gan farwolaeth Bob. Yn ei dyddiau olaf ni ddioddefodd (lawer o boen). Aeth i'r gwely i farw. Yr oedd ei hen Feibl yn agored wrth ei hochr ar y gwely, a bu farw â'i sbectol ar ei hwyneb.

*   *   *

Wel, fy hen fam; gofidiaf yn fy nghalon nad wyf yn fardd (neu) fe faswn i'n canu iti farwnad odidog. Ti oedd y decaf, yr hoffusaf, a'r orau o'r gwragedd. Dysgaist iaith imi, er nad oeddet dy hun yn deall ei gramadeg. Doeddet ti ddim yn gwybod yr un iaith arall. Roeddet yn annysgedig, ac o ganlyniad roedd dy ragfarnau yn niferus a chryfion. Prin y credet fod unrhywbeth gwerth sôn amdano tu allan i'r iaith Gymraeg, na chrefydd gwerth ei galw yn grefydd ond ymysg y Methodistiaid Calfinaidd.

Roedd cylch dy fywyd yn fychan; doeddet ti ddim yn gwybod y nesaf peth i ddim am y byd. Doedd dim (syniad) gennyt am ei faint, ei brysurdeb, a'i ddrygioni.

(Er dy fod) yn ddiddysg, anaml y gallai unrhywun dy dwyllo. Ac eto twyllwyd di unwaith yn fawr. Twyllwyd di gan dy ŵr—gan fy nhad. Ac nid rhyfedd. Roedd, mi glywais, yn ŵr grymus a theg yr olwg. Nid oedd yn

---

yn gwywo: *withering*
yn pallu: *failing*
Prysurwyd ei (diwedd): *Her demise was hastened*
ni ddioddefodd: *she didn't suffer,* (dioddef)
marwnad: *elegy*
godidog: *splendid*
y decaf: *the fairest*
yr hoffusaf: *the most likeable*
o'r gwragedd: *of (the) women*
annysgedig: *uneducated*
rhagfarnau: *prejudices*
yn niferus: *numerous*

cryfion: *strong*
Prin y credet: *You hardly believed,* (credu)
gwerth sôn amdano: *worth talking about*
na chrefydd: *nor a religion*
nesaf peth i ddim: *next to nothing*
drygioni: *wickedness*
yn ddiddysg: *uneducated*
anaml y gallai: *infrequently . . . could*
dy dwyllo: *deceive you*
gŵr grymus: *a powerful man*
teg yr olwg: *good-looking*

grefyddwr. Ceisiai siarad â thi, ond wrandawet ti ddim ar ddyn digrefydd. (Dechreuodd fynd i'r capel ac) o'r diwedd daeth yn aelod yn yr un eglwys â thi. Gallai, yn awr, siarad â thi—yn dyner, yn grefyddol. Priodaist ef ar ddiwrnod hyfryd ym mis Mai. Ac wedi hyn! Duw a thithau yn unig a ŵyr faint a ddioddefaist!

Pan oeddet yn gleisiau i gyd gan ei ddyrnodiau creulon roeddet yn gallu gweddïo drosto! Lawer tro ni allet fynd i'r capel am fod gennyt 'bâr o lygaid gleision'. Mor ffodus i ti, Mary Lewis, i'w ddrygioni ddatblygu i'r fath raddau nes y bu rhaid iddo ef ddianc o'r wlad. Diolch i'r Nefoedd! Ni welaist ei wyneb byth mwy. Roeddwn yn hogyn gweddol fawr cyn imi wybod dim yn bendant am dy hanes. Bob oedd y cyntaf i'm goleuo—a hynny yn y gwely y noson y bu farw Seth—wedi imi adrodd wrtho am y dyn a'm hataliodd wrth goed y Plas. O gariad gwragedd! Un o'r pethau a ddywedaist wrthyf cyn marw oedd,

'Os byth y daw dy dad a thithe i wynebu'ch gilydd, treia anghofio ei ddrygioni o, ac os medri di neud rhyw les iddo—gwna. Os byth y gweli di o treia gofio ei fod o yn dad i ti. Rydw i'n madde'r cwbl iddo fo, ac rydw i'n ceisio gweddïo (ar i Dduw) wneud yr un peth.'

(Fe fu) rhai o'th eiriau olaf wrthyf o help imi yn ystod fy oes:

'Os gelwir arnat i ddiodde yn y byd yma, paid â chwyno,

---

crefyddwr: *religious person*
wrandawet ti ddim: *you wouldn't listen*
Duw . . . a ŵyr: *only God and you know*
faint a ddioddefaist: *how much you suffered*
yn gleisiau i gyd: *bruises all over*
llygaid gleision: *black eyes*
datblygu: *develop*
i'r fath raddau: *to such an extent*
nes: *until*
bu rhaid . . . ddianc: *he had to flee the country*

i'm goleuo: *to enlighten me*
a'm hataliodd: *who stopped me,* (atal)
O gariad gwragedd!: *O the love of women!*
Os byth: *If ever*
y daw dy dad a thithau: *your father and yourself*
os medri di neud: *if you can do*
rhyw les iddo: *some good to him*
y gweli di o: *you will see him*
madde'r cwbl iddo: *forgive him everything,* (maddau)

115

achos mi wnaiff hynny iti feddwl am fyd nad oes diodde ynddo. Paid â gneud dy gartre yn y byd, neu mi fydd marw yn fwy o *job* nag wyt ti'n feddwl. Treia gael crefydd na fydd gan neb ddowt amdani, ac na fyddi di dy hun yn ei dowtio. Treia fod yn ddefnyddiol efo chrefydd ym mha gylch bynnag y byddi di. Os medra i dy weld di o'r byd arall, mi leiciwn dy weld di yn flaenor.'

Ar y pryd, ni ddychmygais mai hwn fasai dy gyfarchiad olaf i mi. Y tro nesaf y gwelais i ti, roeddet wedi mynd ymaith. Roedd hi'n amlwg na fu angau yn greulon atat, oherwydd roedd wedi gadael gwên siriol ar dy wyneb— gwên fel sydd gan blentyn pan fo'n breuddwydio yn ei grud.

Dangosai'r dyrfa a ddaeth i'th gynhebrwng fod rhywrai eraill heblaw fi yn gweld rhywbeth yn dy gymeriad. Ni chafodd Wil Bryan yn ei oes gymaint o'i geryddu ag a gafodd gennyt ti. Ac eto, ei dystiolaeth ef amdanat ddydd dy gladdedigaeth oedd 'mai *stunner* o wraig oeddet'. Mae Thomas a Barbara Bartley erbyn hyn yn hen bobl, ond dydyn nhw eto ddim wedi peidio â sôn amdanat. Ac er nad oes gan Barbara ond 'crap ar y llythrenne, 'run fath â Thomas', mae hi ar brynhawniau Suliau yn gwisgo dy sbectol ar ei thrwyn a throi dalennau dy hen Feibl, fel 'tasai hi'n ceisio dy ddynwared.

---

mi wnaiff hynny iti: *that will make you,* (gwneud)
nad oes diodde ynddo: *that has no suffering in it*
na fydd gan neb: *that no one will have*
dowt: *a doubt*
dowtio: *to doubt*
ym mha gylch bynnag: *in whatever sphere*
blaenor: *deacon*
ni ddychmygais: *I didn't imagine,* (dychmygu)
cyfarchiad: *greeting*
na fu angau: *that death hadn't been*
yn greulon: *cruel*

gwên siriol: *a cheerful smile*
yn ei grud: *in his crib*
tyrfa: *crowd*
a ddaeth: *which came*
i'th gynhebrwng: *to your funeral*
yn ei oes: *in his life*
gymaint o'i geryddu: *told off so much*
ag a gafodd gennyt ti: *as he had with you*
tystiolaeth: *testimony*
crap ar y llythrennau: h.y. *some sort of idea of the alphabet*
'run fath â: *like*
fel 'tasai hi: *as if she*
ceisio dy ddynwared: *trying to imitate you*

23: Dirywiad a Drychiolaeth

Yr oedd Siop y Gornel yn un o'r sefydliadau hynaf yn y dref. Siop *general drapery* (oedd hi a'r) nwyddau bob amser o'r defnydd gorau. Yr oedd busnes da yn Siop y Gornel. Yr oedd y rhai a'i mynychai yn hen gwsmeriaid, a'u teuluoedd wedi arfer delio yno er cyn cof. Pobl y wlad oeddent gan amlaf, a'r mwyafrif ohonynt yn Fethodistiaid, oherwydd yr oedd yr adnod honno mewn *date* y pryd hwnnw, 'Gwnewch dda i bawb, yn enwedig i'r rhai sydd o deulu y ffydd'.

Yr oedd yn Siop y Gornel gynorthwywr o'r enw Jones. Un peth yr oedd Jones yn ei gasáu'n fawr (oedd) diwrnod prysur, a noson o flaen ffair ni allai gysgu winc. Ei hoff gyflwr oedd bod o olwg pawb a meddwl am ddim a gwneud dim. Dyna oedd ei nefoedd.

Gofynnai ambell un pam y cadwai Abel Hughes y fath un â Jones yn ei siop. Y rheswm am hynny oedd, mae'n debyg, am fod Abel yn ŵr trugarog, am y gwyddai fod yn rhaid i Jones a'i wraig gael tamaid. Roedd Abel yn ŵr cyfiawn, ond bychan iawn oedd y cyflog a dalai ef i Jones. Ac eto roedd gan Jones, ie, Jones, y *cheek* i briodi gwraig! Bu'r ddau fyw yn hapus, ac yn ddigon call i beidio ag ychwanegu dim at y boblogaeth, oherwydd yr oedd Abel Hughes wedi dweud fod un Jones yn ddigon yn y byd, a chredodd Jones ef hyn fel pob peth arall.

Dirywiad: *deterioration*
Drychiolaeth: *apparition*
sefydliadau: *institutions*
nwyddau: *goods*
y rhai a'i mynychai: *those that frequented it*, (mynychu)
er cyn cof: *since time immemorial*
gan amlaf: *mostly*
cynorthwywr: *assistant*
yn ei gasáu'n fawr: *hated very much*
cyflwr: *condition*

o olwg pawb: *out of everyone's sight*
pam y cadwai AH: *why did AH keep*
gŵr trugarog: *a merciful man*
am y gwyddai (AH): *since (AH) knew*
tamaid: *a bite (to eat)*
gŵr cyfiawn: *a just man*
a dalai ef: *that he paid*
yn ddigon call: *wise enough*
ychwanegu: *to add*
poblogaeth: *population*

Nid oeddwn i wedi bod llawer o amser yn siop Hughes cyn gweld fod Jones yn hynod o hygoelus—nid oedd dim bron yn anghredadwy ganddo, a phan gawn gefn Abel Hughes, adroddwn wrth Jones bethau rhyfedd ac ofnadwy. Yr oeddwn yn meddwl bod y sylw manwl a ffyddiog a roddai Jones i bob gair a ddywedwn yn gyfle rhagorol imi 'arfer fy nawn'.

Bu Jones yn achlysur i gynhyrfu rhywbeth ynof, ac ni ddychmygwn y pryd hwnnw ei alw'n bechod. Rhywbeth oedd, fel y tybiwn, a oedd ynof erioed, ond heb ei ddeffro hyd y pryd hwnnw.

Teimlaf fy hun yn hollol analluog i ddisgrifio'r cyfnod hwnnw yn fy mywyd. Pan euthum gyntaf at Abel Hughes, yr oeddwn yn fachgen difrifol a dichwarae, ac enillais ei ymddiriedaeth a chredai, mi wn, nad oedd eisiau iddo gadw ei lygaid arnaf.

Yr oedd ei chwaer, Miss Hughes, a ofalai am ei dŷ, yn hen ferch ddi-feddwl-ddrwg, garedig, a chrefyddol. Darfu i'm sefyllfa amddifad wneud lle i mi yn ei chalon yn syth. Gwelais ei bod yn bwysig imi wneud cyfaill ohoni, a llwyddais. Ni siaradai Abel Hughes yn y tŷ ond yr hyn oedd yn angenrheidiol. Yr oedd Miss Hughes yn hoff o *chat*.

---

yn hynod o: *remarkably*
hygoelus: *gullible*
anghredadwy: *unbelievable*
pan gawn gefn: h.y. *when I'd see the back*
adroddwn: *I would recite*
sylw: *attention*
manwl a ffyddiog: *keen and trustful*
a roddai J: *which J gave*, (rhoddi)
a ddywedwn: *that I'd say*, (dweud)
arfer: *to practise*
fy nawn: *my talent (of speaking)*
achlysur: *occasion*
cynhyrfu: *to stir*
ni ddychmygwn: *I didn't imagine*, (dychmygu)

ei alw'n bechod: *to call it a sin*
fel y tybiwn: *as I thought*
heb ei ddeffro: *dormant*
yn hollol analluog: *totally unable*
ymddiriedaeth: *trust*
credai: *he believed*, (credu)
mi wn: *I know*, (gwybod)
a ofalai: *who cared*, (gofalu)
hen ferch: *spinster*
di-feddwl-ddrwg: *without a nasty thought*
Darfu i'm: *It happened that my*
sefyllfa: *situation*
amddifad: *orphan*
ond yr hyn: *only what*
angenrheidiol: *necessary*

Gwnawn innau ymdrech i gymryd diddordeb neilltuol yn ei storïau. Enillais ffafr Miss Hughes a thalai hynny'n dda imi. Gallwn droi Miss Hughes o gwmpas fy mys. Ni phetruswn ei gwenieithio. Gofynnodd imi un tro, beth oeddwn i'n ei feddwl oedd ei hoedran? (Ni wyddai Miss Hughes fy mod wedi gweld dyddiad ei genedigaeth yn y Beibl teuluaidd a ddangosai ei bod bron cyrraedd ei thrigain mlwydd.)

'Wel,' ebe fi, 'er eich bod chi'n edrach yn ifanc, Miss Hughes, synnwn i ddim nad ydach chi'n ddeugen.'

Chwarddodd.

Pa un ai fi ai Wil Bryan oedd wedi newid? Dywedodd Wil wrthyf,

'Wyst ti be, Rhys? Rwyt ti rŵan yn debyg i ryw fachgen arall. Un tro roeddwn i *just* â dy roi i fyny. A phan est ti at yr hen Ab, roeddwn i'n meddwl y base dy wallt di yn dechre gwynnu cyn bod yn *seventeen*, a roeddwn i'n disgwyl bob Sul dy glywed yn deud Amen! a Haleliwia! yn y capel, fel y bydde dy fam yn gneud. Dydw i ddim yn siarad yn ysgafn am dy fam, cofia. *Far from it.* Roedd Amen a phethe felly yn gweddu i dy fam, ond doedd dim rheswm iddi drio gneud hen ddyn ohonot ti cyn i ti ddechre gwisgo het. Dydy peth felly ddim yn *true to nature*, wyddost. *Not true to nature, Rhys, at least that's Wil Bryan's way of putting it.*'

Rhaid imi ddweud y gwir gyda galar fy mod ar y pryd yn tueddu i feddwl yr un fath â Wil, ac yr oeddem yn fwy o gyfeillion nag erioed. Nid oedd Wil yn ddieithr i Siop y Gornel. Pan elai Abel Hughes i Sasiwn neu Gyfarfod Misol,

---

Gwnawn innau: *I'd make,* (gwneud)
ymdrech: *effort*
neilltuol: *special*
Ni phetruswn: *I wouldn't hesitate,* (petruso)
ei gwenieithio: *to flatter her*
a ddangosai: *which showed*
Pa un ai fi ai W: *Whether it was W or myself*

Wyst ti be? (GC): *You know what?,* (gwybod)
yn gweddu i dy fam: *suited your mother*
gyda galar: *with sadness/grief*
yn tueddu i: *tended to*
Pan elai AH: *When AH would go,* (mynd)
Sasiwn: *Session, a quarterly meeting with the Presbytarians*

ni ddychwelai am ddiwrnod neu ddau. Yr oedd yn ddealledig pan na fyddai (Abel) gartref fod Jones, fel amddiffyniad rhag lladron, i gysgu gyda mi yn Siop y Gornel. (Y pryd hynny) ni chawn anhawster gyda Miss Hughes i adael Wil i dreulio noson gyda ni. Ei amcan oedd cael ychydig ddigrifwch hefo'r *genius*, fel y galwai ef Jones.

Synnai Miss Hughes braidd nad oedd ei brawd Abel yn orhoff o Wil, oherwydd (gwelai hi) ef yn fachgen doniol a difyr. Ni wyddai Abel fod Wil yn arfer ymweld â Siop y Gornel pan fyddai oddi cartref.

Un tro pan oedd Abel yn Sasiwn y Bala, digwyddodd amgylchiad yn ei dŷ a fu agos â dwyn Wil a minnau i afael y gyfraith. Wedi i Wil a minnau fynd i'r ystafell wely, mynnai Wil, o ddireidi, gael gosod Jones ar ei dreial am ladd creadur. Actiai Wil fel erlynydd a barnwr, a gweithredwn innau fel rheithiwr, a chefais y carcharor yn euog. Dedfrydwyd Jones i gael ei grogi.

Yr oedd Jones druan yn mwynhau y digrifwch yn fawr. Yn nhop y drws yr oedd hoel fawr i hongian dillad. Clymodd Wil linyn wrth yr hoel a gwnaeth ddolen arno. Gosododd Jones i sefyll ar *footstool*, a rhoddodd y ddolen am ei wddf. Chwarddai Jones.

---

ni ddychwelai: *he wouldn't return,* (dychwelyd)
yn ddealledig: *understood*
fel amddiffyniad: *as a protection*
rhag lladron: *against thieves*
ni chawn: *I wouldn't get,* (cael)
anhawster: *difficulty*
digrifwch: *fun*
Synnai Miss H braidd: *Miss H was surprised somewhat,* (synnu)
nad oedd . . .: *that . . . wasn't*
yn orhoff: *too fond*
difyr: *amusing*
amgylchiad: *incident*
a fu agos â dwyn: *which almost brought*
y gyfraith: *the law*

mynnai W: *W insisted,* (mynnu)
o ddireidi: *out of mischief*
erlynydd: *prosecutor*
barnwr: *judge*
gweithredwn: *I acted,* (gweithredu)
rheithiwr: *juror*
carcharor: *prisoner*
euog: *guilty*
Dedfrydwyd J: *J was sentenced,* (dedfrydu)
i gael ei grogi: *to be hanged*
digrifwch: *fun*
hoel: *nail*
llinyn: *string*
dolen: *noose*
Chwarddai J: *J was laughing,* (chwerthin)

Heb inni sylwi, ac yn hollol ddamweiniol, trodd y stôl. Am rai eiliadau yr oedden ni'n tybio mai cymryd arno ymgrogi yr oedd Jones er mwyn difyrrwch. Ond yn ffodus sylwais fod tua dwy fodfedd rhwng traed Jones a'r llawr. Ni chefais y fath fraw yn fy mywyd, ac ni chymerodd imi ond eiliad i dorri'r llinyn â'm siswrn, a syrthiodd Jones i'r llawr mewn llewyg. Nid oedd dychryn Wil yn llai, a chrynai fel deilen. Gosodasom Jones i orwedd ar y gwely, ac ni allaf ddisgrifio fy llawenydd pan ddechreuodd anadlu'n gryf. Cyn gynted ag y cafodd Wil addewid ddifrifol gan Jones na soniai am y digwyddiad wrth neb byw, aeth i'r gwely, ac ymhen y pum munud yr oedd yn cysgu'n drwm.

Ni allwn i gysgu. Am rai oriau roedd Jones yn syrthio i gwsg anesmwyth, ac yna'n deffro'n sydyn a brawychus, ac felly lawer gwaith. Yr oedd yr ystafell yn dywyll a'r nos yn ymddangos yn hir. Yr oedd y distawrwydd yn llethol. Yr un pryd, gwelwn yr ystafell yn dechrau goleuo. Cynyddai'r goleuni fwyfwy, ac eto nid oedd yn dod trwy'r ffenest. Yr oedd fel petai oll yn yr ystafell. Ai breuddwydio yr oeddwn? O'm blaen yng nghanol y goleuni tanbaid gwelwn fy mam yn eistedd mewn cadair, nid un o gadeiriau (oedd yn) yr ystafell, ond yr hen gadair freichiau dderw yr oedd hi'n arfer eistedd ynddi gartref. Ni ddychrynais, ond

---

hollol ddamweiniol: *totally accidentally*
stôl: *stool*
eiliadau: *seconds*
cymryd arno: *(he was) pretending*
ymgrogi: *hanging himself*
er mwyn: *for the sake of*
difyrrwch: hwyl
modfedd: *inch*
braw: ofn mawr
mewn llewyg: *in a faint*
crynai fel deilen: *he was shaking like a leaf*
Gosodasom: *We placed,* (gosod)
disgrifio: *to describe*
llawenydd: *joy*
addewid: *promise*

difrifol: *serious*
na soniai: *that he wouldn't mention*
digwyddiad: *incident*
neb byw: *not to a living soul*
brawychus: *very frightened*
ymddangos: *to appear*
yn llethol: *oppressive*
Cynyddai'r goleuni: *The light was increasing*
fwyfwy: mwy a mwy
fel petai: *as if it were*
oll: i gyd
tanbaid: *intense*
derw: *oak*
Ni ddychrynais: *I wasn't frightened,* (dychryn)

teimlais dipyn o euogrwydd. Nid oedd hi'n edrych yn ddig nac yn llawen arnaf.

'Tyrd yma,' ebe hi.

Neidiais o'r gwely a syrthio ar fy ngliniau o'i blaen, a rhoddais fy wyneb yn fy nwylo ar ei gliniau fel yr oeddwn i'n arfer ei wneud pan oeddwn yn blentyn wrth ddweud fy mhader cyn mynd i'r gwely.

'Fy machgen,' clywn hi yn dweud, 'ar ôl yr holl drafferth a gymerais i gyda thi, mae arnaf ofn nad oes gynnat ti yr un grefydd, ac na wyddost ti ddim am y pethe mawr.'

Teimlais ei bod yn mynd ymaith cyn imi gael siarad â hi. Neidiais ar fy nhraed a gwelwn fod y wawr yn dechrau torri. Ai breuddwyd oedd? Ni wn.

---

euogrwydd: *guilt*
yn ddig (GC): *yn grac*
pader: *prayer*

clywn: *I (could) hear*, (clywed)
yr un grefydd: *not a single religion*
y wawr: *the dawn*

24: Dyddiau Tywyllwch

Oeddwn i'n aelod eglwysig (ar y pryd)? Oeddwn, yn sicr, ac yn dod at fwrdd yr Arglwydd yn gyson unwaith y mis. Eto, yr oedd fy meddwl yn llygredig; yr oedd fy nghalon yn galed ac oer, ac yr oedd fy sgwrs yn anweddaidd, a dweud y lleiaf. Awn i'r capel yn gyson, ond anaml iawn y cawn bregethwyr i'm boddio, am mai ychydig ohonynt, fel y tybiwn, a allai ddweud dim oedd yn 'newydd' i mi, a meddyliwn y gallwn ganfod tyllau yn eu hymresymiad, a gwallau yn eu hiaith. Hoffwn yr Ysgol Sul am y cawn y cyfle ynddi i ddangos fy nawn.

Aeth y geiriau: 'Fy machgen, mae arnaf ofn nad oes gynnat ti grefydd, ac na wyddost ti ddim am y pethe mawr,' fel haearn poeth i'm calon. Teimlais eu bod yn wir bob gair, ac yr oeddwn i'n teimlo'n flin iawn amdanaf fy hun. Yr oeddwn wedi arfer ymddangos yr hyn nad oeddwn, a cheisiais yn galed wneud hynny drachefn drwy ymddangos yn hapus a llawen. Ond methais. Collais fy archwaeth at fwyd. Laweroedd o weithiau dywedodd (Miss Hughes) wrthyf,

'Rhys, wn i ddim beth i feddwl ohonot ti. Dwyt ti ddim yn bwyta mwy na deryn. Beth sydd arnat ti, dywed?'

Gwnawn ymdrech egnïol i ysgwyd ymaith fy nhrueni drwy gymysgu â'm hen gyfeillion, ond ni wnâi hynny ond

---

llygredig: *corrupted*
anweddaidd: *indecent*
Awn: *I'd go,* (mynd)
cawn: *I would have,* (cael)
i'm boddio: *to please me*
am: oherwydd
fel y tybiwn: *as I thought,* (tybio)
meddyliwn: roeddwn i'n meddwl
canfod: ffeindio
ymresymiad: *reasoning*
fy nawn: *my talent*

ymddangos: *to appear*
yr hyn nad oeddwn: *what I wasn't*
archwaeth: *appetite*
deryn: aderyn
Gwnawn ymdrech: *I would make an effort*
egnïol: *energetic*
trueni: *pity*
ni wnâi hynny ond: *that didn't do (anything) but,* (gwneud)

123

rhoi glo ar y tân a oedd yn fy nghydwybod. Gan esgus nad oeddwn i'n teimlo'n iach, gadewais i nhw ac (es i i'r) arferiad o aros i mewn ar ôl cau'r siop.

I arbed siarad â Miss Hughes cymerwn arnaf ddarllen, ond crwydrai fy meddwl yma a thraw, gan ddychwelyd yn feunyddiol i aros uwchben fy anhapusrwydd. O'r blaen nid oedd Duw, pechod, a byd arall, ond geiriau. Erbyn hyn yr oeddent yn sylweddau byw. O'r blaen, nid oedd y seiat ond math o glwb, a minnau'n aelod ohono. Erbyn hyn edrychwn ar yr eglwys fel cynulleidfa o bobl ysbrydol ac er bod fy enw ar ei llyfr teimlwn fod rhyw agendor mawr rhyngof i a'i bywyd a'i chymeriad.

Yn ddirgel, darllenwn lawer ar y Beibl, ond teimlwn mai am rywrai eraill yr oedd yn sôn. Ni chawn i ddim goleuni i mi fy hun. Pan geisiwn weddïo ar Dduw yr oedd fel petai yn fy ngadael ac yn mynd oddi wrthyf. Gorffennais ddarllen y Beibl a gweddïo yn y boreau. Methais, er ceisio, orffen gwneud hynny wrth fynd i'r gwely. Teimlwn fod hyn yn fwy anodd, a hyd y dydd hwn mae ynof ryw deimlad tebyg. Mae'n haws gennyf anghofio Duw yn y bore nag yn y nos.

Cadwn fy helynt i gyd i mi fy hun, a pharhawn i edrych i mewn i mi fy hun yn lle edrych allan. Nid wyf yn meddwl bod neb, ac eithrio un, yn dyfalu fy mod yn y fath drafferth. Un dydd (derbyniais) y nodyn canlynol oddi wrtho:

---

cydwybod: *conscience*
gan esgus: *pretending*
arferiad: *habit*
arbed: *spare*
cymerwn arnaf: *I would pretend*
crwydrai fy meddwl: *my mind
   would wander,* (crwydro)
yma a thraw: *here and there*
yn feunyddiol: *bob dydd*
pechod: *sin*
sylweddau byw: *living substances*
seiat: *society, an informal meeting in
   chapel*
agendor: *gap*
rhyngof i: *between me*

cymeriad: *character*
yn ddirgel: *secretly*
Ni chawn i: *I wouldn't get,* (cael)
goleuni: *enlightenment*
fel petai: *as if (he)*
er ceisio: *despite trying*
Mae'n haws gennyf: *It's easier for
   me*
Cadwn fy helynt: *I was keeping my
   troubles*
parhawn: *I continued,* (parhau)
ac eithrio un: *with the exception of
   one*
yn dyfalu: *guessing*
nodyn: *note*

Dear Rhys,—I rather think that you are in want of a sachlian. I can lend you one. The *lludw*, of course, you can have anywhere you like. Glad to tell you that this chap is up to the knocker.—Yours truly,

WIL BRYAN

Deallais ei fod wedi ffeindio allan pam roeddwn i'n aros i mewn yn y nos, ac yn osgoi ei gwmni, ac yr oedd arnaf arswyd ei gyfarfod rhag ofn ei watwareg. Ychwanegwyd at fy anhapusrwydd gan nodyn Wil.

Bob dydd bron cawn wers gan Abel Hughes am nad oeddwn yn siriol gyda'r cwsmeriaid. Dywedai fy mod yn gwaethygu yn lle gwella. Gwnaeth hyn imi gasáu'r siop. Gwyddwn fy mod yn profi amynedd fy meistr yn fawr. Pan awn ar neges, yr oeddwn yn ei hanghofio, ac yn gorfod troi'n ôl i ofyn beth oedd. Tu ôl i'r *counter* yr oeddwn yn ffwndrus a chwithig, ac yn gwneud camgymeriadau ym mhris y nwyddau.

Un diwrnod galwodd Abel fi o'r neilltu, a dywedodd wrthyf ei fod wedi ei siomi yn fawr ynof. Yr oedd wedi meddwl, meddai, y buaswn yn troi allan yn fachgen da, bywiog a medrus, ond ebe fe,

'Yn wir, dwyt ti ddim gwerth dy halen.'

Teimlwn ei fod yn dweud y gwir, ac ar y pryd nid agorais fy ngheg i'w wrth-ddweud, ond effeithiodd ei eiriau yn

---

sachlian: *sackcloth*
lludw: *ashes*
yn osgoi: *avoiding*
yr oedd arnaf arswyd: *I was terrified*
rhag ofn: *in fear of*
gwatwareg: *sarcasm*
Ychwanegwyd at . . .: *W's note added to my*
anhapusrwydd: *unhappiness*
cawn wers: *I would have a lesson,* (cael)
siriol: *cheerful*
Dywedai: Roedd e'n dweud
gwaethygu: *getting worse*

profi amynedd: *testing the patience of*
Pan awn: *When I'd go,* (mynd)
ar neges: *on an errand*
ffwndrus: *confused*
chwithig: *clumsy*
nwyddau: *goods*
o'r neilltu: *aside*
wedi ei siomi . . . ynof: *disappointed in me*
i'w wrth-ddweud: *to contradict him*
effeithiodd ei eiriau: *his words affected*

fawr arnaf, a phenderfynais na fwytawn mwyach damaid o'i fara, gan nad oeddwn yn ei haeddu. Fy mwriad oedd mynd ymaith a'm taflu fy hun ar drugaredd ffawd. Y munudau hynny nid oeddwn yn gofalu beth a ddeuai ohonof. Daeth amser swper ond gwrthodais eistedd wrth y bwrdd. Roedd gormod o haearn yng nghyfansoddiad Abel i ofyn ddwywaith imi.

Ar ôl (swper) eisteddodd Abel fel arfer yn ei gadair a dechreuodd smocio. Am amser ni siaradodd neb air. Teimlwn yn ystyfnig, cryf a phenderfynol ac yr oeddwn yn awyddus am gyfle i ddechrau siarad. Ar ôl (tawelwch) hir, gofynnodd Abel imi onid oeddwn yn bwriadu mynd i'r gwely y noson honno. Atebais innau nad oeddwn nes cael dweud wrtho pam roeddwn i mor garbwl yn y siop ac mor anhapus.

Yna dechreuais adrodd wrtho fy helynt. Ond nid cynt y dechreuais nag y gorchfygwyd fi gan fy nheimladau a thorrais allan i wylo'n hidl. Bu'r wylo o fendith mawr imi— galluogodd fi i'm meddiannu fy hun i adrodd fy holl hanes wrth Abel Hughes. Ni chelais ddim oddi wrtho. Gwrandawai arnaf yn astud, ond methwn â chanfod ei fod yn cydymdeimlo â mi. Yn wir, edrychai'n siriol, fel petai'n

---

na fwytawn: *that I wouldn't eat*
mwyach: *henceforth*
ei haeddu: *deserve it*
ar drugaredd: *at the mercy*
ffawd: *fate*
beth a ddeuai: *what would become,* (dod)
cyfansoddiad: *constitution*
ystyfnig: *stubborn*
penderfynol: *determined*
onid oeddwn: *wasn't I*
nes cael dweud: *until (I was) allowed to tell*
carbwl: *clumsy*
nid cynt: *no sooner*

nag y gorchfygwyd fi: *that I was overcome,* (gorchfygu)
teimladau: *emotions*
wylo'n hidl: *to cry one's eyes out*
bendith mawr: *great blessing*
galluogodd fi: *it enabled me,* (galluogi)
i'm meddiannu fy hun: *for me to take control of myself*
Ni chelais ddim: *I didn't conceal anything,* (celu)
methwn â chanfod: *I failed to see,*
cydymdeimlo: *to sympathise*
siriol: *cheerful*
fel petai: *as if*

ymhyfrydu yn fy nhrueni. Wedi imi orffen fy stori, dyma'r cwbl a ddywedodd,

'Os felly mae hi arnat ti, dos ymlaen; mi ddôi yn well toc.'

'Abel,' ebe Miss Hughes, 'ai dyna'r cwbl sy gent ti i'w ddweud wrtho? Dylet ti helpu dipyn ar y bachgen, a rhoi gair o gyngor iddo fo.'

'Os y Gŵr a agorodd y briw, fe ddaw'r Gŵr ei hun i roddi *plaster* arno yn ei amser da ei hun.'

'Fy meddwl i ydy y dylet ti ddeud wrth y bachgen ble mae'r *plaster* i'w gael,' ebe Miss Hughes.

'Dydy o ddim fel rhyw hanner pagan yn dŵad i'r seiat am y tro cyntaf, yr un fath â Thomas Bartley ac eraill. Y peth gore iddo fo heno ydy swper a mynd i'r gwely.'

Er mai ychydig gysur a gefais gan Abel y noson honno, teimlwn ei fod yn edrych arnaf mewn gwedd wahanol. Cymerais ychydig swper ac euthum i'm gwely—nid i gysgu, ond i fyfyrio ar fy sefyllfa. Erbyn hyn roedd y bwriad i fynd ymaith wedi fy ngadael, a'm holl feddwl yn dyheu am oleuni ar fy nghyflwr ac ar fy nyfodol.

---

yn ymhyfrydu: *delighting*
trueni: *pity, sorry state*
mi ddôi yn well: *you will get better,* (dod)
ai dyna'r cwbl: *is that all*
briw: *wound*
fe ddaw'r . . . hun: *the Man (God) himself will come*

pagan: *pagan*
cysur: *comfort*
gwedd: *aspect, light*
myfyrio: *to meditate*
sefyllfa: *situation*
yn dyheu: *yearning*
cyflwr: *condition*
dyfodol: *future*

25: Y Meistr a'r Gwas

Bore trannoeth, pan oeddwn yn mynd i lawr y grisiau ar ôl noson ddi-gwsg, sylweddolwn fod Abel Hughes a'i chwaer yn gwybod cymaint bron o'm hanes ag a wyddwn i fy hun. Eto, teimlwn y gallwn edrych yn eu hwynebau yn sythach, yn onestach, nag y gwneuthum ers blynyddoedd.

Toc wedi imi fynd i'r siop y bore hwnnw, dywedodd wrth Jones,

'Jones, os daw rhywun i ofyn amdana i, dywedwch y byddaf yma yn y man, ond peidiwch â dod i fy nôl i, achos mae gen i dipyn o fusnes i'w wneud. Rhys, gwell i ti ddod i fy helpio.'

Yna aeth i'r parlwr a dilynais innau ef. Wedi inni fynd i mewn clodd Abel y drws, a dywedodd wrthyf am eistedd, ac eisteddodd yntau gyferbyn â mi. Am foment neu ddwy cyn inni ddechrau siarad edrychodd yn fy wyneb yn ddifrifol, a cheisiais innau edrych yn onest yn ei wyneb yntau. Tybiwn fy mod yn gweld y gŵr trugarog o dan ddüwch wyneb Abel Hughes cyn iddo ddweud,

'Roedd dy fam a minnau yn gyfeillion mawr, a mi addewais iddi, cyn ei marw, y cymerwn ofal ohonot, ac y gwnawn fy ngorau iti. Pan oeddet yn dweud dy stori neithiwr teimlwn yn ddiolchgar iawn fod dy fam yn ei bedd. Petai hi'n fyw heddiw buasai'n fil gwell ganddi glywed dy fod wedi marw o newyn ar ochr y ffordd, na

---

sylweddolwn: roeddwn i'n sylweddoli, *(realise)*
cymaint bron: *as much almost*
yn sythach: *straighter*
nag y gwneuthum: *than what I did,* (gwneud)
Toc: *soon*
clodd A: *A locked,* (cloi)
trugarog: *merciful*
düwch: *blackness*

mi addewais iddi: *I promised her,* (addo)
y cymerwn ofal: *that I'd take care,* (cymryd)
y gwnawn: *that I'd do,* (gwneud)
Petai hi'n fyw: *If she were alive*
buasai: basai, *she would be*
fil gwell: *a 1000 times better*
newyn: *hunger*

chlywed am dy ddirywiad. Ond rydw i'n credu dy fod wedi gwneud cyfaddefiad onest. Rydw i'n lled siŵr dy fod wedi dweud y gwir wrthyf. A ddarfu iti ddweud wrth rywun arall heblaw fy chwaer a minnau?'

'Naddo, un gair wrth neb byw,' atebais.

'Gorau oll. Hwyrach y dywedai rhywrai mai fy nyletswydd fyddai dy droi dros y drws, cyhoeddi dy feiau, a'th ddiarddel o'r eglwys. Dydw i ddim yn bwriadu gwneud y naill na'r llall. Rydw i'n bechadur mawr fy hun. Dywed yn onest rŵan, fuest ti erioed o'r blaen yn teimlo fel rwyt ti yn teimlo yr wythnosau diwetha? Treia alw i'th gof.'

'Naddo, rydw i'n siŵr,' ebe fi.

'Purion. Wyt ti'n cofio amser pan oeddet yn weddol hapus, pan oeddet yn mwynhau'r moddion yn y capel, ac yn gallu mynd i'th wely'r nos heb gael dy flino gan ofnau?'

'Ydw. Bûm felly am flynyddoedd lawer,' ebe fi.

'Un cwestiwn eto. Rwyt ti'n cofio'r amser, on'd wyt ti, pan nad oeddet ti'n euog o'r troseddau y cyfeiriaist di atynt neithiwr? Pan gyflawnaist ti'r cyntaf sut oeddet ti'n teimlo? Oeddet ti'n teimlo dy fod wedi mynd i ffordd newydd hollol, neu ynteu ar yr un ffordd yr oeddet ond ei bod yn gwaethygu?'

'Rydw i'n credu mai ar yr un ffordd roeddwn o hyd, ond ei bod yn gwaethygu wrth ei cherdded.'

'On'd wyt ti'n gweld fod gwell gobaith heddiw am dy

---

dirywiad: *deterioration*
cyfaddefiad: *confession*
yn lled siŵr: yn eithaf siŵr
A ddarfu iti ddweud? (GC): Ddywedaist ti?
neb byw: *not a living soul*
dy droi dros y drws: h.y. dy anfon i ffwrdd
cyhoeddi: *to proclaim*
beiau: *faults*
a'th ddiarddel: *and expel you*
y naill na'r llall: *neither one nor the other*

pechadur: *sinner*
Treia alw i'th gof: *Try and recall*
purion: iawn
moddion: gwasanaeth yn y capel
euog: *guilty*
troseddau: *transgressions*
y cyfeiriaist ti atynt: *that you referred to*, (cyfeirio at)
Pan gyflawnaist: h.y. *When you did*, (cyflawni)
yn gwaethygu: *getting worse*
wrth ei cherdded: *whilst walking (along) it*

gadwedigaeth nag a fu erioed? Hyd yn oed yn dy amser gorau, doeddet ti erioed wedi sylweddoli dy gyflwr fel pechadur. Ond yn awr dyma Dduw yn ei drugaredd wedi codi storm arnat a thaflu coeden ar draws dy ffordd, a rhaid i tithau bellach droi yn ôl i'r groesffordd a chymryd cyfeiriad hollol newydd.'

Arhosodd Abel am funud fel petai'n awyddus gwybod a oedd ei eiriau yn effeithio'n fawr arnaf.

'Rydw i'n ddiolchgar i chi o'm calon, meistr, ond mae fy mhechodau i yn fawr ac yn lluosog iawn.'

'Ydyn,' ebe fe, 'yn fwy lluosog o lawer nag rwyt ti wedi ei ddychmygu eto, ac felly mae fy mhechodau innau. Rydyn ni'n dau yn yr un cwch anffodus.'

'Sut ydw i (yn mynd i) gael y llonyddwch rydych chi wedi ei gael?'

'Mae rhyw bobl yn ymdroi ynddyn nhw eu hunain mewn myfyrdod pruddglwyfus. Nid crefydd ydy peth felly. Mae crefydd yn fwy ymarferol na hynny. Rhyw fynd allan ohonot ti dy hun yn barhaus ydy crefydd. Wrth serfio cwsmer tu ôl i'r cownter yn gydwybodol ac yn y modd gorau y gelli, wyddost ti dy fod yn boddio Duw cystal â phetaet ar dy liniau yn dy ystafell ddirgel? Bydd fyw mor onest (fel) na all dy gydwybod di dy hun godi bys arnat. Cofia fod popeth sydd yn ymylu ar *shabbiness* a *meanness* yn

---

cadwedigaeth: *salvation*
cyflwr: *condition*
pechadur: *sinner*
trugaredd: *mercy*
awyddus: *eager*
pechodau: *sins*
lluosog: *numerous*
o lawer: *by far*
wedi ei ddychmygu: *have imagined*
llonyddwch: *peace of mind*
ymdroi . . . hunain: *become introspective*
myfyrdod: *meditation*

pruddglwyfus: *melancholic*
ymarferol: *practical*
yn barhaus: *continually*
yn gydwybodol: *conscientiously*
modd: ffordd
y gelli: rwyt ti'n gallu
yn boddio: *pleasing*
â phetaet: *as if you were*
ystafell ddirgel: *secret/private room*
(fel) na all dy gydwybod: *so that your conscience cannot,* (gallu)
codi bys: h.y. *point a finger*
ymylu ar: *bordering upon*

atgas yng ngolwg Duw. Ceisia gredu bod Duw yn cydymdeimlo yn ddwfn â thi yn dy lygredigaeth, a dy dywyllwch. (Pe na bai hynny'n wir) fasai Fe ddim yn anfon ei Fab i farw drosot. Ond cred hefyd nad oes ganddo Ef un cydymdeimlad â thi pan fyddi'n rhoi i mewn i'th wendidau. Dim ond pan fyddi yn ymladd yn egnïol yn erbyn pechod mae ei nerth a'i gydymdeimlad Ef yn rhedeg atat.

'Wel, hwyrach 'y mod i wedi siarad gormod â thi. Rwyt, fel y gwyddost, wedi pechu yn fy erbyn, ond rydw i'n maddau iti o waelod fy nghalon, gan gredu ei bod yn ddrwg gennyt am dy drosedd. Rŵan, dos at dy waith fel dyn, a chofia, mi fyddaf yn disgwyl i ti o hyn allan gadw dyletswydd bob yn ail â mi yn y teulu.'

Datglodd Abel y drws, a cherddodd allan. Mwyach nid edrychwn arno fel meistr, ond fel tad.

---

yn atgas: *despised*
yng ngolwg: *in the sight of*
yn cydymdeimlo: *sympathises*
llygredigaeth: *corruption*
Pe na bai hynny'n wir: *If that were not true*
gwendidau: *weaknesses*
yn egnïol: *energetically*
pechod: *sin*

hwyrach (GC): *efallai*
yn maddau i ti: *forgive you*
trosedd: *transgression*
cadw dyletswydd: *religious service (in the house)*
bob yn ail: *alternately*
Datglodd A: *A unlocked,* (datgloi)
mwyach: o hyn ymlaen
nid edrychwn: *I wouldn't look*

131

26: Cyngor Wil Bryan

Ychydig a siaradai Abel â mi yn ystod y blynyddoedd cyntaf y bûm i gydag ef; dim mwy nag oedd yn angenrheidiol rhwng meistr a gwas. Ond wedi imi wneud *clean breast* iddo, ymddangosodd yn hollol wahanol tuag ataf. Yr oedd ei dynerwch a'i garedigrwydd yn ddiderfyn. Pob cyfle a gâi, siaradai yn rhydd a chyfeillgar. Ar ôl cau'r siop, dygai ryw bwnc neu'i gilydd yn feunyddiol i'm sylw, ac wedi fy holi arno, traethai ei feddwl ei hun yn helaeth a chlir. Soniai am y llyfrau yr oedd wedi eu darllen, a nodai eu diffygion a'u rhagoriaethau. Siaradai am yr hen bregethwyr; disgrifiai eu hymddangosiad, eu gwisg, a'u dull o lefaru.

Llawenhâi Miss Hughes am i mi wneud ei brawd mor siaradus a chymdeithasgar, yn lle bod, fel y dywedai hi, 'â'i drwyn yn ei lyfr, neu ei ben yn y simdde, drwy gydol yr amser'. Mewn gair, yr oedd yr hen lanc yn ei henaint wedi cael mab, a rhoddodd hynny iddo dafod a chalon tad. Dechreuodd hapusrwydd wenu arnaf drachefn, a chymerwn ddiddordeb newydd, a dyfnach mewn pethau crefyddol.

Ond yr oedd ynof anesmwythder meddwl, am nad oeddwn wedi ymddwyn yn anrhydeddus tuag at fy hen gyfaill, sef Wil Bryan. Nid oeddwn wedi dweud wrtho yn

---

yn angenrheidiol: *necessary*
ymddangosodd: *he appeared*
tynerwch: *tenderness*
caredigrwydd: *kindness*
yn ddiderfyn: heb ddiwedd
a gâi: *that he'd have,* (cael)
dygai: *he'd bring,* (dwyn)
yn feunyddiol: bob dydd
traethai: *he'd express,* (traethu)
yn helaeth: *at length*
nodai: *he'd note*
diffygion: *deficiencies*

rhagoriaethau: *virtues*
dull o lefaru: ffordd o siarad
Llawenhâi Miss H: . . . *rejoiced,*
 (llawenhau)
am i mi: *because I*
cymdeithasgar: *sociable*
hen lanc: *bachelor*
henaint: *old age*
cymerwn: *I would take,* (cymryd)
anesmwythder: *uneasiness*
wedi ymddwyn: *had behaved*
yn anrhydeddus: *honourably*

eglur pam roeddwn yn osgoi ei gwmni, a meddyliwn nad oedd peth felly yn foneddigaidd, nac yn deilwng o'i hen gyfeillgarwch. Penderfynais ei hysbysu fy mod yn ymdrechu drwy gymorth Duw i fod yn fachgen da.

Yr oeddwn yn awyddus i'n cyfarfyddiad ymddangos yn hollol ddamweiniol. Ac felly y bu mewn gwirionedd, oherwydd cwrddais i ag ef pan nad oeddwn yn disgwyl. Gwisgai ei wyneb ei sirioldeb arferol, a gwelais nad oedd fy ymddygiad tuag ato wedi amharu dim ar ei natur dda. Estynnodd ei law imi a dywedodd,

'Helô! yr hen fil o flynyddoedd! Roeddwn i *just* â meddwl dy fod ti wedi mynd i'r nefoedd, ond fy mod i yn credu na faset ti ddim yn mynd heb ddweud *good bye* wrth dy hen *chum*. Rŵan, ydi o'n ffaith dy fod ti wedi cael diwygiad?'

'Wil,' ebe fi, 'roeddwn i eisio deud wrthot ti fy mod i wedi penderfynu bod yn fachgen da, os ca i help i fod felly. A does dim ar y ddaear a ddymunwn i yn fwy nag i tithau wneud yr un penderfyniad. Rwyt bob amser wedi bod yn ffrind mawr i mi; ac os bydd ein ffordd o fyw mor wahanol fel y bydd raid inni ymadael â'n gilydd, mi fydd hynny yn boen mawr i mi.'

'Roeddwn i wedi sbotio ers tipyn dy fod ti wedi mynd i'r lein 'na, a mi ddeudes hynny wrthot ti, on'd do? A deud y gwir wrthot ti, doeddwn i ddim yn synnu, achos mae natur y grefydd yma yn eich teulu chi—barin dy dad—*no offence*, cofia. Ac mi wyddwn dy fod ti'n teimlo'n swil fy nghyfarfod i. Roeddet ti'n meddwl y baswn i yn gneud *sport* ar dy ben

---

boneddigaidd: *courteous*
yn deilwng: *worthy*
ei hysbysu: *inform him*
yn ymdrechu: *striving*
cymorth: help
yn awyddus: *eager*
cyfarfyddiad: *meeting*
ymddangos: *to appear*
Ac felly y bu: *And that's how it was*
sirioldeb: *cheerfulness*

ymddygiad: *behaviour*
wedi amharu dim: *hadn't impaired at all*
wedi cael diwygiad: *have had a religious conversion*
os ca i: *if I shall have*, (cael)
dim ar y ddaear: *nothing on earth*
a ddymunwn i yn fwy: *that I'd wish more*, (dymuno)
barin: h.y. *barring, besides*

di. *Far from it*, mae'n dda gan 'y nghalon i dy fod ti wedi cael tro. Rwyt ti am fod yn bregethwr, on'd wyt ti? Waeth iti heb ysgwyd dy ben, pregethwr fyddi di.

'Mi wyddwn pan oeddet ti'n *kid* mai dyna fyddet ti. Dyna oedd dy fam eisiau iti fod, ac os ddaru hi ofyn i'r Brenin Mawr, mae o'n *bound* o'i obligio hi. Hwyrach y bydd yn anodd gynnat ti 'nghredu i, ond teimlais yn anghyffordous lawer gwaith wrth feddwl fy mod i wedi gneud drwg i ti. Ond gan dy fod ti wedi cael tro mi wnei well pregethwr nag y 'taset ti wedi cadw ar y *straight line*. Marcia di be rydw i'n deud: os clywi di ddyn yn pregethu yn dda rwyt ti *bound* o ffeindio ei fod o rywdro wedi bod oddi ar y *metals*.

'Wel, os wyt ti am fod yn bregethwr—waeth i ti heb ysgwyd dy ben, rwyt ti'n *bound* o fod—mi rof air o gyngor iti. Cofia fod yn *true to nature*. Paid â thrio bod yn rhywun arall, neu fyddi di'n neb. Wyst ti be? Mae 'na ambell bregethwr fel *ventriloquist*. Pan fydd o yn y tŷ mae o yr un fath â fo ei hun, ond pan aiff o i'r pulpud mi dynget mai rhywun arall ydi o.

'Pan fyddi di'n gweddïo, paid ag agor dy lygaid. Chreda i byth fod unrhyw bregethwr yn dduwiol a fydd yn edrych be ydi'r gloch ar ganol gweddïo.

'Cofia fod yn *honourable*. Pan fyddi yn lodgio yn rhywle, cofia roi chwech i'r forwyn fach, hyd yn oed os nad oes chwe cheiniog arall gennyt ti, neu chrediff hi byth yr un gair o dy bregeth di. Os byddi di'n smocio—a mae'r pregethwyr mawr i gyd yn smocio—cofia smocio dy faco dy hun, rhag iddyn nhw rwmblan ar ôl i ti fynd i ffwrdd.

---

cael tro: *have a conversion*
Waeth iti heb: h.y. *There's no point*
os ddaru hi ofyn (GC): os gofynnodd hi
hwyrach (GC): efallai
os clywi di: *if you'll hear*
y *metals*: h.y. *the rails*
mi rof: *I'll give*, (rhoi)
cyngor: *advice*

Wyst ti be?: Wyt ti'n gwybod rhywbeth?
pan aiff o: *when he'll go*, (mynd)
mi dynget: *you'd swear (an oath)*, (tyngu)
yn dduwiol: *godly*
chwech: chwe cheiniog
chrediff hi byth: *she'll never believe*
rwmblan: cwyno

134

'Wrth bregethu, paid â *beatio* gormod o gwmpas y *bush*. Tyrd at y *point*. Taro'r hoelen ar ei phen a darfod efo hi. Tyrd at y *point*—Iesu Grist.

'Os byddi di'n mynd i'r *college*, a mi fyddi, mi wn, paid â bod yr un fath â nhw i gyd. Maen nhw'n deud fod y *students* yr un fath â'i gilydd—fel lot o *postage stamps*. Treia fod yn *exception to the rule*. Pan fyddi yn y *college*, beth bynnag arall fyddi di yn ei ddysgu, studia *nature, literature*, a Saesneg—achos mi daliff rheiny am eu bwyd i ti ryw ddiwrnod.

'Paid â thorri dy gyhoeddiad er mwyn cael chwaneg o bres. Er mwyn popeth, paid â bod yn bregethwr cybyddlyd a bedyddio dy hun yn ddyn cynnil. Mi fase'n well gen i glywed dy fod wedi mynd ar y *spree* na chlywed dy fod yn gybydd. Weles i rioed gybydd yn altro, ond mi weles ugeiniau yn sobri.

'*Old fellow!* Dwyt ti ddim yn meddwl fy mod i yn rhoi cynghorion go lew i ti a chonsidro pwy ydw i? Mi wnaiff y Cyfarfod Misol roi cynghorion i ti am weddïo a phethe felly, ond does gynno fo mo'r *courage* i roi cynghorion fel rydw i yn eu rhoi i ti!'

Ac felly yr aeth Wil ymaith heb i mi brin gael fy mhig i mewn.

---

hoelen: *nail*
darfod efo hi: *finish with it*
cyhoeddiad: *preaching appointment*
er mwyn . . . pres: *in order to have more money*
cybyddlyd: *miserly*
bedyddio dy hun: h.y. *making a name for yourself*
dyn cynnil: *a mean man*

cybydd: *miser*
ugeiniau: 20s, h.y. *dozens*
sobri: *sobering up*
cynghorion: *advice*
go lew: eithaf da
Mi wnaiff . . . roi: *The . . . will give*
heb i mi brin gael fy mhig i mewn: *without me hardly having a word in edgeways*

27: Yr Herwheliwr

Yn y gymdogaeth yr oedd gŵr hynod a adnabyddid wrth yr enw 'yr Hen Niclas', neu 'yr Hen Nic'. Yr oedd yn dal, gwargam, esgyrniog a chryf. Pan gerddai o gwmpas edrychai bob amser tua'r llawr, ac ni chymerai sylw o neb heblaw gyda chornel ei lygad cyfrwysddrwg. Yr oedd ar blant ei arswyd, a phan fyddai plentyn yn crio, neu yn gwrthod dod i'r tŷ, clywid y fam yn dweud,

'Aros di, 'ngwas i, dyma'r hen Niclas yn dŵad!'

Yr wyf i'n cofio pan fyddai twr ohonom ni fechgyn yn chwarae, pan welem Niclas yn dod, y byddem yn cilio'n ofnus o'i ffordd cyn ddistawed â llygod nes iddo fynd heibio. Ni chredai Wil Bryan mai dyn oedd Niclas. Dywedai Wil mai rhywbeth rhwng sipsiwn a'r gŵr drwg oedd.

Gan nad oedd yn frodor o'r gymdogaeth, yr oedd ef yn ddirgelwch hollol i bawb. Credid yn lled gyffredinol ei fod o deulu uchel, a'i fod yn gyfoethog iawn. Yn sicr, nid oedd yr hen Niclas yn dlawd, oherwydd yr oedd yn byw yn ei dŷ ei hun. Yr oedd y tŷ hwn, a elwid Y Garth Ddu, yn sefyll ar lannerch ar wahân tua hanner milltir o'r dref, ac yn cydio yn ystad y Plas. O amgylch y tŷ a'r ardd, yr oedd wal uchel a

---

Herwheliwr: *poacher*
y gymdogaeth: *the locality*
gŵr hynod: *a remarkable man*
a adnabyddid: *who was known,* (adnabod)
gwargam: *stooping*
esgyrniog: *bony*
ni chymerai sylw: *he wouldn't take notice*
o neb: *of anyone*
cyfrwysddrwg: *sly and wicked*
Yr oedd . . . arswyd: *Children were terrified of him*
clywid . . . yn dweud: *the mother would be heard saying*

twr: llawer (o bobl)
pan welem: *when we would see*
yn cilio: *retreating*
cyn ddistawed â: *as quiet as*
y gŵr drwg: *the devil*
Gan nad oedd: *Since he wasn't*
brodor: *native*
dirgelwch hollol: *a total mystery*
Credid: *It was believed*
yn lled gyffredinol: *quite generally*
a elwid: *which was called*
llannerch: *opening*
yn cydio: *bordering*
ystad: *estate*

adeiladwyd wedi i'r lle ddod yn eiddo i Niclas. Ers i'r Garth Ddu ddod yn eiddo i Niclas, nid oedd neb, cyn belled ag y gwyddys, wedi cael rhoi ei droed o fewn ei waliau, ac eithrio ei berchennog, a hen wreigan o'r enw Magdalen Bennet, neu Modlen, fel yr adnabyddid hi yn gyffredin.

Hi a brynai ei fwyd, a'r ychydig ddillad a fyddai arno eu hangen, a hi a alwai am ei bapur wythnosol. Gwnaethpwyd llawer cais i gael gan Modlen ryw wybodaeth am amgylchiadau a bywyd Niclas, ond yr unig ateb a geid gan yr hen wreigan oedd, 'Holi ydi peth fel 'na'. Yr eithaf a geid allan o Modlen, hyd yn oed gan ei chyfeillion gorau, mai trin yr ardd y byddai yr hen Nic yn ei wneud a saethu adar to. Mae'n debyg mai stori Modlen a ddechreuodd y gred fod gan Niclas ardd odidog, gwerth ei gweld.

Un noson tua diwedd mis Mai, rydw i'n cofio'n dda, ar ôl cau'r siop (euthum) am dro i'r wlad. Gan ei bod yn noson neilltuol o glir a hyfryd, cymerais y llwybr igam-ogam gydag ochr yr afon. Pan dybiais imi fynd yn ddigon pell, meddyliais y gallwn ddychwelyd mewn llai o amser wrth gymryd llwybr arall (drwy goedwig). Pan gyrhaeddais y fan lle roedd y coed yn fwyaf trwchus, a lle roedd goleuni'r hwyrnos yn cael ei gau allan bron yn gwbl, gwelwn ddyn mawr yn dod i'm cyfarfod, gan gerdded yn araf, â'i ben yn gwyro tua'r llawr. Wedi dod dipyn yn nes at ein gilydd,

---

yn eiddo i: *belonging to*
cyn belled ag y gwyddys: *as far as is known*
perchennog: *owner*
hen wreigan: *old woman*
fel yr adnabyddid hi: *as she was known*
Gwnaethpwyd . . . cais: *Many an attempt was made,* (gwneud)
amgylchiadau: *circumstances*
a geid: *that one had,* (cael)
yr eithaf: *the most*

trin yr ardd: gwneud yr ardd
adar to: *house sparrows*
y gred: *the belief*
euthum: es i
neilltuol: arbennig
Pan dybiais: *When I assumed,* (tybio)
dychwelyd: mynd/dod yn ôl
trwchus: *thick*
hwyrnos: *dusk*
yn gwyro: plygu

gwelais mai'r hen Niclas ydoedd, a rhaid imi gyfaddef i gryndod gerdded dros fy holl gnawd.

'Nos dawch, Mr Niclas,' ebe fi mor wrol ag y gallwn. Ond nid atebodd Niclas air, ac ni chododd ei ben. Wedi imi gerdded ychydig lathenni, edrychais yn ôl a gwelwn Niclas yn mynd yn ei flaen yn araf. Meddyliwn mor ynfyd oeddwn yn brawychu, oherwydd yr oedd yn amlwg i mi erbyn hyn mai dyn diniwed oedd yr hen Niclas druan.

Gadewais y llwybr a chymerais y llwybr oedd yn arwain heibio ei dŷ, a chyrhaeddais ato ymhen ychydig funudau. Ni allwn beidio â sefyll i edrych ar yr hen adeilad. Teimlwn chwilfrydedd mawr ynghylch y tŷ, yn enwedig gan fod ei berchennog oddi cartref. Nid oedd wal yr ardd yn rhy uchel imi ddringo i'w phen. Yr oeddwn wedi dechrau ar y gorchwyl, pan deimlais law gref yn cydio yn fy ngholer. Llaw yr hen Niclas ydoedd.

'Lleidr, ai e? Lleidr yn nhŷ Niclas y Garth Ddu!' a rhoddodd imi ysgytiad a fu agos ysgwyd fy enaid allan o'm corff, ac ychwanegodd:

'Pwy wyt ti? Be wyt ti? O ble rwyt ti'n dŵad? Siarada! Dywed dy bader! Neu . . . mi dynnaf di yn bedwar aelod a phen!'

Ceisiais siarad, ond yr oedd fy ngheg a'm tafod cyn syched â checsen, fel na allwn yngan gair. Credwn yn sicr ei

---

cyfaddef: *admit*
cryndod: *shivers*
cnawd: *flesh*
mor wrol: *as brave*
llathenni: *yards*
ynfyd: *mad, stupid*
yn brawychu: yn cael ofn
diniwed: *harmless*
Ni allwn beidio â sefyll: *I couldn't do other than stand*
chwilfrydedd: *curiosity*
perchennog: *owner*
gorchwyl: *task*

cref: cryf
ysgytiad: *a shaking*
ysgwyd: *to shake*
enaid: *soul*
pader: gweddi
mi dynnaf di: h.y. *I'll dismember you*
aelod: *limb*
cyn syched â: *as dry as*
cecsen: *a cake*
fel na allwn: *so that I couldn't*
yngan: *utter*

fod am fy llofruddio, ac ni allwn weiddi! Aeth cant o feddyliau drwy fy nghalon—angau dirdynnol, byd arall, fy nghyflwr, fy mam, Bob fy mrawd, Abel Hughes—rhuthrent drwy fy meddwl, ac os gweddïais erioed, y pryd hwnnw y gwnes i. Ymhen ychydig eiliadau, llaciodd ei afael ynof, ond ni ollyngodd fi, ac ebe fe mewn llais ychydig yn fwyneiddiach,

'Pwy wyt ti? A be sy arnat ti eisiau?'

Ni wn sut, ond yn hollol sydyn gellais ddweud yn grynedig,

'Nid lleidr ydwyf, Mr Niclas. Prentis Abel Hughes ydw i, ac eisiau gweld eich gardd oedd arnaf, ie, ar fy ngwir.'

'Eisiau gweld yr ardd, ai e? Modlen sy wedi bod yn clebar, mi wn, fod yr ardd yn werth ei gweld. Os na chadwiff yr hen wrach ei thafod yn llonydd, mi saethaf hi yn farw gelain. A phob hogyn a ddaliaf yn cribo wal yr ardd, mi blingaf o'n fyw, a mi rhof o'n fwyd i'r ci. Eisiau gweld yr ardd sy arnat ti? Wel, mi gei ei gweld, achos mae hi yn werth ei gweld. Ha, ha! Tyrd i mewn.'

Gydag un llaw cadwai Niclas ei afael ynof, a chyda'r llaw arall dug o'i boced *latch-key*, ac agorodd y drws a oedd yn y mur, ac arweiniodd fi i mewn, a chaeodd y drws yn ofalus ar ei ôl. Wedi gwneud hyn gollyngodd fi, a gorchmynnodd imi ei ddilyn i'r ardd. Gymaint oedd fy syndod pan welais yr ardd enwog! Yr oedd yn anialwch perffaith, ac oddi ar yr olwg a oedd arni, nid wyf yn meddwl i Niclas roi rhaw

---

fy llofruddio: *murder me*
angau dirdynnol: *excruciating death*
fy nghyflwr: *my condition*
rhuthrent: *they were rushing*
llaciodd ei afael: *he relaxed his grip*
ni ollyngodd fi: *he didn't release me*, (gollwng)
yn fwyneiddiach: *more gentle*
yn grynedig: *trembling*
ar fy ngwir: *wir i chi*
yn clebar: clebran, siarad
gwrach: *witch*

yn farw gelain: *stone dead*
mi blingaf o'n fyw: *I'll skin him alive*, (blingo)
cadwai N . . .: *N kept a grip on me*
dug: *he took*, (dwyn)
gorchmynnodd imi: *he commanded me*, (gorchymyn i)
Gymaint oedd fy syndod: h.y. *I was greatly surprised*
anialwch: *wilderness*
yr olwg . . . arni: *its appearance*
rhaw: *spade*

ynddi ers blynyddoedd. Yr oedd wedi ei chuddio â drain a mieri. Yna chwarddodd yn wawdlyd, a dweud,

'Mae'r ardd yn werth ei gweld!'

Yr oedd yn ein hymyl hen gaban haf, ac aeth Niclas i mewn iddo a dug allan wn dau faril.

'Weli di hwn? Weithie mae ysbryd lladd yn dwad ataf, a rhaid imi ladd rhywun.'

Gollyngodd Niclas gynnwys y ddau faril i foncyff yr hen bren. Am beth amser yr oeddwn yn methu gwneud allan pa un ai ffŵl ai cnaf oedd yr hen greadur rhyfedd.

Ar ôl i Niclas ollwng allan y ddwy ergyd, gwelwn ddyn byr yn dod o'r tŷ i ofyn, mae'n debyg, am ystyr yr ergydion. Pan ddaeth i'm hymyl adnabûm ef, ac adnabu yntau finnau.

'Holô, Rhys!' ebe fe ac estynnodd ei law imi, ond gwrthodais hi.

'Niclas,' ebe fe, 'wyddoch chi pwy ydi'r *chap* yma?'

Ysgydwodd Niclas ei ben.

'*Kid* yr hen *Pal*.'

Agorodd Niclas ei lygaid mewn syndod, ac mewn ufudd-dod i arwydd gan ei ffrind, aeth i'r tŷ.

'Rhys, wnei di ddim ysgwyd llaw?'

'F'ewyrth,' ebe fi, oherwydd dyna pwy oedd, ac nid oedd neb ar y ddaear a gasawn yn fwy er yr amser y gwelswn ef gyntaf, a phan alwn ef 'y Gwyddel'. 'F'ewyrth, 'taswn i'n ysgwyd llaw â chi, disgwyliwn iddi bydru y foment honno.'

Yr oedd wedi ei chuddio: *It was covered*

drain a mieri: *thorns and briers*

chwarddodd: *he laughed*, (chwerthin)

yn wawdlyd: *scornfully*

dug allan: *he brought out*, (dwyn)

gwn dau faril: *a double-barrel gun*

cynnwys: *content*

boncyff: *trunk*

pa un . . . ai: *whether . . . or*

cnaf: *knave*

creadur rhyfedd: *strange creature*

ergyd: *shot*

ystyr yr ergydion: *the meaning of the shots*

adnabûm ef: *I recognised him*, (adnabod)

adnabu yntau: *and he recognised*

Ysgydwodd N ei ben: *N shook his head*

ufudd-dod: *obedience*

arwydd: *sign*

a gasawn: *that I hated*, (casau)

y gwelswn ef: *that I saw him*

disgwyliwn iddi: *I would expect it to*, (disgwyl)

pydru: *to rot*

'Be sy arnat ti, fachgen? Pam wyt ti'n fy nghasáu i?' ebe fe.

'Pam?' atebais, 'rydych chi'n gwybod yn iawn. Chi fu achos holl broblemau fy mam a minnau; chi a ddifethodd fy nhad; chi a'i dysgodd i herwhela; gyda chi yr oedd pan wnaeth o y weithred a'i gorfododd i adael y wlad. F'ewyrth, dywedwch y gwir wrthyf, os nad ydych chi wedi anghofio sut i ddweud y gwir—ble mae fy nhad? Dywedwch y gwir am unwaith yn eich oes?'

'Y cwbl a fedra i ddeud wrthat ti ydi ei fod o wedi cicio'r bwced.'

Er cywilydd i mi, yr wyf yn addef i'm calon neidio gan lawenydd, ac ebe fi, 'Ydych chi'n dweud fod fy nhad wedi marw?'

'Fe wyddost ei fod o'n ffond o ddiod, a mi fuom ein dau dipyn yn lwcus—mi gafodd ormod o bres, a mi wnaeth yn rhy *free* ar y *whisky*, a mi gafodd *stroke*. Yn Warwick y ciciodd o'r bwced. Doedd o ddim eisio marw *at all*, achos roedd o'n gwybod mai titotals ydyn nhw i gyd yn y byd arall.'

'Os ydych yn dweud y gwir,' ebe fi, 'dyma'r newydd gorau glywes i erioed, a phe basech chi wedi marw gyda fo, baswn yn berffaith hapus.'

Ni wnaeth y sylw hwn ond peri iddo chwerthin. 'Gollyngwch fi allan o'r lle melltigedig yma,' ebe fi, a cherddais tua'r drws a oedd yn y mur.

'Aros! Be ydi'r brys? Oes gynnat ti ddim ffasiwn beth â hanner coron fedri di sbario? O ble cest ti'r *watch* 'na?'

Cefais nerth i'm meddiannu fy hun, ac ebe fi,

'Agorwch y drws a gadewch i mi fynd ymaith.'

---

a ddifethodd: *who destroyed,* (difetha)
herwhela: *poaching*
gweithred: *action*
Er cywilydd imi: *To my shame*
addef: *to admit*
y sylw hwn: *this comment*

peri iddo: *to cause him*
melltigedig: *cursed*
hanner coron: *half a crown,* (2/6=13c)
i'm meddiannu fy hun: *to control myself*

'Dwyt ti ddim wedi talu'r *gate*,' ebe fe.

Yr oeddwn yn fab fy mam, a rhoddais iddo y cwbl a feddwn ar y pryd, sef dau swllt.

'*Thank you*,' ebe fe, 'mi gaf dy weld di eto pan fyddi'n fwy *flush*,' a chymerodd *latch-key* o'i boced, ac agorodd y drws.

Pan gefais fy nhraed y tu allan i'r drws, trois ac edrychais arno yn benderfynol, ac ebe fi wrtho,

'F'ewyrth, deallwch eich bod bellach o dan fy mawd. Rydw i wedi dod o hyd i'ch lloches—y twll rydych chi'n ymguddio ynddo—ac os byth y dangoswch eich wyneb i mi eto, cofiwch y bydda i'n datguddio'r cwbl i'r *police*.'

'Beth!' ebe fe, 'wyt ti am sblitio?'

'Cyn sicred â'ch bod yn ddyn byw,' ebe fi.

'Drycha 'ma,' ebe fe, 'weli di byth mono i eto. Felly gwna dy waethaf,' a cheisiodd boeri yn fy wyneb wrth gau'r drws.

Euthum adref yn llawen. Yr oedd y baich mawr a oedd bob amser yn pwyso ar fy meddwl wedi syrthio i'r llawr. Ac eto, ni allwn beidio â gofyn i mi fy hun, a oedd fy ewyrth wedi dweud y gwir. Gwyddwn ei fod yn fwy hyddysg yn dweud celwydd.

---

y cwbl a feddwn: *all I possessed*
dau swllt: *two shillings*
o dan fy mawd: *under my thumb*
wedi dod o hyd i: *have located*
ymguddio ynddo: *hide in it*
os byth: *if ever*
datguddio: *to reveal*

cyn sicred â: *as certain as*
gwna dy waethaf: *do your worst*
baich: *burden*
ni allwn beidio â gofyn: *I couldn't do other than ask*
yn fwy hyddysg: *more knowledgeable*

28: Dafydd Dafis

Ar ôl y cyfarfyddiad sydyn ac annisgwyl â'm hewythr, y cwestiwn cyntaf a ddaeth i'm meddwl oedd—beth ddylwn ei wneud, ac atebodd fy nghydwybod yn syth,

'Dos at yr heddgeidwad.' Ond dywedai rhywbeth wrthyf nad oedd niwed mewn cymryd pwyll a phenderfynais gymryd ychydig oriau o leiaf i ystyried y mater.

Pwy oedd y dyn hwn a alwn i 'Y Gwyddel'? Fy ewythr—brawd o waed coch cyfan i'm tad. Pa fath un ydoedd? Un o'r dihirod mwyaf cyfrwys, dioglyd, a llygredig a gerddodd daear Cymru. Hyd yn oed pan oedd yn llanc ieuanc, meddai Bob, yr oedd gwaith yn gas beth ganddo. Ni fyddai byth yn gweithio, ac eto yr oedd yn byw, yn bwyta, ac yn yfed—yn enwedig yr olaf.

Yr oedd fy nhad yn weithiwr medrus, ond yr oedd yntau yn dueddol i ddiota ac i eistedd am oriau yn y tafarndai. Ni chafodd fy ewythr James fawr o drafferth i rwydo fy nhad i'w arferion drwg. Ymhen ychydig amser edrychid ar y ddau fel herwhelwyr proffesedig, ac yr oeddynt yn dianc yn rhyfedd rhag crafangau'r gyfraith.

Parai'r difrod a wnâi'r ddau i eiddo gŵr y Plas ddawnsio mewn cynddaredd, a newidiai ei geidwaid yn aml. O'r

---

cyfarfyddiad: *encounter*
cydwybod: *conscience*
Dos (GC): Cer, *(Go)*
heddgeidwad: *plismon*
niwed: *harm*
cymryd pwyll: *cymryd amser*
ystyried: *to consider*
a alwn: *whom I called*
gwaed coch cyfan: *a full blood relation*
dihirod: *rascals*
dioglyd: *lazy*
llygredig: *corrupt*
medrus: *skilful*

yn dueddol i: *tended to,* (tueddu)
diota: *yfed cwrw*
rhwydo: *to ensnare*
edrychid ar y ddau: *the two were looked upon*
herwhelwyr: *poachers*
crafangau: *clutches*
Parai'r difrod: *The damage caused,* (peri)
a wnâi'r ddau: *that the two made*
i eiddo: *to the property of*
mewn cynddaredd: *in a rage*
ceidwaid: *keepers*

diwedd, cafodd ddau ddyn nad oedd arnynt ofn eu cysgod. Ond cyn iddynt fod ar yr ystad fis cyfan, yr oedd y ddau yn glwyfedig, a gorweddiog. Am rai dyddiau nid oedd llawer o obaith am adferiad un ohonynt. O'r adeg honno collwyd golwg ar fy ewythr James a'm tad, ac er chwilio ni ddaethpwyd o hyd iddynt. Yr oedd fy mam erbyn hyn 'yn waeth na gweddw', chwedl hithau, ond dywedai Bob mai hyn oedd y peth mwyaf ffodus a ddigwyddodd yn ei hanes.

(Achosodd hyn galedi mawr i fy mam) cyn i Bob allu ein cynnal fel teulu. Ond nid oedd y caledi hwnnw'n ddim yn ei golwg o'i gymharu â'r boen meddwl a achosai cyflwr annuwiol fy nhad iddi, a'r ofn parhaus yr oedd hi ynddo y byddai ef yn dod i ymweld â ni, neu iddo gael ei ddal. Yr oedd y pryder hwn yn cael ei adfywio a'i ddwysáu gan ymweliadau fy ewythr, a chymerai fy mam hynny fel arwydd nad oedd fy nhad ymhell. Yr oedd yr ymweliadau hyn yn digwydd ar nosweithiau tywyll, a hyd nes i Bob ddod yn ddigon cryf i roddi terfyn arnynt—â'u hamcan bob amser i gymryd arian fy mam. Ar ôl pob ymweliad, byddai fy mam am ddyddiau yn bruddaidd a di-siarad.

Yr oedd yn fy ngallu erbyn hyn i (ddweud wrth yr heddlu ble roedd fy ewythr). A ddylwn i wneud hynny? gofynnwn i mi fy hun. Dywedai fy nghydwybod, 'Dylet, yn ddioed.' Gwyddwn nad oedd ef yn haeddu cael ei draed yn rhydd. Yr oedd ei drosedd erbyn hyn yn hen ond nid oedd

---

yn glwyfedig: *injured*
gorweddiog: *bedridden*
adferiad: *recovery*
collwyd golwg ar: h.y. *disappeared*
er chwilio: *despite searching*
ni ddaethpwyd . . . iddynt: *they weren't found,* (dod o hyd i)
chwedl hithau: *as she said*
caledi: *harship*
cynnal: *to maintain*
yn ei golwg: *from her point of view*
o'i gymharu â: *compared with*
a achosai: *which caused*

cyflwr annuwiol: *ungodly condition*
parhaus: *continuous*
pryder: *gofid*
yn . . . adfywio: *being revived*
a'i ddwysáu: *and intensified*
terfyn: *stop*
yn bruddaidd: yn drist
cydwybod: *conscience*
yn ddioed: *without delay*
yn haeddu: *deserve*
cael . . . yn rhydd: *to be free*
trosedd: *crime*

hynny yn lleihau dim arno. Yr oedd fy syniad am iawnder yn dweud wrthyf yn bendant mai fy nyletswydd oedd (dweud wrth yr) heddgeidwad.

Dyna un ochr i'r cwestiwn. Ond yr oedd iddo ochr arall. Y dyn a fyddai'n cael ei foddhau fwyaf fyddai gŵr y Plas, ac nid oeddwn am ychwanegu gronyn at ei ddedwyddwch. Ef oedd yr un a anfonodd fy mrawd i ddau fis o garchar. Yr oedd Wil Bryan hefyd wedi creu ynof ragfarn gref ers blynyddoedd yn erbyn yr heddgeidwaid ac felly nid oeddwn am roi dim blasusfwyd i'r heddgeidwaid.

Mwy na hynny. Er bod fy nhad wedi marw, os gwir a ddywedai fy ewythr, byddai ei holl droseddau yn cael eu hatgyfodi ac yn destun sgwrsio yn yr efail, y *Cross Foxes*, y *Crown*, ac ar bob aelwyd. Byddai'r plant yn y capel yn synnu bod y dyn oedd ar ei dreial, yn ewythr i mi, a bod fy nhad, a oedd wedi marw, cyn waethed ag yntau.

Ond yr hyn a effeithiodd fwyaf ar fy mhenderfyniad oedd cofio geiriau olaf fy mam,

'Os byth y cyfarfyddi â dy dad, treia anghofio ei bechodau, ac os medri di wneud rhyw les iddo, gwna.'

Credwn fod ysbryd y gorchymyn yr un mor gymwys at fy ewythr. Penderfynais fod yn ddistaw, a theimlwn yn lled sicr ar y pryd nad oedd perygl i'm hewythr ddangos ei wyneb i mi mwy.

Tueddwn yn gryf i gredu stori fy ewythr am farwolaeth fy nhad, a theimlwn yn ysgafnach fy ysbryd ac yn rhyddach i wneud yr hyn a allwn gydag achos crefydd. Yr oedd gennyf

---

lleihau: *to lessen*
am iawnder: *about justice*
dyletswydd: *duty*
a fyddai'n . . . fwyaf: *who would have the greatest pleasure*
ychwanegu gronyn: *add nothing*
dedwyddwch: *contentment*
rhagfarn gref: *a strong prejudice*
blasusfwyd: h.y. *titbits*
troseddau: *crimes*
atgyfodi: *to resurrect*

cyn waethed ag yntau: *as bad as himself*
os byth: *if ever*
y cyfarfyddi â: *you will meet*
lles: *good*
gorchymyn: *command*
yr un mor gymwys: *just as appropriate*
yn lled sicr: yn eithaf siŵr
Tueddwn: *I tended*, (tueddu)
yn rhyddach: *at greater liberty*

feistr rhagorol, ac yr oedd gennyf y rhyddid i fynd i bob moddion a gynhelid yn y capel.

Nifer y blaenoriaid (yn y capel) ar y pryd oedd tri—sef Abel Hughes, Alexander Phillips (Eos Prydain), a Dafydd Dafis. Ni fu tri mwy annhebyg. Yr oedd Abel yn hen ŵr meddylgar ac o argyhoeddiadau dwfn, wedi darllen llawer yn Gymraeg a Saesneg, ac yn dduwiol iawn. Gŵr ieuanc dibriod oedd Eos Prydain, medrus ac ymroddgar gyda'r canu, bywiog ei ysbryd, ac mewn ffafr gan y bobl ieuainc. Anfynych y gwelais ei debyg am drefnu a chario allan gyngerdd. Ei unig fai, os bai hefyd, oedd ei fod ar adegau yn troi dalennau'r llyfr tonau yn ystod y bregeth.

Dyn canol oed oedd Dafydd Dafis, unieithog, wedi ei ddwyn i fyny yn y wlad, crefyddol, synhwyrol, selog—dyn yr un llyfr. Dau brif beth oedd gan Dafydd Dafis—ei grefydd a'i fferm. Dau feistr oedd ganddo—Duw a'r meistr tir. I'r olaf rhoddodd barch dyladwy, i'r blaenaf ei holl galon. Gofidiai fwy am aelod o'r eglwys a oedd wedi gwrthgilio nag am y ddafad a aethai ar ddisberod oddi ar y fferm. Pan fu tri o'i fustych farw diolchai i Dduw fod ganddo rai eraill cystal â hwythau yn fyw; ond pan fu farw chwaer grefyddol o'r seiat bu Dafydd Dafis mewn tristwch am wythnosau. Diolchai o'i galon am gynhaeaf toreithiog, ond diolchai ganwaith mwy am ddiwygiad crefyddol. Cymerai'r Beibl yn

---

moddion: *gwasanaeth*
a gynhelid: *that would be held,* (cynnal)
blaenoriaid: *elders*
mwy annhebyg: *more dissimilar*
meddylgar: *thoughtful*
argyhoeddiadau: *convictions*
duwiol: *religious*
ymroddgar: *devoted*
mewn ffafr: *in favour*
anfynych: *infrequently*
ei debyg: *someone like him*
unieithog: *monoglot*
wedi ei . . . i fyny: *brought up*
synhwyrol: *sensible*

selog: *zealous*
meistr tir: *landlord*
parch dyladwy: *due respect*
blaenaf: *the first*
gwrthgilio: troi ei gefn (ar yr eglwys)
a aethai: *who had gone,* (mynd)
ar ddisberod: *astray*
bustych: *bullocks*
seiat: *society, an informal meeting in chapel*
cynhaeaf: *harvest*
toreithiog: *abundant*
ganwaith mwy: *100 times more*
diwygiad crefyddol: *religious revival*

brif astudiaeth ei fywyd, a'r Beibl ei hun oedd ei esboniad pennaf ar y Beibl. Edmygwn ef yn fawr, a synnwn fod dyn nad oedd yn deall Saesneg yn gallu deall ei Feibl mor dda.

Efallai mai'r achos fy mod yn coleddu meddwl mor uchel am Dafydd Dafis yw'r ffaith iddo wneud y fath sylw ohonof, iddo fy nghymryd gydag ef i gynnal cyfarfodydd gweddïo yng nghartrefi pobl, ac am mai ef a'm cymhellodd i 'ddweud gair'. Yr oeddwn yn ddeunaw mlwydd oed, ac yr oeddwn eisoes wedi bod yn ysgrifennydd yr Ysgol Sul, ac wedi bod yn dechrau'r ysgol trwy weddïo lawer gwaith. Ond nid oeddwn wedi 'dweud' dim yn gyhoeddus. Yr oeddwn i wedi bod gyda Dafydd Dafis amryw weithiau yn cynnal cyfarfodydd gweddïo yn y tai, ond nid oeddwn wedi 'dweud' dim. Wrth ddod o un o'r cyfarfodydd hyn, cymerodd Dafydd Dafis afael yn fy mraich, ac ebe fe,

'Rhys, mi fydd y cyfarfod gweddi nesaf yn nhŷ Thomas Bartley, a mi leiciwn i ti ddeud tipyn ar bennod. Mi wnei, oni wnei? Mi fydd yn dda gan y cyfeillion dy glywed di. Mae gynnat ti wythnos o amser i baratoi.'

---

prif astudiaeth: *main study*
Edmygwn ef: *I admired him,*
  (edmygu)
synnwn: *I was surprised*
coleddu: *to cherish*
sylw: *attention*

cyfarfodydd gweddïo: *prayer meetings*
a'm cymhellodd: *who coaxed me,*
  (cymell)
yn gyhoeddus: *in public*
tipyn ar bennod: h.y. *explain a*
  chapter (from the Bible)

147

29: Amlder Cynghorwyr

Ar hyd yr wythnos nid oedd dim arall bron yn cael lle yn fy meddwl. Meddyliwn mai priodol fuasai imi geisio egluro un o'r gwyrthiau, a thynnu rhyw wers ohoni. Wedi dewis fy nhestun, ymroddais ati o ddifrif—darllenais bob esboniad a oedd o fewn fy nghyrraedd—ysgrifennais bob gair a fwriadwn 'ddweud'—rhoddais y cyfan ar fy nghof. Erbyn y cyfarfod gweddïo, teimlwn fy mod yn lled barod at y gwaith, ac yn lled hyderus. Edrychwn ar yr amgylchiad yn bwysig iawn imi, ac fel agoriad i'm gyrfa bregethwrol.

Nos Fercher a ddaeth. Yr oeddwn dipyn ar ôl yr amser er mwyn bod yn debycach i bregethwr. Yr oedd brawd wrthi'n darllen, ac yr oedd yr ystafell yn lled lawn. Eisteddais yn ymyl y drws. Amneidiodd Thomas Bartley arnaf i ddod yn nes ymlaen. Amneidiais innau yn ôl fy mod yn iawn lle yr oeddwn. Nid oeddwn i yn neb, fel petai. Daliai Thomas i amneidio arnaf, a rhag tynnu sylw ufuddheais. Pwy a welwn yn eistedd mewn cornel ond Wil Bryan. Pan edrychais arno, rhoddodd winc arnaf. Cododd lwmp mawr yn fy mrest y foment honno; a chredwn mai'r gŵr drwg oedd wedi anfon Wil i'r cyfarfod, oherwydd ni fuasai mewn un o'r blaen ers misoedd lawer. Am y tro cyntaf teimlais yn ofnus. Pan oedd y brawd yn gweddïo, nid oeddwn yn

---

Amlder Cynghorwyr: *An Abundance of Advisers*
priodol: *appropriate*
egluro: *explain*
gwyrthiau: *miracles*
gwers: *moral*
testun: *text*
ymroddais: *I applied myself,* (ymroi)
o ddifrif: *seriously*
esboniad: *commentary*

yn lled: *yn eithaf*
amgylchiad: *occasion*
gyrfa bregethwrol: *preaching career*
brawd: h.y. dyn
Amneidiodd TB: *TB signalled,* (amneidio)
fel petai: *as it were*
rhag: *in case*
tynnu sylw: *draw attention*
ufuddheais: *I obeyed,* (ufuddhau)

gwrando dim arno. Ceisiwn fy meddiannu fy hun orau y gallwn, a hel meddyliau at ei gilydd. Gorffennodd yr ail frawd weddïo, ac ebe Dafydd Dafis,

'Rhys Lewis, dowch ymlaen, 'y machgen i, a dywedwch dipyn ar bennod.'

Euthum ymlaen gyda'r bwriad o wneud orau y gallwn. Darllenais y bennod a phrin yr oeddwn yn adnabod fy llais fy hun gan mor gryglyd ydoedd. Pan ddechreuais 'ddwued tipyn', ehedodd ymaith bob meddwl a gair o'r hyn yr oeddwn wedi ei baratoi. Gwelwn yr ystafell yn dechrau tywyllu.

Y peth nesaf yr wyf yn ei gofio ydoedd clywed Dafydd Dafis yn gweddïo yn uchel a hwyliog. Teimlwn erbyn hyn fy nhu mewn yn cael ei fwyta i fyny gan gywilydd. Gwyddwn fy mod yn wrthrych tosturi pawb a oedd yn y tŷ. Yr oeddwn yn llosgi am i'r cyfarfod ddibennu, er mwyn i mi gael dianc i rywle allan o olwg pobl, a chael llonyddwch i gladdu fy holl obeithion. Cyn gynted ag y dibennodd y cyfarfod, llechais ymaith yn ddistaw a phrysur heb edrych ar neb. Ond nid oedd yn bosibl imi ddianc rhag fy hen gydymaith, ac ebe (Wil):

'Wel, *old fellow*, yr ydw i'n meddwl y medra i dranslatio dy deimladau di yn o lew heno, a mae'n ddrwg gan 'y nghalon i drostat ti. Doeddat ti ddim *quite up to the occasion*. Ond paid â thorri dy galon—*never say die*. Dy fai di dy hun oedd o; ddylaset ti ddim atemptio esbonio yn fyrfyfyr. 'Tase Dafydd Dafis yn ei *sense* mi fase wedi rhoi notis iti ers diwrnod neu ddau er mwyn i ti gael paratoi.

---

fy meddiannu fy hun: *control myself*
gorau y gallwn: *best I could*
hel meddyliau: *to collect one's thoughts*
bwriad: *intention*
prin: *hardly*
cryglyd: *hoarse*
ehedodd . . .: . . . *flew*, (ehedeg)
cywilydd: *shame*

gwrthrych: *object*
tosturi: *pity*
dibennu: gorffen
llonyddwch: *peace and quiet*
cyn gynted: *as soon*
llechais: *I lurked*, (llechu)
cydymaith: *companion*
go lew: eithaf da
esbonio: *to explain*
yn fyrfyfyr: *impromptu*

149

'Cofia be ddeudodd Lord Brougham—"*What is the first secret of eloquence? Preparation. What is the second? Preparation. What is the third? Preparation.*" Paid byth atemptio siarad yn gyhoeddus heb baratoi, nes y byddi di wedi dysgu lot o *set phrases* wnaiff y tro at bopeth—*with a slight variation.*'

Bychan a wyddai Wil fy mod wedi cael wythnos o 'notis' i baratoi, a bod ei eiriau yn lle fy nghysuro, yn fy mwrw i'r ffwrnes. Yr oedd yn dda gennyf ymadael ag ef, ac euthum i'r tŷ. Yr oedd fy swper ar y bwrdd, ac Abel yn smocio yn ei gadair. Aethai Miss Hughes i orffwys am nad oedd, fel y buasai Wil Bryan yn dweud, *up to the mark.* Yn y man dechreuodd Abel fy holi am y cyfarfod gweddïo—pwy oedd yno—pa fath o gyfarfod a gawsom—pwy oedd wedi cymryd rhan ynddo, etc. Atebais yn gynnil, a dyfalwn fod rhywun wedi rhedeg o'm blaen a dweud wrtho fy mod wedi torri i lawr. Yn y man ebe fe:

'Sut y doist ti ymlaen wrth ddweud tipyn ar y bennod?'

'Mae rhywun wedi dweud wrthych,' ebe fi, a heb allu dweud ychwaneg, yn erbyn fy ngwaethaf, torrais allan i wylo'n hidl. Wedi imi ymdawelu, ebe Abel:

'Beth sy arnat ti? Yr unig beth a wn i ydyw fod Dafydd Dafis wedi dy annog yr wythnos diwethaf i baratoi rhywbeth i'w ddweud yn y cyfarfod gweddïo heno. Beth sy wedi digwydd?'

Adroddais wrtho fy methiant hollol, ac ebe fe:

'Na hidia, gall fod yn fendith iti tra byddi byw. Dywed i mi, wyt ti'n meddwl am bregethu?'

'Yr wyf wedi bod yn meddwl am hynny, ond ni feddyliaf byth eto,' ebe finnau yn drist.

---

gwnaiff y tro: *(that) it will suffice,*
  (gwneud y tro)
fy nghysuro: *comfort me*
fy mwrw: *casting me,* (bwrw)
ffwrnes: *furnace*
Aethai Miss H: *Miss H had gone,*
  (mynd)

yn gynnil: *sparingly*
dyfalwn: roeddwn yn dyfalu
yn erbyn fy ngwaethaf: h.y. *despite*
  my best intentions
wylo'n hidl: *to sob*
ymdawelu: *to pacify*
annog: *to encourage*

'Paid â gwirioni,' ebe fe. 'Mi gest ti a minnau aml i godwm cyn inni ddysgu cerdded. Os wyt ti wedi rhoi dy feddwl ar bregethu, paid â gadael i ddim dy rwystro na'th ddigalonni. Ni fuasai'n bosibl i ti feddwl am ddim gwell nag anrhydeddusach. Y mae yn yr enw pregethwr swyn mawr i mi er pan ydwyf yn cofio. Mae'r enw pregethwr i'w berchennog yn *introduction* i'r dynion gorau ar y ddaear, ac yn warant o gymeriad pur a dilychwin, neu o leiaf fe ddylai fod felly. Yn y byd hwn fe gaiff y pethau gorau y mae dynion eraill yn eu cael, a llawer iawn mwy, ac ar ei fynediad i'r byd tragwyddol fe gaiff ei groesawu gan y Brenin ei hun fel gwas da a ffyddlon. Y pregethwr ydyw cyfaill pennaf dyn a chymydog drws nesaf Duw.

'Yr hyn a fedraf ei wneud iti, mi gwnaf o. Er nad ydw i yn dlawd, mi wyddost nad ydw i yn gyfoethog, ond hwyrach y medraf wneud rhywbeth i ti yn y ffordd o arian, achos arian mae rhaid iti gael. Mi fyddaf yn synnu yn aml cyn lleied â wneir gan ein cyfoethogion tuag at gynorthwyo ein pregethwyr ieuainc sydd fel rheol yn dlodion.

'Mi obeithiaf, ac mi gredaf nad wyt yn disgwyl i'r gwaith o bregethu fod yn enillgar mewn ystyr fydol. Os wyt, cei dy siomi. Mae mil o ffyrdd rhagorach i wneud arian. O'r llaw i'r genau ydyw sefyllfa'r nifer mwyaf o bregethwyr sydd yn byw ar bregethu. Gwylia a gweddïa rhag diogi a hunan. Fe wyddost ti—wn i ddim—a oedd a fynno hunan rywbeth

---

Paid â gwirioni: h.y. *Don't be daft*
aml i godwm: *many a fall*
na'th ddigalonni: *nor make you disheartened*
anrhydeddusach: *more honourable*
gwarant: *guarantee*
dilychwin: *unblemished*
mynediad: *entrance*
tragwyddol: *eternal*
pennaf: *greatest*
cyn lleied â wneir: *so little that is done,* (gwneud)
cyfoethogion: *rich people*

cynorthwyo: *helpu*
tlodion: *poor people*
enillgar: *lucrative*
bydol: *worldly*
cei dy siomi: *you will be disappointed,* (cael)
rhagorach: *superior, better*
o'r llaw i'r genau: *from hand to mouth*
rhag diogi: *from being lazy*
hunan: *selfishness*
a oedd a fynno hunan: *whether self had something to do with*

151

â'th fethiant yn y cyfarfod gweddïo heno? Pa un ai ennill clod ai rhoi clod, oedd wedi cael mwyaf o le yn dy galon?'

Rhyfedd! Yr oedd Abel yn deall fy nhu mewn cystal â mi fy hun, bron.

clod: *praise*

30: Ychwaneg am Wil Bryan

Bûm ar fin penderfynu peidio â cheisio gwneud dim yn gyhoeddus gydag achos crefydd. Pan wneuthum fy meddwl yn hysbys i Dafydd Dafis, bu agos iddo chwerthin.

'Amcan rhagorol, ond fyddi di damaid gwell ymhen ugain mlynedd efo'r cynllun yna. A sut y deui di o hyd i hunan wrth beidio â gwneud dim? Wrth gyflawni dyletswyddau yn unig y medri gael gafael ynddo i roi ei ben ar y blocyn. Os ei di i dreulio dy amser gwerthfawr i chwilio amdano, mae o yn siŵr o guddio yn rhywle. Mae hunan, wel di, fel hogyn direidus yn leicio iti redeg ar ei ôl er mwyn iddo gael y difyrrwch o ymguddio.'

(Felly) y cynghorodd Dafydd Dafis fi. (Yr oedd) cymryd rhan mewn cyfarfodydd cyhoeddus (ar anogaeth) brodyr o farn a duwioldeb yn tawelu cryn lawer ar fy ofnau ac yn gosod peth o'r cyfrifoldeb ar eu hysgwyddau hwy.

O dipyn i beth deallais yr edrychid arnaf fel 'ymgeisydd'. Meddyliwn ei fod yn eithaf posibl fy mod yn gwneud camgymeriad wrth feddwl am bregethu, ond yr oeddwn yn sicr nad oedd ynof amcan annheilwng, hyd y gwyddwn. Gwyddwn o'r gorau fod fy anerchiadau yn y cyfarfodydd a chapelau bychain yn y gymdogaeth yn sychlyd. Teimlwn

---

Ychwaneg: rhagor
yn hysbys i: *known to*
fyddi di damaid gwell: *you won't be any better*
sut y deui di o hyd i: *how will you find*, (dod)
cyflawni: *fulfil*
dyletswyddau: *duties*
blocyn: *block*
Os ei di: *If you will go*, (mynd)
hunan: *self*
direidus: *mischievous*
difyrrwch: pleser
ymguddio: cuddio, *hide*

ar anogaeth: *at the encouragement*
barn: *opinion*
duwioldeb: *godliness*
cryn lawer: *quite a lot*
cyfrifoldeb: *responsibility*
o dipyn i beth: *gradually*
yr edrychid arnaf: *that I was looked upon*, (edrych)
ymgeisydd: *candidate for the ministry*
annheilwng: *unworthy*
hyd y gwyddwn: *as far as I knew*
anerchiadau: *addresses*
cymdogaeth: *locality*

raddau o bleser wrth gynorthwyo'r cyfeillion mewn capelau bychain yn y wlad pan fyddent heb bregethwr, ond pan ddywedodd Dafydd Dafis wrthyf un diwrnod ei fod am ddwyn fy achos yn ffurfiol o flaen yr eglwys fel ymgeisydd am y weinidogaeth, llanwyd fi â braw ac iselder ysbryd. Mewn un ystyr buasai'n well gennyf dynnu'n ôl, ond yr un pryd ni allwn oddef y syniad.

Penderfynais adael i amgylchiadau gymryd eu cwrs, ac ymhen ychydig ddyddiau dygwyd fy achos o flaen yr eglwys. Gofynnwyd llawer o gwestiynau i mi, ac atebais yn union fel yr oeddwn yn meddwl ac yn teimlo. Anfonwyd fi allan tra bu'r brodyr yn datgan eu syniadau amdanaf. Yn y man galwyd fi i mewn a hysbyswyd fi fod yr eglwys yn fodlon i gyflwyno fy nghais i'r Cyfarfod Misol, ac i gymryd llais yr eglwys ar y mater.

Yr oedd fy hen gydymaith (Wil Bryan) yn bresennol yn y seiat pan ddygwyd fy achos ymlaen, a da oedd gennyf ei weld yno, yn bennaf, am y credwn y cawn ganddo adroddiad manwl o bob gair a ddywedwyd wedi i mi gael fy anfon allan.

'*Just* y peth—roeddwn i eisio ymgom efot ti.'

'Mi wyddwn, Wil,' ebe fi, 'y cawn i'r hanes i gyd gennyt ti. Sut y bu hi ar ôl iddyn nhw 'ngyrru i allan?'

'Petawn i'n rhoi *verbatim et literatim report* iti wnâi o les yn

---

graddau o: *degrees of*
cynorthwyo: helpu
am ddwyn fy achos: *intended to bring my case*
â braw: ag ofn
buasai'n well gennyf: *I would prefer*
tynnu'n ôl: *withdraw*
goddef: *tolerate*
amgylchiadau: *circumstances*
dygwyd: *was brought*
datgan: *expressing*
yn y man: *presently*
hysbyswyd fi: *I was informed*

cyflwyno fy nghais: *present my application*
cydymaith: *companion*
yn bennaf: *chiefly*
am y credwn: *because I believed*
y cawn ganddo: *that I'd get from him,* (cael)
manwl: *detailed*
ymgom: sgwrs
Sut y bu hi?: *How was it?*
verbatim . . .: gair am air a llythyren am lythyren
(ni) wnâi o les: *it wouldn't do any good*

154

y byd iti. Yr unig beth ddaru ticlo tipyn ar fy ffansi oedd yr Hen Grafwr yn insistio am iti bregethu o flaen y seiat, a'r hen Abel yn 'i ateb o y base'r cynllun yn un iawn petaet ti newydd ddwad o'r 'Merica, a neb yn gwbod dim amdanat ti. Dydw i ddim yn gwbod am ddim arall gwerth ei adrodd wrthot ti, heblaw fod yr hen *thorough-bred* Thomas Bartley, pan oeddan ni'n codi'n llaw o d'ochr di, wedi codi ei *ddwy* law—a hynny, roeddwn i'n meddwl, fel *apology* am *the unavoidable absence of Barbara Bartley, owing to a severe attack of rheumatism.*

'Ond gad i hynny fod. Rwyt ti heno wedi cyrraedd *point* yr ydw i wedi bod yn edrach amdano erstalwm; a does dim ond eisio i ti fynd yn dy flaen rŵan. Mae 'nghydwybod i heno dipyn yn fwy tawel. Mi wn o'r gore mai fi ddaru dy daflu di oddi ar y *metals*; a mi freuddwydiais y noswaith y bu *just* inni â chrogi Jones, fod dy fam wedi dŵad o'r byd arall i roi cerydd imi; anghofia i byth mo'i golwg hi. Rwyt ti a finne heno wedi dŵad i'r un *junction*. Rydan ni wedi trafeilio llawer efo'n gilydd, ond roeddwn i'n gwbod o hyd nad oeddan ni ddim yn mynd i'r un fan—a dyma'r *junction*. Y *fact* o'r *matter* ydi, rhaid i ni ffarwelio. Rydw i am ei gloywi hi, a hwyrach na wela i byth monot ti eto, a mae 'na lwmp yn 'y ngwddw i wrth imi ddeud hynny. Glywest ti rwbeth amdanom ni acw?'

'Clywed beth, Wil? Dydw i ddim yn dy ddallt,' ebe fi.

'Mae hi yn U P acw,' ebe Wil, 'a mi fydd pawb yn gwbod hynny cyn wythnos i heddiw. Ddaru mi ddim deud wrthat ti mai *duffer* oedd 'y nhad? Rydw i'n cofio'r amser pan oeddwn i'n credu ei fod yn gneud arian, ond dois i wbod be oedd be. Be ydi'r *prospect*? *Liquidation by arrangement*, a *starvation!* Ac am hynny rydw i am ei gloywi hi. I ble? Wn i

---

cydwybod: *conscience*
Mi wn o'r gore: Rydw i'n gwybod
   yn iawn
y *metals*: h.y. *the rails*
crogi: *to hang*
cerydd: *telling-off*

anghofia i . . . hi: *I'll never forget
   her look*
Rydw i am ei gloywi hi: *I intend to
   make a run for it*
Ddaru mi ddim deud . . .? (GC):
   Didn't I say . . .?

ddim. Be fedra i neud? *There's the rub!* Mi fyddaf yn dŵad i
fy oed yr wythnos nesa, a mi fyddaf mor *well off* ag oeddwn
i *twenty one years back to the date.*

Mi wyddost sut y ces i fy magu; ni fu arna i erioed eisie
dim. Dydw i erioed yn cofio imi fod ddiwrnod heb gael
cinio da. Ond sut y bydd hi yr wythnos nesa?'

'Wil,' ebe fi, 'rwyt ti bron wedi cymryd fy ngwynt i. Sut y
daeth pethau i hyn?'

'Rhy faith i fynd drostyn nhw,' ebe fe. 'Dydw i ddim isio
bod yn rhy galed ar y *gaffer* ond ei fai o'i hun i gyd ydi o.
'Tasai o wedi cadw at ei fusnes ei hun, mi fase popeth yn *all
right.* Ond mi perswadiodd rhywun o i speculatio. *Fifty
pounds a month,* ddyn bach! Sut yr oedd hi'n bosibl iddo
ddal? Hwyrach y bydd pobl yn 'y ngweld i'n *selfish* wrth
sgidadlo, ond fedra i ddim dal y *disgrace.* A dyna Sus.—*poor
girl!*—fedrwn i ddim edrach yn 'i hwyneb hi. Mae'n lwc nad
oes 'na ddim byd *definite* rhyngom ni. Mae'n rhaid i mi
fynd—mae rhwbeth yn 'y ngyrru i.'

'Rwyt wedi fy ngwneud yn brudd, Wil,' ebe fi, 'rwyf yn
cofio llawer amgylchiad pan oedd dy gydymdeimlad yn
werthfawr iawn imi, ond nid wyf yn cofio erioed, cyn heno,
fod mewn amgylchiad yr oedd eisiau cydymdeimlo â thi.
Wnei di (gymryd) un cyngor?'

'Beth ydi hwnnw, *old fellow?*'

'Pa bryd bynnag ac i ba le bynnag yr wyt ti am fynd, wnei
di ofalu cael tocyn aelodaeth—ac wedi iti sefydlu yn dy
gartref newydd—ofalu gofyn am y capel, a chyflwyno dy
docyn i'r blaenoriaid? Waeth imi ddweud y gwir yn onest,
Wil, mae arnaf ofn i ti fynd yn *wrong.*'

'Roeddwn i'n gobeithio,' ebe Wil, 'na faset ti ddim yn sôn

---

yn dŵad i fy oed: yn 21 oed
ni fu . . . dim: *I never wanted for
  anything*
sgidadlo: *to skedaddle*
yn brudd: yn drist
amgylchiad: *occasion*
cydymdeimlo: *to sympathise*

tocyn aelodaeth: h.y. *chapel
  membership*
sefydlu: *to settle down*
blaenoriaid: *chapel deacons*
Waeth . . . y gwir: *I might as well
  tell the truth*

am hynny, ond gan dy fod ti wedi sôn mae rhaid i minnau gael deud rhwbeth sydd ar fy meddwl ers llawer o amser. Fydde i mi ofyn am docyn ddim ond *humbug*. Rydw i wedi rhagrithio gormod o lawer. Fedra i ddim celu'r ffaith oddi wrtha i fy hun nad oes gen i ddim *spark* o grefydd. Be ydw i wedi neud? Dysgu *comic songs* yn lle dysgu'r Beibl; mynd at y *billiard table* yn gan amlach nag at fwrdd yr Arglwydd; gneud sbort am ben pawb a phopeth, yn gneud *parodies* o *hymns* Williams Pantycelyn.'

'Wil . . .' ebe fi.

'Mi wn be wyt ti'n mynd i ddeud—edifarhau, ail gychwyn, ac felly yn y blaen. (Ond) dydw i rywsut ddim isio edifarhau. Rydw i *past feeling* mae gen i ofn—does dim byd yn effeithio arna i.'

'Wil bach,' ebe fi, 'rwyt ti yn anghofio fod Duw yn . . .'

'Mi wn be wyt ti'n mynd i ddeud—fod Duw yn drugarog, ac am imi weddïo arno, ac felly yn y blaen. Wyddost ti be ydw i yn 'i gredu? 'y mod i wedi digio Duw am byth wrth neud *parodies* o hymne yr hen Bantycelyn—achos mi gymra fy llw fod y Brenin Mawr a'r hen Bant yn *chums*, a faddeuiff o byth imi am hynny. Ond waeth tewi—Nos dawch.'

Wedi gwasgu fy llaw aeth Wil yn brysur cyn imi gael dweud dim wrtho; ond yr oeddwn yn benderfynol o gael ei weld drannoeth i'r diben o geisio rhoi cyfeiriad arall i'w feddwl. Fodd bynnag, yn gynnar bore trannoeth daeth hogyn a oedd yn was gyda Hugh Bryan â nodyn i mi wedi ei gyfeirio 'Revd. Rhys Lewis', ac wedi imi ei agor darllenais fel hyn:

---

rhagrithio: *to practise hypocrisy*
celu: *cuddio*
yn gan amlach: *a 100 times more often*
Williams Pantycelyn (1717-91): emynydd mwyaf Cymru
edifarhau: *to repent*
yn drugarog: *merciful*
digio: *to upset*

mi gymra fy llw: *I swear,* (cymryd)
yr hen Bant: Williams Pantycelyn
faddeuiff o byth imi: *he'll never forgive me,* (maddau)
waeth tewi: *one might as well stop talking*
yn brysur: h.y. yn frysiog
i'r diben: *for the purpose of*
gwas: *manservant*

'DEAR OLD FELLOW,—

    Exit W.B. As the old song says,—

      It may be for years,

      It may be for ever.

Cadw ymlaen ar y llwybr yr wyt ti wedi cychwyn, and profit by the example of Yours Truly.

P.S.—I have snatched the honour of first addressing you as Revd., trusting that you will always well sustain the title.—W.B.

31: Thomas Bartley ar Addysg Athrofaol

Yr oeddwn wedi bod wrthi yn pregethu bron bob Saboth am oddeutu deunaw mis—wedi fy nerbyn yn aelod o'r Cyfarfod Misol, ac wedi mynd drwy'r arholiad am dderbyniad i'r athrofa. Gwyddwn yn dda nad oeddwn wedi 'sheinio', fel y dywedir, ond yr oedd gennyf gydwybod dawel fy mod wedi gwneud fy ngorau. Nid oedd gennyf ond ychydig arian, oherwydd yr oeddwn wedi gwario bron y cwbl o'm henillion am lyfrau a dillad, a dibynnwn ar addewid a roesai Abel Hughes imi. Yr oedd ef yn gyfaill calon imi, ac yr oedd wedi adnewyddu ei addewid imi lawer gwaith pan sgwrsiem yn gyfrinachol. Gwyddwn nad oedd wedi sôn gair am ei fwriadau da tuag ataf hyd yn oed wrth ei chwaer ei hun.

Yr wyf yn cofio'n dda un noson ym mis Awst—oddeutu pythefnos cyn yr adeg y bwriadwn fynd i'r athrofa. Yr oeddwn eisoes yn dechrau paratoi ar gyfer y siwrnai ac yn teimlo dipyn yn *fidgety*, oherwydd nid oeddwn wedi bod oddi cartref fwy na dwy noson efo'i gilydd yn fy mywyd. Yr oeddwn newydd gau'r siop, ac eisteddai fy meistr Abel ar y soffa wrth y ffenestr yn y parlwr. Edrychai'n lluddedig a phrudd a diegni. Wrth fy ngweld yn rhoi fy het ar fy mhen, gofynnodd i ble yr oeddwn yn mynd, ac atebais innau fy mod wedi addo galw i edrych am Thomas Bartley.

'Fyddi di'n hir?' gofynnodd.

---

derbyniad: *acceptance*

athrofa: coleg

fel y dywedir: *as one says,* (dweud)

cydwybod: *conscience*

enillion: *earnings*

dibynnwn: *I was depending*

addewid: *promise*

a roesai AH: *that AH had given,* (rhoi)

wedi adnewyddu: *had renewed*

sgwrsiem: roedden ni'n sgwrsio

yn gyfrinachol: h.y. *about confidential matters*

bwriadau: *intentions*

siwrnai: *journey*

lluddedig: blinedig

prudd: trist

diegni: *listless*

wedi addo: *had promised*

'Dydw i ddim yn meddwl,' ac ychwanegais, 'Be sydd?'

'Dydw i ddim yn teimlo'n hollol fel fi fy hun heno rywsut,' ebe fe.

'Arhosaf i mewn ac af i'r Twmpath nos yfory,' ebe fi.

Ond ni fynnai Abel imi wneud hynny. Pan oeddwn yn mynd drwy'r drws galwodd arnaf ac ebe fe,

'Aros am funud. Be ŵyr beth all ddigwydd?' Yna agorodd gwpwrdd a oedd yn ei ymyl a thynnodd allan y *cash box*, ac wedi agor hwnnw cymerodd ohono un neu ddau o *bank notes*, ond yn sydyn dododd hwynt yn eu holau a gwenodd, ac ebe fe,

'Beth sydd arnaf? Ydw i'n dechrau mynd yn blentynnaidd, dywed? On'd oes pythefnos tan hynny? Ffwrdd â ti, a phaid â fy meindio, a brysia yn d'ôl.'

Ar y ffordd i dŷ Thomas Bartley ni allwn beidio â meddwl bod rhywbeth yn rhyfedd yn ymddygiad Abel y noson honno, a phenderfynwn ddychwelyd yn gynnar. Ond wedi unwaith mynd o dan gronglwyd y Twmpath nid hawdd oedd cael dod oddi yno yn fuan. Yr oedd gwneud hynny cyn cael swper allan o'r cwestiwn. Croeso gorau Thomas oedd ham ac wyau a the, ac nid oedd ei well i dywysog.

'Bwyd cry, wel di, ydi ham ac wye os cei di'r *quality*. Barbara, gad inni gael yr wye 'na sydd ar y silff ganol. Mae'r rhai 'na wedi'u dodwy heddiw.

'A mi rwyt ti wedi penderfynu mynd i'r Bala? Wyst ti be, mi fydd yn chwith arw gynnon ni amdanat ti. [Rhoddodd Barbara nòd.] Bydd, twbi shŵar. Fûm i rioed yn y Bala. Mi faswn i'n leicio mynd am unwaith yn 'y mywyd. Wyst ti be, pan glywn ni am *cheap trip*, hidie Barbara a finne (ddim)

Twmpath: cartref Thomas Bartley
ni fynnai A: *A didn't wish*
Be ŵyr: *Goodness knows*
beth all: *what can,* (gallu)
Beth sydd arnaf: Beth sy'n bod arna i?
paid â fy meindio i: paid â gofidio amdana i
ni allwn beidio â meddwl: *I couldn't do other than think*

ymddygiad: *behaviour*
o dan gronglwyd: *under the roof of*
Wyst ti be?: *Do you know what?*, (gwybod)
yn chwith arw: *very strange*
pan glywn ni: *when we'll hear*
hidie B a finne (ddim): *B and I wouldn't mind,* (hidio)

160

dŵad i edrach amdanat ti. Mi wn o'r gore y leiciet ti'n gweld ni. Oes 'na lawer ohonyn nhw yn y Bala yn dysgu pregethu? Sut y deudest ti? Nad ydyn nhw ddim yn dysgu pregethu yno? Wel, be yn y byd mawr maen nhw yn 'i ddysgu yno os nad ydyn nhw'n dysgu pregethu?'

'Ieithoedd, Thomas Bartley,' ebe fi.

'Hyhy! Pa ieithoedd, dywed?'

'Lladin a Groeg,' ebe fi.

'Hoho! Mi gwela i rŵan! Rhag ofn y bydd rhaid iddyn nhw fynd yn fisionaries, ac er mwyn iddyn nhw fedru pregethu i'r *Blacks*, ynte? Maen nhw'n deud imi fod 'na ugeiniau o'r *Blacks* heb erioed glywed gair am Iesu Grist, a mae hynny yn biti ofnadwy.'

'Nid iaith y *Blacks* ydyw Lladin a Groeg,' ebe fi.

'Iaith pwy, ynte?' gofynnodd Thomas.

'Ieithoedd rhyw hen bobl wedi marw ers canrifoedd,' ebe fi.

'Ieithoedd pobol wedi marw? Wel, be ar y ddaear sy eisio dysgu iaith pobol wedi marw?'

'Maent yn dysgu'r ieithoedd er mwyn eu hunain a'r trysorau sydd ynddynt,' ebe fi.

'Wel, roeddwn i wastad yn meddwl mai rhwbeth i'w siarad oedd iaith. Gan ein bod ni wedi dechre sôn am y peth, be arall maen nhw yn 'i ddysgu, dywed?'

'Maent yn dysgu *Mathematics*,' ebe fi.

'Matthew Mattis? Be ydi hwnnw, dywed?'

'Sut i fesur a phwyso a gwneud pob math o gyfrifon a phethau felly,' ebe fi.

'Dyna rwbeth digon handi,' ebe Thomas, 'a dyna'r rheswm fod cymin o bregethwrs yn mynd yn ffarmwrs ac yn siopwrs. Ond dywed i mi—mi fu *just* imi anghofio—ffasiwn fwyd maen nhw yn 'i brofeidio ichi yno?'

'Nid ydynt yn profeidio i neb, Thomas; mae pawb yn gorfod talu amdano'i hun,' atebais. 'Mae pob un o'r bechgyn yn gorfod talu drosto'i hun am fwyd a diod, *lodging* a golchi.

---

o'r gore: yn iawn

trysorau: *treasures*

wastad: o hyd

cyfrifon: *accounts*

cymin: h.y. cymaint

ffasiwn: pa fath o

Maent yn cael mynd yma ac acw i bregethu ac yn cael ychydig am hynny ac yn byw arno.'

'Mewn ffordd o siarad, mi fase'n dda gen i 'taset ti heb ddeud wrtha i ffasiwn le ydi'r *college*, achos ar ôl i ti fynd yno mi fydd Barbara a finne o hyd yn meddwl a fyddi di tybed yn cael digon o fwyd. Yr ydw i yn dy weld yn gadel lle da, ac yn mentro. Ond ti wŷr ore, a dydi o ddim o 'musnes i i myrreth: 'tasai dy fam yn fyw, mae 'na ddowt gen a fase hi yn lowio iti fynd. Be mae Abel yn ddeud? Ydy o am i ti fynd?'

'O, ydy,' ebe fi, 'mae Abel yn fy annog i fynd. Mae sôn am Abel, Thomas Bartley,' ebe fi, 'yn gwneud i mi gofio fod yn bryd imi fynd adref. Nid ydyw Abel yn hollol iach heno, ac mi addewais fynd yn ôl yn gynnar.'

'Gobeithio nad oes dim byd seriws arno. Wn i ddim be ddôi ohonon ni yn y capel 'na petai rhwbeth yn digwydd i'r hen *sarja major*; mi fydde yn higyldipigyldi arnon ni. Wel, wna i mo dy stopio di, gan fod Abel yn gwla. Cofia ni'n dau ato fo, a nos dawch.'

Nid oedd mwy nag awr a hanner o amser er pan oeddwn wedi gadael Siop y Gornel, a phan oeddwn o fewn ychydig lathenni iddi cyfarfûm â Jones a oedd wedi bod yn chwilio amdanaf ymhobman ond yn y Twmpath. Dywedodd wrthyf fod Abel yn wael iawn. Y munud nesaf yr oeddwn yn ystafell fy hen feistr annwyl. Ni faddeuaf byth i mi fy hun am ei adael y noson honno. Cefais ef yn lled orwedd ar y soffa. Yn eistedd wrth ei ochr yr oedd Dr. Bennett. Tu ôl iddo yr oedd Miss Hughes, ac mewn ymdrech ofnadwy yn ceisio cuddio dirdyniadau ei chalon. Ni fuaswn yn credu ei

---

yn mentro: *taking a gamble*
ti wŷr ore: ti'n sy'n gwybod orau
i myrreth: i ymyrryd, *to interfere*
yn lowio: *to allow*
yn fy annog: *encouraging me*
be ddôi: beth ddeuai, *what would become*, (dod)
wna i mo dy stopio di: *I won't stop you*

yn gwla: yn dost
llathenni: *yards*
cyfarfûm â: cwrddais i â, (cyfarfod)
Ni faddeuaf byth: *I shall never forgive*, (maddau)
yn lled: yn hanner
dirdyniadau: *tortures*

bod yn bosibl i ddyn fynd trwy'r fath gyfnewidiad mewn cyn lleied o amser. Yr wyneb, a belydrai bwyll, deall a hawddgarwch ddwyawr yn ôl, oedd erbyn hyn fel wyneb ynfytyn yn ei feddwdod. Heblaw ei fraich dde, ymddang-osai fod holl gorff fy meistr wedi ei barlysu.

Yr oeddwn wedi bod yn yr ystafell am rai munudau cyn iddo gymryd un sylw ohonof. Fodd bynnag, pan edrychodd arnaf, cynhyrfodd, a dechreuodd wylo fel plentyn. Y munud nesaf pwyntiai ataf ac yna at y cwpwrdd, gan wneud ymdrech galed i siarad. Gwyddwn yn dda ei ddymuniad, ond ni chymerais arnaf fy mod yn ei ddeall. Drachefn a thrachefn y ceisiai wneud ei ddymuniad yn hysbys. Yr oedd yn amlwg i bawb a oedd yn yr ystafell fod Abel yn dymuno dweud rhywbeth wrthyf. Gwyddwn i yn burion beth ydoedd hwnnw. Ond beth petawn i'n dweud wrth y doctor a Miss Hughes mai dymuniad fy meistr caredig oedd i mi gael rhai o'r *bank notes* a oedd yn y *cash box*, oni fyddent hwy'n fy amau? Unwaith ac eilwaith ceisiai siarad â mi, ac wedi methu torrai i wylo. Yr oedd yn fy ngallu i dawelu ei feddwl ac yr oedd hynny'n bwysig iawn i mi yn bersonol, â'm dyfodol yn dibynnu ar hynny i raddau mawr; ond feiddiwn i wneud dim heb beri i rywrai amau fy nghymeriad.

Gyda llawer o drafferth dodasom ef yn ei wely, a defnyddiwyd pob moddion a oedd yn bosibl i geisio ei adfer; ond ni thyciai ddim. Eisteddwn wrth ochr ei wely, ac

---

cyfnewidiad: *transformation*
a belydrai: *which radiated,* (pelydru)
pwyll: *steadiness*
hawddgarwch: *amiability*
ynfytyn: *madman*
meddwdod: *drunkeness*
wedi ei barlysu: *had been paralysed*
cynhyrfodd: *he got agitated,*
   (cynhyrfu)
ni chymerais arnaf: *I didn't give*
   the impression
drachefn . . .: *time and time again*

yn hysbys: *known*
yn burion: yn iawn
oni fyddent hwy'n fy amau?:
   wouldn't they suspect me?
i raddau mawr: *to a great extent*
ond feiddiwn i wneud dim: *I*
   didn't dare do anything,
   (meiddio)
heb beri: *without causing*
amau: *doubt*
ei adfer: *revive him*
ni thyciai ddim: *nothing succeeded*

163

yr oedd fy llaw yn ei law (dde). Ymddangosai fel (petai e) mewn cwsg hapus am oriau lawer, ond pan gynigiwn dynnu fy llaw allan o'i law ef, deffroai yn anesmwyth. Dywedai'r meddyg y gallai fod yn y sefyllfa honno am ddyddiau, ac aeth ymaith gan addo dod yn ôl yn y bore. Yr oedd y meddyg eisoes wedi perswadio Miss Hughes i fynd i orffwyso, gan na allai hi wneud dim i'w brawd, ac yr oedd wedi sicrhau nyrs brofiadol i aros gyda mi. Yr oedd y tywydd yn gynnes, a'r ystafell yn ddistaw, a thoc syrthiodd y 'nyrs brofiadol' i gwsg trwm.

Ni choleddai Dr. Bennett un gobaith am adferiad fy hen feistr hoff, a bellach ni wnawn innau, ond parhawn i weddïo'n daer ar Dduw—nid oherwydd un amcan hunangar—am i'w dafod gael ei ryddhau petai ond am un munud. A wrandawyd arnaf fi? Petawn i wedi dweud 'Do', pwy fyddai'n fy nghredu i? Yr oeddwn wedi bod yn gwylio am awr—am ddwy—a'r nyrs brofiadol wedi bod yn cysgu am yr un faint o amser yn union. Yr oedd anadlu fy hen noddwr caredig mor ysgafn a distaw, fel yr ofnwn ei fod wedi mynd.

Gollyngais ei law yn esmwyth, a deffrodd yntau fel plentyn yn ei grud. Edrychodd arnaf a dywedodd—wel, nid adroddais ei ychydig eiriau wrth neb erioed, oherwydd meddyliais y gallai Dr. Bennett ddweud wrthyf fod y peth yn amhosibl, ac mai breuddwydio yr oeddwn. Nid yw o

---

Ymddangosai: *He appeared,*
  (ymddangos)
fel (petai e): *as if he were*
cynigiwn: *I would attempt,*
  (cynnig)
deffroai: *he would wake up*
sefyllfa: *situation, condition*
gan addo: *promising*
gan na allai hi: *since she couldn't*
sicrhau: h.y. *got hold of, acquired*
toc: *yn fuan*
Ni choleddai Dr B: *Dr B didn't*
  cherish

adferiad: *recovery*
ni wnawn innau: h.y. *I didn't either*
parhawn: *I would continue,*
  (parhau)
yn daer: *earnestly*
hunangar: *selfish*
gael ei ryddhau: *to be freed*
petai: *(even) if it were*
anadlu: *breathing*
noddwr: *patron*
crud: *crib*

bwys erbyn hyn. Mi wn i hyn—na ddarfu imi wneud defnydd o'i eiriau i gyrraedd fy amcanion fy hun, ond yr wyf yn eu cadw yn fy nghalon yn goffadwriaeth mor bur yr oedd ef i mi yn ei funudau olaf. Y munud nesaf yr oedd ei ysbryd wedi croesi'r gagendor mawr, ac yn *annals* angau yr wyf yn credu nad aeth drwy ei borth tywyll ei gywirach, ei ffyddlonach, na'i dduwiolach, ond Un.

---

na ddarfu imi wneud (GC): na
  wnes i
coffadwriaeth: *memory*
mor bur: *so pure*
gagendor: *chasm*
angau: marwolaeth

nad aeth: *that no one went*
porth: *portals*
ei gywirach: *more sincere than him*
ei ffyddlonach: *more faithful than him*
na'i dduwiolach: *nor more godly*
  than him

32: Helbulus

Ym marwolaeth Abel Hughes collwyd dyn (oedd) yn gallu trin y byd heb ddweud celwydd, ac ar yr un pryd yn cael tamaid onest a heb brinder. Ond i'r capel, a'r achos, yr oedd y golled fwyaf. Nid oedd dwsin yn perthyn i'r eglwys yn cofio'r sêt fawr heb Abel ynddi, ac yr oedd y mwyafrif ohonynt wedi bod yn adrodd eu hadnodau iddo yn y seiat plant ac wedi eu derbyn yn gyflawn aelodau ganddo.

Am lawer o flynyddoedd yr oedd Abel wedi actio fel bugail i'r eglwys. Anaml, fel y dywedai Thomas Bartley, y byddai Abel yn gwneud camgymeriad, ac mewn llawer amgylchiad gwelais amryw o aelodau'r eglwys yn selog a phenderfynol dros y peth yma neu'r peth arall, ond wedi deall bod Abel yn meddwl yn wahanol iddynt, dechreuent amau—nid Abel—ond eu hunain. Rhoddai ei ddiffuant-rwydd a'i allu meddyliol iddo awdurdod yn yr eglwys na feiddiai ac na ddymunai neb ei amau.

Rhaid imi gydnabod nad yr ystyriaethau hyn a lanwai fy meddwl pan fu farw Abel Hughes. Yr oeddynt yn llawer mwy hunangar. Teimlwn fy mod wedi colli fy nghyfaill gwerthfawrocaf, a hynny ar adeg pan oedd fy nyfodol yn dibynnu bron yn gwbl arno. Ar y pryd cofiaf yn dda fy mod yn synnu ac yn teimlo'n glwyfedig nad oedd neb yn

---

Helbulus: *troublesome*
trin: *handle*
tamaid: *a bite (to eat)*
heb brinder: *without being in need*
achos: *(the chapel) cause*
y golled fwyaf: *the greatest loss*
cyflawn aelodau: *full members*
amgylchiad: *occasion*
amryw: *nifer*
selog: *zealous*
dechreuent: bydden nhw'n dechrau
amau: *to doubt*

Rhoddai ei ddiffuantrwydd: *His sincerity would give*
awdurdod: *authority*
na feiddiai neb: *that no one would dare*, (meiddio)
ei amau: *doubt it*
cydnabod: *to acknowledge*
ystyriaethau: *considerations*
hunangar: *selfish*
gwerthfawrocaf: *most precious*
dyfodol: *future*
yn glwyfedig: *wounded*

ymddangos yn cydymdeimlo â mi. Soniai pawb am y golled a fyddai i'r achos, a rhedai'r holl gydymdeimlad tuag at Miss Hughes.

'Beth wnaiff Miss Hughes yn awr?'

'Wel, mi fydd Miss Hughes, druan, yn unig ar ôl colli ei brawd.'

'Pwy gaiff hi i edrych ar ôl y *business*? Dyna'r bachgen 'na yn mynd i'r *college*, ond mi fydde yn llawer ffitiach iddo aros gartre a helpio Miss Hughes.'

Fel yna y siaradai pobl. Meddyliai pawb am Miss Hughes, ac—am a wyddwn i—ni feddyliai neb am Rhys Lewis. Pam? Am na wyddai neb mai dymuniad pennaf Abel oedd imi fynd i'r coleg, ac am na ddywedodd ef wrth un enaid byw ond wrthyf fi fy hun na chawn fod mewn eisiau o geiniog tra byddwn i yno, ac am imi ystyried Siop y Gornel fel fy nghartref bob amser. Erbyn hyn, ofnwn fod yr holl drafferth a gymerai ef gyda mi wedi mynd yn ofer, a bod fy holl ymdrechion innau wedi mynd gyda'r gwynt.

Hen ferch seml a diniwed oedd Miss Hughes. Bu marwolaeth sydyn ei brawd yn ergyd drom iddi, ac un o'r pethau sydd yn rhoi mwyaf o gysur i mi y funud hon yw i mi fy hun gario allan drefniadau claddedigaeth fy hen feistr, heb ymgynghori â neb ond Dafydd Dafis.

Ar ôl yr angladd daeth Dafydd gyda mi i'r tŷ. Wrth siarad

---

cydymdeimlo: *to sympathize*
cydymdeimlad: *sympathy*
Beth wnaiff Miss H?: *What will Miss H do?* (gwneud)
Pwy gaiff hi?: *Who will she get?* (cael)
yn llawer ffitiach iddo: *much more appropriate for him*
am a wyddwn i: *as far as I knew*
Am na wyddai neb: *Because no one knew*
dymuniad pennaf: *greatest wish*
un enaid byw: *one living soul*

na chawn fod: *that I wouldn't be allowed to be*, (cael)
mewn eisiau o geiniog: h.y. *in need of money*
ystyried: *to consider*
yn ofer: *in vain*
ymdrechion: *efforts*
seml: syml, *simple*
diniwed: *harmless*
ergyd drom: *a heavy blow*
trefniadau: *arrangements*
claddedigaeth: *burial*
ymgynghori: *to consult*

am y peth yma a'r peth arall, gofynnodd Dafydd imi yn y man pa beth a fwriadwn ei wneud. A oeddwn wedi ystyried mai doeth o dan yr amgylchiadau oedd mynd i'r coleg? Dywedais nad oeddwn yn barod i ateb y cwestiwn.

'Ni wnâi neb dy feio,' ebe Dafydd, 'am beidio â mynd i'r Bala rŵan—fel y mae pethe—Miss Hughes wedi ei gadael yn unig—ac yn gwybod dim am y busnes. Yn wir, rydw i'n meddwl y meddyliai pobl yn fwy ohonot petaet ti'n peidio â mynd. Be petaet ti'n aros am flwyddyn eto i edrych sut y bydd pethe?'

Siaradai'n dyner a pherswadiol, ond aeth ei eiriau fel brath i'm calon.

'Dafydd Dafis, os nad af i'r athrofa rŵan, nid af yno byth. Os gwelaf, ar ôl imi gael amser i ystyried y mater, mai fy nyletswydd yw aros yma, mi rof *fling* bythol i'r pregethu; ond os fel arall, ni all dim fy atal rhag mynd yno. Ond heno dydw i ddim yn gweld yn eglur beth ydyw fy nyletswydd.'

'Gweddïa am oleuni, ynte,' ebe Dafydd, a chododd i fynd adref. Ond cyn iddo fynd, cymerais ef i'r parlwr at Miss Hughes. Yn ddigon naturiol, torrodd hi i wylo, ac ni allai ddweud dim am beth amser. Yn y man, ebe hi,

'Dafydd Dafis, on'd ydi Rhys wedi gneud yn dda? Roeddwn i wastad yn 'i leicio fo—mae o'n gwbod ei hun. Pan ddaeth o yma gynta, roedd o'n *wicked* iawn, ac Abel mor *strict*, a mi fyddwn i wastad yn cymryd 'i bart o, mae o'n gwbod. Wnei di mo 'ngadel i i fynd i'r hen *gollege* 'na, wnei di, Rhys?'

Atebodd Dafydd drosof, ac yr oeddwn yn ddiolchgar iddo,

---

yn y man: *presently*
doeth: *wise*
amgylchiadau: *circumstances*
Ni wnâi neb dy feio: *No one would blame you*
perswadiol: *persuasive*
brath: *bite, wound*
athrofa: coleg

dyletswydd: *duty*
ni all dim fy atal: *nothing can stop me*, (gallu)
yn eglur: *clearly*
wastad: o hyd
wnei di mo 'ngadael i . . .?: *You won't leave me . . . ?*
wnei di?: will you?

168

'Mi gewch siarad am hynny eto, Miss Hughes,' ac wedi ychwanegu ychydig o eiriau cysurus, aeth Dafydd ymaith.

Teimlwn yn druenus y noson honno. Eisteddais wrth y tân yn y gegin am rai oriau yn synfyfyrio. Ofnwn fod Rhagluniaeth wedi dweud yn eglur nad oeddwn i fynd i'r coleg, ac nad oeddwn i bregethu, oherwydd dywedasai Abel wrthyf fwy nag unwaith na ddylai un gŵr ieuanc feddwl am y weinidogaeth os nad oedd yn penderfynu treulio rhai blynyddoedd yn yr athrofa. Petawn i'n aros gyda Miss Hughes byddai holl ofal y busnes yn disgyn arnaf i. Buasai cyfrifoldeb y busnes yn cymryd fy holl amser bron, a buasai darllen a gwneud pregethau allan o'r cwestiwn. O'r ochr arall, os awn i'r athrofa, o ble y cawn foddion cynhaliaeth?

Heblaw ychydig o sylltau a oedd yn rhydd yn fy mhoced, yr oedd yr holl arian a feddwn yn fy mhwrs. Faint oedd gennyf? Cymerais y pwrs o'm poced, ei wagio ar fy llaw, a rhoi'r pwrs ar y bwrdd. Cyfrifais fy eiddo yn fanwl—chwe phunt mewn aur, a deg swllt a chwe cheiniog mewn arian. Yr oedd yr amgylchiadau a'm cynlluniau ar gyfer y dyfodol wedi newid yn hollol mewn llai nag wythnos o amser.

Gwyddwn na allwn gysgu petawn i'n mynd i'r gwely. Credwn y buasai tro cyflym yn yr awyr agored yn llesol imi, ac allan â mi yn ddistaw, gan gloi'r drws yn ofalus ar fy ôl.

Yr oedd yn noson hyfryd a'r awyr yn iach a thenau, heb fod yn oer.

Mi gewch siarad: *You may talk,* (cael)
cysurus: *of comfort*
yn druenus: *pitiful*
yn synfyfyrio: *meditating*
Ofnwn: *I was afraid*
Rhagluniaeth: *providence*
dywedasai A: roedd A wedi dweud
y weinidogaeth: *the ministry*
cyfrifoldeb: *responsibility*
os awn: *if I were to go,* (mynd)

cawn: *I would get,* (cael)
moddion cynhaliaeth: *means to support (myself)*
sylltau: *shillings*
a feddwn: *that I possessed,* (meddu)
ei wagio: *empty it*
eiddo: *possessions*
amgylchiadau: *circumstances*
a'm cynlluniau: *and my plans*
tro cyflym: *a quick walk*
yn llesol: *beneficial*

Prysurais ymlaen, a chyn imi gyrraedd pen y brif heol cyfarfûm â dyn bychan ysgafn â het feddal am ei ben, â'i thu blaen wedi ei dynnu yn lled isel dros ei lygaid. Ymddangosai fel tramp blinedig. Cyferchais ef gyda 'nos dawch', ond nid atebodd.

Yr oeddwn y tu allan i'r dref. Meddyliwn am y peth yma a'r peth arall, ond deuwn o hyd adref ataf fy hun. Yr oeddwn yn ymwybodol iawn o awydd dwfn ac onest am wybodaeth a bod o ryw wasanaeth i Dduw a dyn, ac eto yr oedd popeth fel petai'n fy ngorfodi ac yn fy ngwthio y tu ôl i'r *counter* am fy oes i werthu brethynnau, gwlanenni a chalico.

Dyma oedd y meddyliau a âi drwy fy nghalon, pan ddychmygwn glywed rhywun yn cerdded y tu ôl imi. Edrychais yn ôl, ond ni welwn neb. Trois yn sydyn ar fy sawdl, a chyfeiriais tua chartref. Nid oeddwn wedi mynd fawr o lathenni pan welwn ddyn yn codi o ochr y clawdd ac yn cerdded i'm cyfarfod. Canfûm mai'r tramp ar y ffordd ydoedd, ond yn awr nid oedd cantel ei het mwyach yn cuddio'i lygaid. Credwn fod ganddo ddrwgfwriad tuag ataf, a meddyliais am ddianc. Ond tybiais mai doethach oedd ei wynebu a gwneud y gorau o'r gwaethaf. Pan ddaethom i wynebu ein gilydd, adnabûm ef yn y funud.

'F'ewyrth,' ebe fi, 'ydych yn cofio beth a ddywedais wrthych yng ngardd Niclas y Garth Ddu?'

cyfarfûm: cwrddais i	gwlanenni: *flannels*
â'i thu blaen: *with its front part*	a âi: *which were going,* (mynd)
Ymddangosai: *He appeared*	pan ddychmygwn: *when I*
Cyferchais ef: *I greeted him,* (cyfarch)	*imagined,* (dychmygu)
deuwn o hyd: *I would always come,*	fawr o lathenni: h.y. *only a few yards*
(dod)	clawdd: *hedge*
yn ymwybodol: *conscious*	canfûm: *I recognised,* (canfod)
awydd dwfn: *a deep desire*	cantel: *brim*
am wybodaeth: *for knowledge*	drwgfwriad: *evil intent*
o ryw: *of some*	tybiais: *meddyliais,* (tybio)
fel petai'n fy ngorfodi: *as if it were*	doethach: *wiser*
forcing me	y gorau o'r gwaethaf: h.y. *the best*
am fy oes: *for the whole of my life*	*of a bad job*
brethynnau: *cloths*	

170

'Wel, aros di, dydi 'ngho i ddim yn ddrwg. Beth oedd o hefyd? O! rydw i'n cofio rŵan—y rhoet ti sofren imi y tro nesaf y gwelet ti fi.'

'Gwyddoch yn well,' ebe fi. 'Os byth y dangosech eich wyneb yn y gymdogaeth yma wedyn y rhown i chi yn llaw'r *police*, ac mi wnaf hynny hefyd.'

'*Bosh*!' ebe ef. 'I bwy y byddai'r *disgrace* petaet ti'n fy rhoi yn llaw'r *police*? I James Lewis, ynte Rhys Lewis? Be mae James Lewis yn hidio am *disgrace*, ond mi wn am ryw *proud chap* na leicie fo mono *at all*. Eh? Ond does gen i ddim eisio ffraeo â ti. Dydi o ddim yn beth *respectable* i berthnasau ffraeo â'i gilydd. *Let bygones be bygones.* Ac mae'r hen Abel wedi mynd. Y ti fydd y *boss* rŵan, achos be ŵyr yr hen ferch a'r *born idiot* Jones am y *business*? Os na wnei di dy ffortiwn rŵan, arnat ti fydd y bai, a mi obeithia na fyddi di'n *shabby* efo finnau. Y fi ydi'r unig berthynas sydd gennyt ti rŵan, ac rydw i wedi bod yn reit anlwcus yn ddiweddar. Hwyrach nad oes gynnat ti ddim llawer efot ti heno, ond mi fedraf ddŵad acw rŵan ac yn y man gan mai ti fydd y *boss*, achos mi welaf dy fod yn *late bird* fel finnau.'

'Tra byddaf fi acw ni chewch roi eich troed o fewn y tŷ,' ebe fi. 'A heblaw hynny yr wyf cyn dloted â chi.'

'Dy fai di ydi hynny,' ebe ef. 'Taset ti heb lyncu'r lol botes oedd dy fam yn ei ddysgu iti, faset ti ddim yn dlawd. Faswn i ddim yn dlawd pe cawswn i dy *chance* di.'

Rhaid imi ddweud y gwir onest, pan soniodd ef am y 'lol botes a ddysgodd fy mam imi', teimlwn y gallaswn ei dagu gyda phleser.

'ngho: fy nghof, *my memory*
y rhoet ti: *that you'd give,* (rhoi)
sofren: *sovereign*
Os byth y dangosech: *If you'd ever show*
cymdogaeth: *neighbourhood*
y rhown i: *that I would put*
na leicie fe mono: *that he wouldn't like it*

be ŵyr . . .: *what does the . . . know,* (gwybod)
hwyrach (GC): efallai
cyn dloted â: *as poor as*
lol botes: *nonsense*
pe cawswn: *if I were to have,* (cael)
y gallaswn: *that I could have,* (gallu)
ei dagu: *choke him*

'Y *scoundrel*! Os dywedwch un gair amharchus arall am fy mam mi'ch tynnaf chi yn gareiau! Dysgodd fy mam fi i fyw yn onest.'

Pan oeddwn yn dweud y geiriau hyn, ciliodd fy ewyrth yn ôl ryw ddwylath neu dair.

'Mae'n dda gen i weld tipyn bach o *pluck* y teulu gynnat ti. Roeddwn i wastad yn meddwl mai tipyn o *chicken* oeddet ti. Rydw i'n meddwl mwy ohonot ganwaith rŵan. Os dywedes i rywbeth amharchus am dy fam rydw i'n apologisio. Mae'n ddrwg gen i os ydw i wedi dy ddigio di, a mi wyddost fy neges. Rydw i isio pres, does gen i ddim i gael bwyd, a mi wn y leiciet ti 'nghadw i rhag gwneud drwg.'

'Nid oes gennyf eisiau gwneud dim â chi,' ebe fi. 'Dywedwch pa ffordd rydych chi am fynd, a mi af finnau ffordd arall.'

'*Agreed*,' ebe fe, 'ond dyro imi hynny sydd gynnat ti.'

Yr oeddwn yn fab fy mam a gwaceais (fy mhoced) iddo. Diolchodd imi, ac aeth yn ei flaen, ac euthum innau adref.

Yr oedd fy nghyfarfyddiad ag ef wedi creu penderfyniad ynof ers meitin. Bellach ni feiddiwn aros gartref i gael fy mlino gan y creadur melltigedig hwn. Yr oedd yn amlwg nad oedd ef yn gwybod fy mod yn pregethu, ac wrth imi fynd i'r coleg byddai iddo golli'r *scent* arnaf. Credwn mai Rhagluniaeth oedd wedi fy nwyn i wyneb y dihiryn y noson honno, a'i bod yn fy annog i'm taflu fy hun i'w breichiau. Penderfynais wneud hynny, a mynd i'r coleg, doed a ddelo.

---

amharchus: *disrespectful*

fe'ch . . . gareiau: *I'll tear you to shreds*

ciliodd fy ewythr: *my uncle retreated*, (cilio)

dwylath: *two yards*

dy ddigio di: *upset you*

pres (GC) : arian

dyro i mi hynny: *give me what*

gwaceais: *I emptied*, (gwacáu)

cyfarfyddiad: *meeting*

ni feiddiwn: *I didn't dare*, (meiddio)

melltigedig: *accursed*

yn amlwg: *obvious*

Rhagluniaeth: *Providence*

dihiryn: *rascal*

yn fy annog: *encouraging me*, (annog)

i'm taflu fy hun: *to throw myself*

doed a ddelo: *come what may*

Cerddais ymlaen yn gyflym ac euthum i'r tŷ mor ddistaw ag y medrwn. Pan oleuais y *gas*, un o'r pethau cyntaf a welais oedd fy mhwrs ar y bwrdd. Cymerais ef i fyny; yr oedd yn wag! Yr oeddwn wedi rhoi pob dimai goch i'r 'Gwyddel'. Sylweddolais fy sefyllfa gyda gofid. Yr oeddwn wedi penderfynu mynd i'r coleg, ac nid oedd gennyf geiniog hyd yn oed tuag at dalu am fy nghludiad yno! Sefais yn synn a thrist ar ganol llawr y gegin, lle yr anogodd Abel Hughes fi lawer gwaith i ymddiried yn Nuw. Eisteddais, a rhoddais fy mhen rhwng fy nwylo ar y bwrdd, ac wylais fy llygaid allan bron.

---

pob dimai goch: *every single halfpenny*
sefyllfa: *situation*
cludiad: *conveyance*

lle yr anogodd AH: *where AH encouraged me*
ymddiried: *to trust*

33: Cymeriad Adnabyddus

Yn fore iawn drannoeth, hysbysais Miss Hughes am fy mhenderfyniad i fynd i'r coleg. Yr oedd wedi ei syfrdanu! Nid oedd yn credu, meddai, y gallaswn fod mor greulon tuag ati. Ceisiais ymresymu â hi, ond nid oedd hynny o un diben. Cynigiodd gyflog da os arhoswn gyda hi, ond gwrthodais ef. Cynigiodd gyfran imi yn y fasnach, a gwrthodais hynny hefyd. Yna torrodd i wylo. Danododd yr holl garedigrwydd yr oedd hi wedi ei ddangos imi—mor dlawd yr oeddwn pan ddeuthum i Siop y Gornel—y fath gartref cysurus a gawswn yno—y fath drugaredd imi oedd cael dod dan addysg Abel. Dywedodd fy mod yn ddideimlad, yn angharedig, yn galongaled, yn anniolchgar, ac yn hunangar.

Ni ddywedais un gair mewn ateb. Euthum i'r siop, a chyda cynhorthwy Jones, gweithiais yn galed drwy'r dydd, a thrwy'r nos. Ni orffwysais nes cymryd bras-gyfrif o'r stoc. Gan na fyddai Abel yn arfer rhoi coel i'w gwsmeriaid ac eithrio mewn ychydig eithriadau, nid gorchwyl anodd oedd archwilio llyfrau'r siop mewn byr amser. Ymhen pedair awr ar hugain, yr oedd gennyf syniad gweddol gywir am yr eiddo yr oedd fy meistr wedi ei adael ar ôl.

Pan oeddwn yn rhoi'r *item* olaf i lawr, eisteddodd Jones ar yr ystol; gosododd ei ben ar y *counter*, a chysgodd fel top.

---

hysbysais: *I informed,* (hysbysu)
... ei syfrdanu: *she was stunned*
y gallaswn: *that I could*
ymresymu: *to reason*
nid ... diben: h.y. *it was pointless*
cyfran: *share*
y fasnach: *the business*
Danododd: h.y. *She reminded (me) nastily*
a gawswn: *that I'd had,* (cael)

trugaredd: *mercy*
hunangar: *selfish*
cynhorthwy: help
bras-gyfrif: *rough estimate*
coel: *credit*
ac eithrio: *except*
eithriadau: *exceptions*
gorchwyl: *task*
archwilio: *to examine, to audit*
eiddo: *property, possessions*

Wrth ystyried mor ddiymadferth oedd Miss Hughes, a hefyd (gwybod) nad oedd fy meistr ymadawedig yn gwgu arnaf, ni phetrusais agor pob cwpwrdd, cist, a drôr, ac archwilio eu cynnwys. Ac yr wyf yn cofio'n dda pan agorais un drôr i'r diafol ddod allan ohoni a bûm mewn brwydr galed ag ef. Yn y drôr yr oedd swp o *banknotes*, ac ebe'r diafol wrthyf,

'Wyt ti'n clywed Jones yn chwyrnu? Wyt ti'n cofio bod Abel yn bwriadu dy anrhegu â nifer o'r rhai hyn? Nid oes yma yr un *memorandum* ohonynt. Cofia nad oes gennyt yr un swllt ar dy elw.'

Ond diolch i Dduw! Cofiais am yr arfogaeth a gefais gan fy mam, ac ni bu erioed mor ddefnyddiol imi â'r tro hwn, a chyda hi gwneuthum i'r diafol ddianc. Wedi cwblhau'r dasg, euthum i siarad â Miss Hughes gyda chydwybod dawel, a dwylo heb flew arnynt.

'Miss Hughes, gwn eich bod yn fy ystyried yn galongaled am fy mod yn eich gadael a mynd i'r coleg. Ond yr wyf yn meddwl eich bod yn credu fy mod yn onest. Heb ofyn eich caniatâd, yr wyf wedi gwneud ymchwiliad lled fanwl ac yr wyf yn cael fod y meistr wedi gadael ar ei ôl—rhwng y stoc, yr arian ar y llyfrau, yn y banc, ac yn y tŷ—werth pymtheg cant o bunnau. Bydd y swm hwn yn ddigon i'ch cadw yn weddol gysurus a'm cyngor ydyw i chi werthu y stoc a'r busnes. Rydw i'n meddwl y gwn am gyfaill imi y byddai yn dda ganddo gymryd popeth oddi ar eich llaw. Ond am i mi aros yma i ofalu am y busnes, mae hynny allan o'r

---

diymadferth: *helpless*
ymadawedig: *departed*
yn gwgu: *frowning*
ni phetrusais: *I didn't hesitate,* (petruso)
cist: *chest*
diafol: *devil*
bûm mewn brwydr: *I battled*
swp: *bundle*
dy anrhegu: *present you (with)*
swllt: *a shilling*
ar dy elw: h.y. *to your name*

arfogaeth: *armoury*
gwneuthum i'r diafol ddianc:
   I forced the devil to flee
cwblhau: gorffen
cydwybod: *conscience*
dwylo heb flew: h.y. *without*
   having stolen anything
gwn: rydw i'n gwybod
ymchwiliad: h.y. *audit*
lled fanwl: *quite meticulous*
am i mi aros: *regarding me staying*

cwestiwn. Rydw i'n benderfynol o fynd i'r coleg, ac rydw i'n sicr petaech chi'n gallu ymgynghori â'm hen feistr y dywedai ef fy mod yn gwneud yn iawn.'

Effeithiodd fy ngeiriau arni fel hudoliaeth. Edrychodd arnaf am foment yn anghrediniol—yna yn foddhaus a charedig fel y byddai fel arfer, oblegid buasai hi a minnau'n gyfeillion mawr bob amser.

'Rydw i wedi siarad yn gas iawn efo ti, Rhys; wyddwn i ddim be oeddwn i'n ddeud. Mi wn y gwnei di fadde imi. Roeddwn i wastad yn dy leicio di, mi wyddost dy hun, ac mi wn fod gynnat ti fwy o sens na fi. Y ti ŵyr ore, a mi wnaf fel wyt ti'n deud. Mi wyddwn erstalwm fod natur mynd i'r Bala ynot ti, a wna i ddim trio dy stopio di. Mi gei yn y Bala bob peth fyddi di isio, a mi fyddi di yn dy elfen.'

Llwyddais gyda chymorth gŵr profiadol gyda phethau felly i wneud y trefniadau i drosglwyddo'r busnes i'r cyfaill a oedd yn awyddus amdani (ac y byddai) Jones bach yn cael ei ystyried fel rhan o'r *fixtures*.

Pan oeddwn yn hel fy mhethau at ei gilydd, ac yn pacio fy llyfrau mewn hen gist de, sefais yn llonydd a mud amryw o weithiau, a dywedai rhywbeth wrthyf,

'Y fath ynfytyn yn gollwng dy afael ar le da, yn gwrthod cyflog rhagorol, ac yn colli'r (cyfle) i ddod ryw ddydd yn fasnachwr llwyddiannus! Mae'n rhaid dy fod yn wallgof!'

Ond credwn fod fy amcan yn syml ac uniawn, a cheisiwn gredu hefyd na adawai Rhagluniaeth i mi lwgu.

Nos Wener ydoedd, a'r Llun canlynol yr oeddwn i fynd i'r

---

ymgynghori: *to consult*
fel hudoliaeth: *like magic*
yn anghrediniol: yn methu credu
yn foddhaus: *pleased*
madde imi: *forgive me*
Y ti ŵyr ore: Ti sy'n gwybod orau
yn dy elfen: wrth dy fodd
cymorth: help
trefniadau: *arrangements*
trosglwyddo: *to transfer*
awyddus: *eager*

ystyried: *consider*
hel: casglu
mud: heb siarad
y fath ynfytyn: *such a fool*
masnachwr: dyn busnes
gwallgof: *mad*
uniawn: *just*
na adawai Rhagluniaeth imi: *that Providence would not let me,* (gadael)
llwgu: *to starve*

coleg. Nid oedd gennyf gyhoeddiad i bregethu y Saboth. Gan bwy y benthyciwn? Nid oedd ond un dyn ar y ddaear y gallwn ofyn iddo, a hwnnw oedd Thomas Bartley. Ond yr oeddwn yn benderfynol o beidio â gofyn hyd yn oed i Thomas hyd yr awr olaf rhag fy mod yn mynd o flaen Rhagluniaeth, oblegid yr oeddwn yn ymdrechu credu y gofalai hi amdanaf.

(Roedd y pethau hyn yn mynd) drwy fy meddwl pan gurodd Miss Hughes ddrws fy ystafell.

'Rhys, mae William Williams, blaenor Blaen-y-cwm, eisio dy weld.'

Yr oeddwn i lawr yn y gegin cyn y gallasai neb gyfrif deg. Hen greadur *noble* oedd Williams. Yr oedd eisiau imi fynd i bregethu i'r Cwm y Saboth. Teimlwn fod Rhagluniaeth yn dechrau gwenu arnaf, ac yr oeddwn yn teimlo mewn ysbryd rhagorol y nos Sul pan oeddwn yn cael fy nghludo adref â chweugain yn fy mhoced.

Er hynny, credwn mai doeth fuasai imi fenthyca sofren gan Thomas er mwyn imi gael 'rhywbeth wrth gefn'. Addawsai Thomas a Barbara ddod i'r orsaf fore Llun i ffarwelio â mi.

'Cofia di, Rhys,' ebe Miss Hughes (amser brecwast ddydd Llun), 'y bydda i'n disgwyl iti ddŵad i dreulio *holiday* y Nadolig efo fi. Mi gadwaf wely i ti, a mi fydda erbyn hynny wedi mynd i fyw i'r bwthyn.'

Diolchais iddi, a meddyliais fod Rhagluniaeth yn gweithio o ddifrif.

'Oedd ar Abel rwbeth o gyflog iti?' gofynnodd Miss Hughes.

---

cyhoeddiad: *preaching engagement*
Gan bwy y benthyciwn: *From whom would I have a loan?*
yn ymdrechu: *striving*
y gofalai hi: *that she'd take care*
cyn y gallasai neb: *before anyone could have*, (gallu)
chweugain: deg swllt (50 ceiniog)

doeth: *wise*
benthyca: *to borrow*
sofren: *sovereign*, (£1)
Addawsai . . .: Roedd . . . wedi addo, (*promise*)
Rhagluniaeth: *Providence*
Oedd ar A: *Did A owe*

'Dim,' ebe fi; 'roeddwn ers mis wedi codi fy nghyflog hyd i ddydd Sadwrn diwethaf.'

'Dyma ti,' ebe hi, 'mi wn y cei yn y *college* bopeth fyddi di isio, ond hwyrach na chei fawr o boced myni; dyma iti bum punt.'

Bu agos imi â gweiddi Haleliwia! Daeth dagrau i'm llygaid er fy ngwaethaf, a diolchais iddi yn galonnog. Nid oedd raid bellach gofyn am fenthyg sofren. Yr oeddwn mor llawen â'r gog. Ymadewais â Miss Hughes ar delerau campus. A dweud y gwir, rhoddais gusan ar ei boch grychlyd, a thra oedd yr hen ferch syml a charedig yn sobian am imi fod yn siŵr o 'gysfennu ati', gwneuthum fy 'exit', chwedl W.B.

Teimlwn yn hapus iawn y bore yr oeddwn yn gadael cartref. (Daeth amryw o gyfeillion) i ganu'n iach â mi. Nid y lleiaf o'r rhai hyn oedd Dafydd Dafis a Thomas a Barbara Bartley (a) eisteddai ar *hamper*. Pan ddaeth y trên i mewn, ysgydwais law â'r cyfeillion. Cyn gynted ag y cymerais fy eisteddle yn y trên neidiodd Barbara ar ei thraed, a gafaelodd Thomas yn yr *hamper*, gan ei dodi ar fainc wrth fy ochr, ac ebe ef yn ddistaw yn fy nghlust,

'I ti y mae hon—cymer ofal ohoni, a chofia, cyn gynted ag y clywn ni am *cheap trip* i'r Bala, mae Barbara a minnau yn *bound* o ddŵad i edrach amdanat ti.'

Yr oeddwn wedi fy synnu. Gwyddwn fod yn yr *hamper* drysorau gwerthfawr i fachgen iach ei stumog, ond ni ddangosais ddim chwilfrydedd i wybod beth oedd ei chynnwys oblegid yr oedd dyn arall yn yr un compartment â mi—fy unig gyd-deithiwr.

---

mi wn y cei: *I know that you'll have*
na chei fawr: *that you won't get a lot*
poced myni: arian poced
Bu agos imi: *I almost*
er fy ngwaethaf: *despite myself*
yn galonnog: *heartily*
y gog: *the cuckoo*
telerau: *terms*
crychlyd: *wrinkled*

canu'n iach: ffarwelio
cyn gynted: *as soon*
eisteddle: sedd
mainc: *bench*
y clywn ni: *that we'll hear*, (clywed)
Gwyddwn: Roeddwn i'n gwybod
trysorau: *treasures*
gwerthfawr: *valuable*
chwilfrydedd: *curiosity*

Chwyrnellai'r trên tua Chorwen. Teimlwn y dylaswn adnabod fy nghyd-deithiwr. Teimlwn ei fod dair neu bedair blynedd yn hŷn na mi. Yr oedd ganddo lyfr yn ei law, ond nid oedd yn ei ddarllen, ond edrychai'n brudd drwy'r ffenestr—nid ar y wlad—ond ar rywbeth arall na wyddwn i amdano—hwyrach ei gartref, neu ei deulu, neu ei ddyfodol ansicr. (Roeddwn yn awyddus i) siarad ag ef. Yn y man dywedais yn Saesneg fod y tywydd yn hyfryd, ac atebodd yntau fi yn yr un iaith gydag acen Gymreig. Nid ymddangosai'n awyddus i siarad.

Yn fuan disgynasom ein dau yng Nghorwen, oblegid y pryd hwnnw ni allem fynd ymhellach ar y trên. Wedi imi gael fy *hamper* werthfawr, a phan oeddwn yn ymorol am y bocs dillad a'r gist de, trawodd dyn fi yn ysgafn ar fy ysgwydd, ac ebe fe,

'Oes gynnoch chi rwbeth heblaw'r ddau focs yma a'r *hamper* acw?'

Yr oedd yn ddyn mawr, siriol. Buasai'n anodd dyfalu pa un ai cigydd, ffarmwr ai porthmon ceffylau ydoedd. Fodd bynnag, cefais allan yn fuan ei fod am gymryd gofal ohonof i a'm pethau i'r Bala. Pan ofynnais iddo pa fodd y gwyddai mai i'r Bala yr oeddwn yn mynd, atebodd,

'Ddyn bach, mi fedrwn bigo *student* a rhyw sort o bregethwr Methodus allan o fil o bobol. Yr ydw i wedi arfer cymaint efo nhw, syr. Wyddoch chi, mi biges y llall allan, a mi rhois o yn y cerbyd cyn i chi edrach o'ch cwmpas.'

Pan arweiniodd fi at ei gerbyd synnais ganfod mai'r 'llall'

Chwyrnellai'r trên: *The train whizzed*
y dylaswn: *that I should*
yn hŷn: yn henach
yn brudd: yn drist
na wyddwn i: *that I didn't know*
hwyrach (GC): efallai
awyddus: *eager*
yn y man: o'r diwedd
Nid ymddangosai: *He didn't appear*

ni allem: doedden ni ddim yn gallu
ymorol: yn nôl, *(fetch)*
trawodd dyn: *a man tapped*
siriol: *cheerful*
dyfalu: *to guess*
pa un ai: *whether*
porthmon: *drover*
cefais allan: *I found out*
pa fodd: sut
canfod: *to discover*

179

oedd fy nghyd-deithiwr prudd yn y trên. Ac yr oedd y 'llall' yn mynd i'r coleg fel finnau! (Trueni) na fuaswn yn gwybod hynny yn gynt.

Ychwanegodd y gyrrwr,

'Y fi wyddoch, syr, sydd yn llogi ceffylau i'r *students* i fynd i'w cyhoeddiadau. Lle dach chi i fod yn pregethu y Sul nesa? Byddwch chi isio ceffyl. Dowch chi ata i nos Wener. Heb yr un cyhoeddiad? Rydach chi'n siŵr o gael cyhoeddiad y Sul nesa, achos fydd hanner y *students* ddim wedi dŵad yn eu hole, a mi fydd yna lot o lythyre isio pregethwrs, gewch chi weld. Lle dach chi'n mynd i lodgio?'

Adroddodd hanes y teulu yr oeddwn yn mynd atynt i letya. Trodd (y gyrrwr at fy nghyd-deithiwr), ac ebe fe,

'Mr Williams, lle dach chi'n mynd i lodgio?' ac wedi cael atebiad, 'Rydach chi'ch dau yn mynd i'r un tŷ.'

Mewn ychydig funudau, yr oedd ef a minnau yn eistedd mewn parlwr bychan, a gwraig y tŷ—gwraig fechan lawen, garedig a Chymreigaidd, yn paratoi te inni.

Dianghenraid ydyw dweud bod Mr Williams a minnau yn gwybod llawer am ein gilydd cyn pen hanner awr, a'n bod yn hen gyfeillion cyn i'r myfyrwyr hel yn gryno at ei gilydd. Yr oedd Mr Williams yn dod o Sir Gaernarfon ac yn fachgen onest, difrifol a chywir. Er ei fod rai blynyddoedd yn hŷn na mi, yr oeddwn yn sicr fy mod yn well Sais nag ef, ac yn gwybod mwy am *the way of the world*, ac i Wil Bryan a'r gymdogaeth lle magwyd fi yr oeddwn yn ddyledus am hynny.

Mae un digwyddiad yn dod yn ffres i'm cof y funud hon, ac ni allaf ymatal rhag chwerthin wrth feddwl amdano. Byddai Abel Hughes yn gofalu bob amser am imi wisgo'n dda. Y diwrnod yr euthum i'r Bala yr oedd amdanaf siwt o

---

prudd: trist
llogi: *to hire*
cyhoeddiadau: *preaching engagements*
ddim . . . hole (holau): *not have returned*
lletya: *to lodge*
llawen: hapus

dianghenraid: *unnecessary*
cywir: *honest, sincere*
yn hŷn: yn henach
cymdogaeth: *neighbourhood*
yn ddyledus: *indebted*
ymatal rhag : *refrain from*

180

ddillad duon da. Tra sgwrsiai Williams â mi, sylwais ei fod yn craffu ar fy niwyg, ac fel pe buasai'n meddwl am rywbeth arall wrth siarad â mi. Wedi inni fod yn rhoi tro i weld y dref a'r llyn, ebe Williams,

'Mr Lewis (nid oedd yr adeg hon wedi dechrau fy ngalw yn Rhys, na minnau ei alw yntau yn Jack), gwell imi ddweud y gwir wrthych ar unwaith; bachgen tlawd ydwyf; mae fy mam yn weddw a dibynnol arnaf, a'r hyn sydd yn blino mwyaf ar fy meddwl heno ydyw a wneuthum yn iawn wrth ei gadael. Ond y mae'n amlwg i mi eich bod chi o deulu parchus a chefnog.'

Chwerthais yn uchel. Yna rhoddais iddo grynodeb o hanes fy nheulu (heb sôn am fy nhad a'r Gwyddel). A rhyfedd! Yr oedd Williams yn berffaith hapus wedi clywed am fy nhlodi! Er mwyn ei gadarnhau fy mod yn dweud y gwir, adroddais iddo hanes yr *hamper*. Ac i'w sicrhau ymhellach, aethom i nôl yr *hamper* i'r parlwr i archwilio ei chynnwys. A'r noson honno rhoesom brawf ar natur ei chynnwys. Ac felly bob dydd yn olynol nes y gwelsom ei gwaelod.

---

craffu: *staring*
diwyg: *dress*
fel pe buasai: *as if he were*
dibynnol: *dependent*
cefnog: *well-off*

crynodeb: *summary*
tlodi: *poverty*
archwilio: *to examine*
rhoesom brawf: h.y. *we tasted*,
yn olynol: *in succession*

34: Ymweliad Thomas Bartley â'r Bala

Dydd Llun ydoedd. Yr oeddwn yn dychwelyd o Drawsfynydd, lle buaswn yn pregethu y Sul. Yr oedd rhwng un a dau o'r gloch y prynhawn arnaf yn cyrraedd y Bala, a phan euthum i'r llety prin y gallwn gredu fy llygaid pan welais Thomas Bartley yn eistedd yn fy nghadair ac wedi llenwi'r ystafell â mwg tybaco, a Williams yn eistedd gyferbyn ag ef (yn wên o glust i glust).

Gwyddwn mai'r hyn oedd yn goglais fwyaf ar ffansi Williams oedd coler crys y cyfaill o'r Twmpath; yr oedd yn anferthol. Ar amgylchiadau neilltuol yn unig y gwisgai ef y goler fawr. Pan fyddai Thomas yn ei gwisgo, megis ar ddydd 'cinio clwb', yr oeddid, rywfodd, yn teimlo mai'r goler oedd yn mynd i'r cinio ac mai mynd i gadw cwmni iddi yr oedd Thomas.

Synnais weld Thomas Bartley yn fy ystafell, ac ebe fe, fel pe buasai heb fy ngweld ers blynyddoedd,

'Wel, fachgen, sut yr wyt ti, ers cantodd a miloedd?'

'Reit iach, Thomas,' atebais. 'Pwy yn y byd fuasai yn disgwyl eich gweld chi yn y Bala?'

'Twbi shŵar, ond chwech o'r gloch, wel di, bore heddiw, pan oeddwn ar ganol rhoi bwyd i'r mochyn, mi gymes ffit yn 'y mhen y down i edrach amdanat ti. Ond feddylies i rioed fod y Bala mor bell a roeddwn i wastad yn meddwl fod 'na drên ar hyd y ffordd, ond erbyn dallt, Corwen ydi'r stesion ola. Ond welest ti rioed mor lwcus fûm i! Yng Nghorwen mi ddaru Mr Williams 'ma fy nabod i. Mae'n ymddangos ei fod o wedi 'ngweld i yn y stesion acw pan

---

prin y gallwn: *I could hardly*
yn goglais . . .: *tickling W's fancy*
anferthol: mawr iawn
amgylchiadau: *circumstances*
neilltuol: arbennig
yr oeddid: *one was*

ers cantodd a miloedd: h.y. ers amser maith
mi gymes: h.y mi gymerais, *I took*
y down: *that I'd come*, (dod)
mi ddaru Mr W (GC): mi wnaeth Mr W

oeddat ti yn mynd i ffwrdd, a mi ges *ride* efo lot o *students*, a mi gawsom ymgom reit ddifyr, on'd do, Mr Williams? Wel, Rhys, sut mae hi'n dŵad ymlaen? Wyt ti'n leicio dy le? Wyt ti'n cael digon o brofijiwns yma, dywed?'

'Mae hi'n dod ymlaen yn eithaf da hyd yn hyn, Thomas,' ebe fi. 'Sut mae pawb acw? Sut mae Barbara? Sut na fasai hi yma gyda chi?'

'Wel, rhyw ddigon bethma ydi Barbara, yn siŵr i ti; mae hi'n cael ei thrwblo gan y riwmatis. Mae hi'n cofio atat ti. Wyst ti be, fûm i ddim oddi cartre o'r blaen ers pum mlynedd ar hugain.'

'Beth ydach yn feddwl o'r Bala, Thomas?' gofynnais.

'Dydw i ddim wedi gweld fawr ohoni eto,' ebe Thomas. 'Wyt ti am fy nghymyd i dipyn o gwmpas i weld y dre? Oes gynnat ti amser?'

'Oes, debyg,' ebe fi. 'Wedi imi ymolchi mi'ch cymeraf o gwmpas.'

'Ymolchi? Be wyt ti isio ymolchi? On'd wyt ti fel pìn mewn papur?'

Chwarddodd Williams a rhedais innau i ymolchi. Yn y funud, daeth Williams ar fy ôl i'r ystafell a chwerthin nes cael poen yn ei ochr. Ebe fe,

'Rhys, dyma'r *original* mwyaf a welais erioed. Mae'r bechgyn wedi cael gwerth punt o sbort efo fo o Gorwen i'r Bala, a maen nhw wedi fy siarsio i ddeud wrthat ti am ei gadw yma cyd ag y medri di. Fedren ni mo'i smyglio fo i'r *class*, dywed? Mi fyddai yn *perfect treat*.'

'Fydde hynny ddim *quite* y peth,' ebe fi. 'Mae o yn dipyn o brofedigaeth i mi, achos mi fydd raid i mi fynd ag ef o

---

ymgom: sgwrs
reit ddifyr: eithaf diddorol
profijiwns: *provisions*
digon bethma: h.y. ddim yn dda o gwbl
riwmatis: h.y *rheumatism*
Wyst ti be? (GC): Wyt ti'n gwybod rhywbeth?

fawr ohoni: llawer ohoni
fy nghymyd: h.y fy nghymryd
pìn mewn papur: perffaith daclus
wedi fy siarsio: *have warned me*
cyd: cyhyd, *as long*
ag y medri di: *as you can*
tipyn o brofedigaeth: h.y. tipyn o broblem

183

gwmpas. 'Tasai'r creadur wedi gadael y goler fawr yna gartre fi fasai yn dda gen i; mi fydd pawb yn edrach ar ein holau.'

'Paid â chyboli,' ebe Wiliams. 'Fasai fo ddim chwarter cystal heb y golar. Mae'r golar yn werth can punt! Ga i ddod efo chi?'

'Gei di, wir!' ebe fi, 'yr oeddwn ar fin cynnig pum punt iti am ddod i gymryd peth o'r cywilydd.'

Pan aethom i lawr i'r parlwr, yr oedd Thomas yn sefyll ar ei draed ac yn ail lwytho ei bibell.

'Gadewch inni fynd, bobol,' a thaniodd Thomas ei bibell.

'Fe awn yn gyntaf i weld y llyn, Thomas,' ebe fi, oblegid yr oeddwn yn awyddus am gael mynd drwy'r dref yn gyflym rhag inni dynnu sylw'r trigolion. Ond mynnai Thomas aros i edrych ar bopeth. Safodd ar ganol yr heol a gwaeddodd yn uchel arnaf,

'Rhys, aros, cymer dy wynt, fachgen!'

Safai pobl i edrych arnom—deuai masnachwyr i'r drysau—ymdyrrai plant o'n cwmpas, ac ni wyddwn pa beth i'w wneud gan gywilydd. Yr oeddwn yn teimlo'n ddig at Williams, oblegid yr oeddwn yn sicr ei fod yn mwynhau cymaint ar fy mhenbleth i ag oedd ar Thomas Bartley ei hunan. Symudais ymlaen a chlywn Thomas yn gweiddi'n uchel,

'Rhys, be ydi dy frys di? Ai un stryd ydi'r dre 'ma? Dydw i'n gweld dim neilltuol ynddi, a does 'ma ddim siope *extra* yt ôl, ac mae'r lle yn edrach yn ddigon *quiet*. Roeddwn i wastad yn meddwl am y Bala mai tre oedd hi yn llawn o gapelydd, eglwysi, a chlyche, a sgolion.'

Paid â chyboli: Paid â siarad nonsens
Gei di: h.y. Fe gei di, *you may*
cywilydd: *embarrassment*
yn awyddus: *eager*
sylw: *attention*
trigolion: *inhabitants*
cymer dy wynt: paid rhuthro

deuai masnachwyr: roedd siopwyr yn dod
ymdyrrai plant: *children flocked,* (tyrru)
gan gywilydd: *with shame*
yn ddig: yn grac
penbleth: *dilemma*
neilltuol: arbennig
yt ôl: h.y. *at all*

Yr oeddwn mewn brys am gael mynd tu allan i'r dref, oblegid yr oedd pawb yn edrych yn gellweirus arnom. Ond nid cynt yr oeddwn allan o un brofedigaeth nag y cefais fy hunan mewn un arall. Wedi mynd ryw ganllath allan o'r dref gwelwn un o'n hathrawon yn dod i'n cyfarfod, wedi bod yn cymryd tro, yn ôl ei arfer.

'Hoswch chi, fechgyn, pwy ydi'r dyn yma sy'n dŵad i'n cyfarfod ni? Onid hwn ydi'r mistar?'

'Ie siŵr,' ebe Williams, yn barod ddigon.

'Roeddwn inne'n meddwl hynny,' ebe Thomas. 'Maen nhw'n deud imi ei fod o yn un doeth iawn. Ond dwyweth erioed y clywes i o'n pregethu, a roeddwn i yn ei leicio fo yn fawr iawn. Roeddwn i yn dallt pob gair o'i bregeth o. Rhaid i mi gael ymgom hefo fo,—i mi gael deud hynny wrth Barbara pan a' i adre.'

'Mae ei amser yn brin, Thomas,' ebe fi, 'a hwyrach mai gwell inni fynd heibio gyda dweud "prynhawn da".'

'Dim perygl,' ebe Williams, 'bydd yn dda ganddo gael ymgom â chi. A phe baech yn gofyn am gael dod i'r ysgol rydw i'n sicr y caech ganiatâd ganddo.'

'Twbi shŵar,' ebe Thomas.

Teimlwn mor ddig at Williams fel y gallaswn ymron ei lindagu, a gwyddai yntau hynny. Cyn imi gael amser i gyflwyno fy nghyfaill brasgamodd o'n blaen.

'Wel, sut yr ydych chi erstalwm, syr?'

'Mr Thomas Bartley, syr, un o'n haelodau ni acw—wedi dod i weld y Bala,' ebe fi.

'Da iawn,' ebe ein hathro. 'Mae'n dda gen i eich gweld, Mr Bartley. A sut mae'r achos yn dod ymlaen acw y dyddiau

---

yn gellweirus: *jocularly*	pe baech: 'tasech chi
nid cynt: *no sooner*	y caech: *that you'd get,* (cael)
profedigaeth: trafferth	caniatâd: *permission*
cymryd tro: allan am dro	mor ddig: mor grac
Hoswch: h.y. Arhoswch	fel y gallaswn: *that I could have*
doeth: *wise*	llindagu: *to strangle*
ymgom: sgwrs	brasgamodd: *he marched,*
pan a' i: *when I'll go,* (mynd)	(brasgamu)
hwyrach (GC): efallai	

hyn. Mi gawsoch gryn golled ym marwolaeth Mr Abel Hughes.'

'Am beth amser ar ôl marw Abel, roedd hi yn higyldipigyldi acw, syr, ond erbyn hyn rydan ni wedi dŵad yn reit glên, a chysidro. Pryd ydach chi'n dŵad i bregethu eto, syr? Mi leiciwn petaech chi'n dŵad, achos rydw i'n dallt pob gair o'ch pregeth chi. Mi leiciwn petaech chi'n dysgu'r pregethwrs ifanc yma i bregethu yn fwy plaen—maen nhw'n rhy ddyfn i mi a fy *sort.'*

'Wel, yn wir, Mr Bartley, rydw i'n dweud llawer wrthyn nhw, ond y mae eisiau i rywun fel chi, ac eraill o ddylanwad, roi gair o gyngor iddynt.'

'Twbi shŵar, syr,' ebe Thomas. 'Roeddwn i wedi meddwl gofyn i chi, syr, a fydde fo (yn bosibl) i mi gael gweld yr ysgol pan fyddwch chi i gyd wrthi?'

'Wel, hwyrach y daw Mr Lewis efo chi i'r dosbarth am bump o'r gloch, Mr Bartley.'

'Diolch yn fawr iawn i chi, syr, a phnawn da rŵan,' ebe Thomas.

(Roeddem) yn y dosbarth erbyn pump o'r gloch i'r funud. Yr oedd yno gynulliad cryno iawn, ac ar ein mynediad i mewn rhoddwyd inni *cheers* byddarol. Eisteddodd Thomas rhwng Williams a minnau. Yn y funud, cododd Williams ar ei draed, ac ebe fe,

'Mr Thomas Bartley, foneddigion—cyfaill Mr Rhys Lewis.' Ond cyn iddo gael dweud ychwaneg, daeth yr Athro i mewn, a bu tawelwch mawr.

Rhoddodd Thomas nòd ar yr Athro fel pe buasai'n hen *chum* iddo, a chydnabu yntau'r nòd yn barchus. Yna aethpwyd ymlaen gyda gwaith y dosbarth am oddeutu ugain munud.

---

cryn golled: *a considerable loss*
yn reit glên: h.y. yn eithaf da
cysidro: *considering*
dyfn: dwfn
dylanwad: *influence*
cynulliad cryno: *a fair-sized gathering*
mynediad: *entrance*

byddarol: *deafening*
boneddigion: *gentlemen*
fel pe buasai: fel 'tasai
cydnabu yntau: *he acknowledged,*
  (cydnabod)
aethpwyd ymlaen: *one went on,*
  (mynd)

Yn ystod y pum munud cyntaf edrychai Thomas yn ddoeth a beirniadol; yn ystod yr ail bum munud, edrychai dipyn yn *patronising*; y trydydd pum munud, arwyddodd gryn anesmwythder a gofynnodd imi yn ddistaw,

'Fyddwch chi yn hir eto?'

Y pum munud olaf, ymsuddodd i'w goler fawr, ac ofnwn ei glywed yn dechrau chwyrnu! Hwyrach mai ofn cyffelyb a barodd i'r Athro, ar derfyn yr ugain munud, (ddweud),

Perhaps we had better leave off there. You see that Mr Lewis, with my permission, has brought a friend with him to the class this evening. I thought that Mr Lewis's friend might give you as preachers a word of advice. Words of wisdom are not to be despised from whatever quarter they come. Yr oeddwn yn dweud, Mr Bartley (deffrôdd Thomas, ac ymgododd o'i goler), wrth y dynion ieuainc y gallai fod gennych air o gyngor iddynt. Dywedwch air, Mr Bartley, mae eisiau dweud llawer y dyddiau hyn wrth ein dynion ieuainc.'

'Welsoch chi erioed fy salach am ddeud rhwbeth, syr,' ebe Thomas. 'Ond fydda i byth yn leicio bod yn od ac yn anufudd. Mi glywes lawer o sôn am y Bala, syr; a phan ddaeth Rhys 'ma atoch chi—roedd ei fam o a finne yn ffrindie mawr—y hi ddaru fy nwyn i at grefydd—mi benderfynes y down i i weld y Bala rywdro, a heddiw'r bore, pan oeddwn i ar ganol rhoi bwyd i'r mochyn *(cheers)*, ebe fi—heddiw amdani. O Gorwen i'r Bala mi ges *ride* hefo lot o'r pregethwrs ifanc yma, a mi ges fy synnu'n fawr ynddyn nhw, syr. Doedden nhw ddim byd tebyg i bregethwrs, achos roedden nhw'n od o ddifyr. Ond rhaid imi ddeud y gwir yn eu gwynebe nhw, syr; dydw i ddim yn eu gweld nhw mor glyfar wrth bregethu. Pan fyddwch chi

---

beirniadol: *critical*
cryn: *considerable*
anesmwythder: *uneasiness*
ymsuddodd: *he sank*
chwyrnu: *to snore*
cyffelyb: *similar*
ar derfyn: ar ddiwedd

fy salach: h.y. *anyone worse than me*
anufudd: *disobedient*
y hi . . . fy nwyn: *it was she who brought me*
y down: *that I'd come*, (dod)
yn od o ddifyr: *very entertaining*

yn pregethu, syr, rydw i'n eich dallt chi yn *champion*; ond a deud y gwir yn onest fedrwn i wneud na rhawn na bwgan o'r *students* fu acw. Dydyn nhw ddim yn sôn digon, syr, am Iesu Grist ac am y nefoedd. Roedd Rhys yn deud wrtha i nad oeddech chi yn eu dysgu nhw i bregethu, ac mae hynny'n biti garw. Mi wn eich bod yn fwy doeth na fi, ond petaswn i yn eich lle chi, syr, mi faswn yn gwneud iddyn nhw bregethu o'ch blaen chi—un bob wythnos—ac ar ôl iddo fo ddarfod mi faswn yn deud wrtho lle roedd o wedi misio. Wel, mae'n dda gen i eich gweld i gyd mor gyfforddus, a gobeithio y gwnewch chi fadde imi am gymryd cymaint o'ch amser chi.'

Eisteddodd Thomas yng nghanol cymeradwyaeth faith ac uchel, a chlywn ef yn gofyn i Williams,

'Be ydi menin y *cheers* yma, Mr Williams? Ddaru mi siarad yn o deidi?'

'Campus!' ebe Williams.

'Wel, Mr Bartley,' ebe'r Athro, 'rydw i yn gobeithio yn fawr y bydd i'r dynion ieuainc ddal ar eich cynghorion gwerthfawr, a'ch sylwadau pwrpasol. Y troeon nesaf y bydd y *students* yn pregethu acw, cymerwch sylw manwl ohonynt a ydynt yn gwella.'

Yng nghanol cymeradwyaeth fyddarol ysgydwodd yr Athro ddwylo â Thomas Bartley ac aeth ymaith.

'Wel,' (ebe Thomas Bartley), 'mi faswn yn leicio'n fawr bod efo chi am wythnos, ond rhaid imi hwylio adre neu mi fydd Barbara mewn ffit.'

Pan eglurais i Thomas nad oedd yn bosibl iddo ddychwelyd adref y noson honno, dychrynodd wrth feddwl am Barbara yn treulio noson ar ei phen ei hun.

---

na rhawn na bwgan: h.y. *sense*
piti garw: *great pity*
darfod: gorffen
wedi misio: h.y. *had gone wrong*
madde imi: *forgive me*
cymeradwyaeth: *applause*
menin: h.y. *meaning*
yn o deidi: yn + go + teidi, *quite tidy*

cynghorion: *advice*
sylwadau: *comments*
pwrpasol: *appropriate*
hwylio adre: h.y. mynd adref
dychwelyd: *to return*
dychrynodd: *he got scared,*
   (dychryn)

Ar ganiad y ceiliog bore trannoeth clywn Thomas yn cerdded yn ôl a blaen gan weiddi,

'Codwch, bobol! Mae hi'n berfedd o'r dydd!' Ac ni chafwyd munud o heddwch nes (inni) ufuddhau i'r alwad.

Yr oedd rhaid i Thomas gael cyfarfod â'r trên cyntaf yng Nghorwen, a phan oedd y cloc yn taro chwech roedd Thomas, Williams a minnau yn croesi pont Tryweryn yng ngherbyd Mr Rice Edwards. Cyn ffarwelio ag ef yng Nghorwen cymerodd Thomas fi o'r neilltu, ac ebe fe,

'Sut mae'r boced, 'machgen i?'

'Dydy hi ddim wedi dod yn galedi arnaf, hyd yn hyn, Thomas,' atebais.

'Wel, dyma ti, cymer fenthyg hon am byth,' ebe Thomas, a gwthiodd sofren i'm llaw. Clod iddo, nid hon oedd yr unig sofren a gefais ganddo tra bûm yn y Bala. Wedi rhoi siars benodol ar Williams i ddod i dreulio wythnos yn y Twmpath, aeth Thomas adref i adrodd hanes y Bala a'r coleg.

---

ar ganiad y ceiliog: *at cockcrow*
clywn: roeddwn yn clywed
yn berfedd o'r dydd: h.y. ganol
   dydd
ufuddhau: *to obey*

o'r neilltu: *aside*
caledi: *hardship*
clod iddo: *praise him*
siars: *warning*
penodol: *specific*

35: Cyfarfyddiad Ffodus

Yn ystod y pedair blynedd y bûm yn y coleg gadewais i'r bechgyn eraill gymryd yr holl wobrau. Oherwydd nad oeddwn yn neilltuol o dalentog, ac nad oedd y 'cychwyn' a gefais yn ysgol Robyn y Sowldiwr o'r fath orau, profais yn fuan nad gorchwyl hawdd oedd cystadlu â bechgyn a gawsai addysg dda cyn dod i'r Bala. Heblaw hynny, (roedd rhaid imi) bregethu, ac yr oedd fy arhosiad yn y coleg yn dibynnu ar hynny. 'Taswn i'n peidio â phregethu, buasai rhaid imi beidio â bwyta ac yr oedd y teithiau Sabothol gan amlaf yn bell. Y pethau hyn, ynghyd â diffyg talent, a'm cadwodd rhag fy enwogi fy hun yn yr arholiadau.

O'r ochr arall, cawn y cysur nad oeddwn ar y top nac yn y gwaelod, ond tua'r canol! Derbyniais les mawr, a dysgais gannoedd a miloedd o bethau. Agorwyd byd newydd o flaen fy meddwl. Mae'n werth i fachgen fynd i'r coleg i gael gwybod gymaint sydd i'w wybod. Dyma gyfnod mwyaf hapus a bendithiol fy (mywyd), ac yr wyf yn edrych yn ôl arno gyda hiraeth pruddfelys. Llawer cwlwm cyfeillgar a ffurfiais na ddatodir byth gan bellter nac amser.

Yn ystod y pedair blynedd y bûm yn yr athrofa, buasai Miss Hughes yn hynod garedig tuag ataf drwy fy nghroesawu i'w thŷ i dreulio'r gwyliau. Ond gwelwn y

---

cyfarfyddiad: *meeting*
gwobrau: *prize*
neilltuol: *particularly*
talentog: *talented*
profais: *I proved,* (profi)
gorchwyl: tasg
a gawsai: a oedd wedi cael
buasai rhaid imi: *I would have had to*
gan amlaf: *more often (than not)*
ynghyd â: *as well as*
diffyg: *lack of*

a'm cadwodd rhag . . . hun: *that prevented me from distinguishing myself*
cawn y cysur: *I'd get the comfort*
lles: *benefit*
bendithiol: *beneficial*
pruddfelys: prudd + melys
cwlwm: *bond*
na ddatodir: *that will not be undone*
athrofa: coleg
yn hynod: *remarkably*

byddai'r amgylchiadau yn wahanol wedi imi adael y coleg. Ni allwn oddef y (syniad) o fyw ar hyd yr wythnos fel gŵr bonheddig segur, a mynd oddi amgylch ar y Sabothau. Yr oedd Williams, fy nghyd-letywr, yn yr un sefyllfa â mi yn union, a llawer *confab* difrifol a gawsom pa beth i'w wneud.

Fel yr oedd yr amser yn agosáu i ni ein dau adael y coleg nid oedd argoel o unlle y gelwid un ohonom i gymryd gofal eglwys. Ond rai wythnosau cyn i mi adael y Bala, derbyniais ddau lythyr pwysig. Adnabûm y ddwy ysgrifen—un Miss Hughes a'r llall Eos Prydain. Rhoddwn y flaenoriaeth bob amser i lythyr Miss Hughes. Agorais ef, a chefais mai wedi amgáu llythyr arall yr oedd hi, ac yr oedd y llawysgrifen yn ddieithr imi. Yr oedd wedi ei ysgrifennu yn Saesneg a dyma ryddgyfieithiad ohono:

Old Bailey, B————,
Mai 1af, 18—

Syr,—Bore heddiw bu farw yn y carchar hwn ŵr o'r enw John Freeman. Chwech wythnos yn ôl, wedi ei gael yn euog o herwhela, traddodwyd ef i dri mis o garchar gyda llafur caled. Nid oedd yn gryf ar y dechrau, a thoc wedi dod yma cymerodd annwyd, a gwaethygodd yn gyflym. Ychydig amser cyn marw, amlygodd ddymuniad am gael siarad â mi yn gyfrinachol. Tybiwn o'r dechrau ei fod yn 'hen aderyn', a chyfaddefodd wrthyf yn y diwedd mai ei wir enw oedd

---

amgylchiadau: *circumstances*	yn ddieithr: *strange*
goddef: *tolerate*	rhyddgyfieithiad: *free translation*
gŵr bonheddig: *gentleman*	euog: *guilty*
segur: *idle*	herwhela: *poaching*
sefyllfa: *situation*	traddodwyd ef: *he was committed*
confab: sgwrs	llafur caled: *hard labour*
argoel: *sign*	toc: yn fuan
y gelwid un . . .: *that one of us*	amlygodd: *he expressed,* (amlygu)
would be called	dymuniad: *a wish*
Adnabûm: *I recognized,* (adnabod)	yn gyfrinachol: *secretly*
Rhoddwn: *I'd give*	hen aderyn: *a rogue*
blaenoriaeth: *priority*	cyfaddefodd: *he admitted,*
wedi amgáu: *had enclosed*	(cyfaddef)
llawysgrifen: *handwriting*	gwir enw: *real name*

James Lewis. Erfyniodd arnaf—ac addewais innau—eich hysbysu am ei farwolaeth pan ddigwyddai. Yr hyn y rhoddai ef bwyslais arno am i mi eich hysbysu oedd—*nad oedd pob peth a ddywedodd efe wrthych yn wir*. Yn awr yr wyf wedi cyflawni fy addewid i'r marw. Cleddir ef yfory.

Yr eiddoch yn gywir,

RHYS LEWIS, Esq.   J.F. BREECE, *Governor*

Darllenais ac ailddarllenais y llythyr mewn syfrdandod. Daliwn y llythyr yn fy llaw, ac edrychwn yn syn drwy'r ffenestr i Tegid Street a rhedodd fy meddwl yn ôl at y cof cyntaf am fy ewythr pan alwn ef 'y Gwyddel'.

Williams a dorrodd ar fy *reverie* drwy weiddi y tu ôl imi:

'Rwyt ti'n edrych fel 'taset ti ar fedd dy nain!'

Gwneuthum ymdrech i ymddangos yn gysurus, ac wedi dechrau ar y brecwast y cofiais am lythyr yr Eos. Darllenai fel hyn:

——, Mai 1af, 18—

Annwyl Frawd,—Deallwn fod eich tymor yn y Bala bron ar ben. Ni raid inni ddweud wrthych chwi sydd yn gwybod hanes ac amgylchiadau eglwys Bethel cystal â ninnau, fod yr achos yn dioddef oherwydd diffyg rhywun i gymryd gofal ohono, yn enwedig oddi ar yr amser y bu farw eich hen feistr, Abel Hughes. Mae sôn a siarad wedi bod yn ein plith ers amser am gael bugail; a'r wythnos diwethaf darfu i ni ein dau ddwyn y cwestiwn o flaen yr eglwys, a chymryd yr hyfdra i grybwyll eich enw chwi fel un a fagwyd yn yr eglwys, ac felly a wyddai yn dda amdanom. Cafodd ein

---

Erfyniodd arnaf: *He begged me,* (erfyn ar)
addewais: *I promised,* (addo)
hysbysu: *to inform*
cyflawni: *to fulfil*
addewid: *promise*
Cleddir ef: *He will be buried,* (claddu)
mewn syfrdandod: *in amazement*
pan alwn ef: *when I used to call him*
Gwneuthum: *Fe wnes i*

ymdrech: *effort*
ymddangos: *to appear*
amgylchiadau: *circumstances*
diffyg: *lack of*
bugail: h.y. gweinidog
darfu . . . ddwyn: *the two of us brought*
hyfdra: *boldness*
crybwyll: *mention*
a fagwyd: *who was brought up,* (magu)

192

hawgrymiad gefnogaeth led gyffredinol. Yr oeddem yn tybied mai doeth oedd eich hysbysu rhag ichwi addo mynd i rywle arall. Disgwyliwn chwi drosodd ymhen ychydig wythnosau, a chawn siarad ymhellach ar y mater. Hyd hynny, gan ddymuno pob llwyddiant, a chyda chofion caredig. Yr eiddoch dros yr eglwys,

DAFYDD DAFIS,

ALEXANDER PHILLIPS Diaconiaid

(*Eos Prydain*)

Teflais y llythyr ar draws y bwrdd i Williams, a byth nid anghofiaf ei lawenydd. Yr oedd galwad i fugeilio'r eglwys y magwyd fi ynddi mor annisgwyliadwy, ac ystyriwn hi yn *gompliment* mawr; ac oni bai am y llythyr arall buaswn yn ystyried yr alwad yn destun llawenydd hefyd. Ond yn sgil y llythyr hwnnw meddiannwyd fi yn y fan gan fy hen glefyd—iselder ysbryd. Anfonais air ar unwaith at fy hen gyfeillion Dafydd Dafis ac Eos Prydain i ddiolch iddynt am eu llythyr caredig, gan ychwanegu y byddwn yn dychwelyd adref ymhen ychydig wythnosau. Wedi gwneud hyn dywedais wrth fy nghydymaith:

'Williams, peidiwch â sôn am hyn wrth y bechgyn nac wrth neb arall, oblegid ni allaf dderbyn yr alwad.'

'Paid â chyboli,' ebe fe. 'Beth sydd arnat ti? Wyt ti ddim yn gall? Ddim am dderbyn yr hyn yr oeddet ti yn ei ddymuno fwyaf?'

'Gwyddoch am y stori am y *skeleton* yn y cwpwrdd. Mae gennyf finnau fy stori na allaf ei hadrodd hyd yn oed i chwi.

---

lled gyffredinol: *quite a general*
yn tybied: *assuming*
hysbysu: *to inform*
rhag ichwi addo: *in case you promise*
llawenydd: *joy*
galwad: *a call*
bugeilio: h.y *to be a minister*
y magwyd fi ynddi: *that I was brought up in it*, (magu)
annisgwyliadwy: *unexpected*

ystyried: *to consider*
yn sgil: *in the wake of*
meddiannwyd fi: *I was possessed*, (meddiannu)
yn y fan: *cyn bo hir*
clefyd: *illness*
iselder ysbryd: *depression*
cydymaith: *colleague*
galwad: *a call*
Paid â chyboli: *Don't talk nonsense*
yr hyn: *what*

193

Hwyrach y caf ei hadrodd ryw ddiwrnod ond nid heddiw. Y mae fy ysbryd yn isel a thrist. Y ffaith ydy—rhaid imi fynd ymaith am ddeuddydd neu dri, a hynny heb ymdroi.'

Heb gymryd dim gyda mi ond fy nghot uchaf, a'r ychydig arian a feddwn, cychwynnais ymaith. Yr oedd y siwrnai ymhell, a chymerai yr holl ddiwrnod bron i'w theithio, ond yr oeddwn yn benderfynol o fynd, oherwydd yr oeddwn wedi blino gwisgo *mask* a byw mewn ofn. Da oedd gennyf gael unigrwydd y trên. Aeth cant a mil o bethau drwy fy meddwl. Darllenais lythyr Mr Breece lawer gwaith drosodd.

Credwn fy mod yn deall beth oedd ystyr y frawddeg: '*nad oedd popeth a ddywedodd efe wrthyf yn wir.*' Agorai'r frawddeg hon bosibilrwydd o flaen fy meddwl a barai imi oeri, ac a wnâi i mi benderfynu ar y pryd na allwn dderbyn yr alwad i fugeilio eglwys Bethel. Yr oedd yn rhyfedd gennyf feddwl fod eglwys—a hanner ei haelodau yn gyfarwydd â hanes fy nheulu—yn rhoi galwad i mi i'w bugeilio.

Fy mwriad oedd ymweld â Mr J.F. Breece, pwy bynnag ydoedd. Os trôi pethau allan fel yr oeddwn yn ofni, yna ni allwn dderbyn yr alwad i fugeilio eglwys Bethel. Nid yn unig hynny; ofnwn cyn y gallwn fod yn hapus, y byddai raid imi adael gwlad fy ngenedigaeth. Ond meddyliwn drachefn, pam yr oedd rhaid i mi wneud hyn? Yr oeddwn wedi ceisio cadw cydwybod i Dduw, ac ni allai neb rhesymol fy meio i. Ond, meddwn, byddai pawb yn tosturio wrthyf, ac yn cydymdeimlo â mi, a byddai hynny lawn cyn waethed.

---

hwyrach (GC): efallai
heb ymdroi: h.y. yn syth
a feddwn: *that I possessed*
unigrwydd: *solitude*
posibilrwydd: *possibility*
a barai imi: *which caused me*
a wnâi imi: *which would make me*
bugeilio: *to be the minister of*
yn gyfarwydd â: *acquainted with*
bwriad: *intention*

ofnwn: *I was afraid*, (ofni)
gwlad fy ngenedigaeth: *the country of my birth*
cydwybod: *conscience*
rhesymol: *reasonable*
fy meio: *blame me*
tosturio wrthyf: *taking pity upon me*
cydymdeimlo â: *to sympathise with*
llawn cyn waethed: *just as bad*

Ni buaswn erioed yn B————. Yr oedd y diwrnod yn ddwl a thrymaidd, a'r glaw yn disgyn yn fân, yn gyson, a di-baid. Heblaw hynny, yr oedd ffawd fel petai yn fy erbyn, oblegid collais y trên eilwaith yng Nghaer, a bu raid imi aros dwy awr cyn cael un arall. Yr oeddwn yn glaf fy nghalon pan gyrhaeddais y dref fawr brysur. Tynnai at ddeg o'r gloch pan neidiais ar y *platform*. A oedd hi yn rhy hwyr imi gael gweld Mr Breece? Wel, ni fyddwn waeth er ceisio. Cyfeiriais yn frysiog at y *cab-stand* a daeth i'm cyfarfod ŵr ieuanc.

'*Cab, Sir?*' a rhoddais innau nòd gadarnhaol.

'*Old Bailey*,' ebe fi wrth gymryd fy eisteddle, ac ebe yntau,

'*Old Bailey? Know the place well, sir. Better to be outside than inside the place*,' a chaeodd y drws ac ymaith â ni.

Yr oedd trwst y cerbydau ar yr heolydd yn fyddarol i mi a oedd newydd ddod o ddistawrwydd y Bala. Edrychwn allan o'r cerbyd, a synnwn weld y llif diddiwedd o bobl a oedd yn mynd ac yn dod o boptu yr heol. Gwelwn gannoedd o wynebau am y tro cyntaf a'r tro olaf, ac yr oedd gan bob un ohonynt, meddyliwn, ei stori a'i brofedigaeth.

Hyn a redai drwy fy meddwl pan sylwais fod y goleuadau yn lleihau. Edrychwn allan, ac nid oedd dim i'w weld ond ystordai mawr, tywyll, a llonydd. Erbyn hyn, nid oedd neb bron i'w weld yn cerdded yr heol. Ni chlywn ddim ond trwst y cerbyd a rhywun yn chwibanu. Deallais mai'r gyrrwr oedd y chwibanwr. Adwaenwn y dôn—yr hen

---

dwl: *dull*
trymaidd: *oppressive*
di-baid: heb stopio
ffawd: *fate*
fel petai: *as it were*
Tynnai at: *It was getting on for*
ni fyddwn . . . er ceisio: *I wouldn't be any worse for trying*
Cyfeiriais: *I made for*, (cyfeirio)
cadarnhaol: *affirmative*
trwst: sŵn
yn fyddarol: *deafening*

a oedd newydd: *who had just*
o bobtu: *both sides*
profedigaeth: *adversity*
Hyn a redai: *This is what was running*
yn lleihau: *decreasing*
Ni chlywn ddim ond: *I couldn't hear anything except*
yn chwibanu: *whistling*
chwibanwr: *whistler*
Adwaenwn: *I recognized*, (adnabod)
tôn: *tune*

'Gaersalem' ydoedd. Teimlwn fel pe buaswn mewn capel Cymraeg. Penderfynais yn fy meddwl fod y *cabby* yn arfer mynd i'r capel. Dechreuais feddwl mor ynfyd y bûm yn dychmygu cael gweld Mr Breece ar y fath adeg. Yn union, gwelwn wal fawr, uchel, a chadarn. Y munud nesaf safodd y cerbyd gyferbyn â drws llydan.

'Here we are, safe and sound,' ebe fy ngyrrwr, ac agorodd ddrws y cerbyd. Safodd y *cabby* â'i gefn at y goleuni, a thywynnai hwnnw ar fy wyneb, ac yr oedd fel pe buasai ar fin dal ei law allan am y tâl, pan giliodd yn ôl gan syllu arnaf mewn syndod, ac ebe fe,

'Wel, yr hen ganfed! Ai ti wyt ti, dywed?'

Rhoddodd fy nghalon dro ynof, a bu agos imi ei gofleidio, oherwydd nid oedd ef neb arall na hen ffrind fy ieuenctid—Wil Bryan! Ond cyn inni allu cyfnewid dwsin o eiriau agorwyd drws bychan yng nghanol drws mawr yr Old Bailey, a daeth allan ddyn mawr, cefngrwm a chaewyd y drws yn glep ar ei ôl. Yr oedd rhaid iddo ddod heibio i mi. Nid edrychodd arnom, ond cadwai ei lygaid tua'r llawr. Ond ni allai atal goleuni'r lamp, a phan oedd allan o glyw, ebe Wil,

'I'm blowed, os nid yr hen Niclas ydi'r chap 'na!'

'Rwyt ti'n iawn, Wil,' ebe fi. 'Niclas ydyw yn sicr, ac er fy mwyn i, dilyn o, a myn wybod i ble mae yn mynd, pe cymerai hynny iti ddwy awr, a thyrd yn ôl yma. Mi arhosaf yma nes i ti ddod yn ôl.'

'At your service as detective in chief,' ebe Wil, yn ôl ei hen ddull o siarad, a neidiodd i'w gerbyd, ac ymaith ag ef.

---

fel pe buaswn: *as if I were*
mor ynfyd: *so foolish*
dychmygu: *to imagine*
cael gweld: *to be allowed to see*
tywynnai hwnnw: *that was shining,* (tywynnu)
ar fin: *on the point of*
ciliodd yn ôl: h.y. *he stepped back*
yr hen ganfed: h.y. yr hen ffrind
ei gofleidio: *embraced him*

cyfnewid: *to exchange*
cefngrwm: *stooped back*
caewyd y drws yn glep: *the door was slammed shut*
atal: stopio
o glyw: *out of earshot*
myn: *insist,* (mynnu)
pe cymerai hynny: *even if that would take*
hen ddull: *old style*

36: Wil Bryan yn ei Gastell

Cenais gloch yr Old Bailey a theimlwn yn gynhyrfus a phryderus. Clywn rywun yn dynesu'n brysur i ateb a'r funud nesaf agorwyd y drws, a thywynnodd goleuni lamp ar fy wyneb nes fy nallu bron.

'Pwy oeddwn? Pa beth a geisiwn?'

'Oedd y *governor* i mewn?'

'Oedd.'

'Allwn i ei weld?'

'Os oedd fy neges yn bwysig.'

Arweiniwyd fi i bresenoldeb Mr Breece, a chrynai fy nghoesau. Ond nid oedd rhaid iddynt. Gŵr bychan, eiddil, a diniwed yr olwg oedd ef. Ar fy mynediad i'r ystafell cododd ar ei draed—edrychodd yn groesawgar arnaf dros ymylon ei sbectol, a pharodd imi gymryd cadair.

'Mr Lewis?'

'Ie, syr,' ebe fi, 'ac rydw i'n erfyn eich maddeuant am aflonyddu arnoch ar y fath adeg.'

'Peidiwch â sôn! Peidiwch â sôn! Os bydd busnes yn y cwestiwn, fydda i ddim yn edrych faint o'r gloch ydyw.'

'Mae fy neges yn fer a syml. Bore heddiw derbyniais lythyr oddi wrthych yn fy hysbysu am farwolaeth un o'r enw James Lewis, carcharor yn y lle hwn.'

'Oh!' ebe Mr Breece, ac edrychodd arnaf yn dreiddgar, ac ychwanegodd, 'Do, mi ysgrifennais atoch, ac ni feddyliais fwy am y peth. Eich tad oedd ef, mae'n debyg, eh?'

---

yn gynhyrfus: *agitated*

pryderus: *worried*

dynesu: agosáu

tywynnodd . . . lamp: *the light of a lamp shone*

fy nallu bron: *almost blinding me,* (dallu)

Arweiniwyd fi: *I was led,* (arwain)

presenoldeb: *presence*

eiddil: *frail*

diniwed yr olwg: *naive looking*

yn erfyn: *begging*

maddeuant: *forgiveness*

am aflonyddu arnoch: *for disturbing you*

fy hysbysu: *informing me*

yn dreiddgar: *penetratingly*

'Nage,' ebe fi, a theimlwn yn falch fy mod i'n gallu dweud hynny, 'ond roedd yn rhyw fath o berthynas imi, nad oeddwn yn teimlo'n falch ohono. Fy neges ydyw cael gwybod, os gwelwch yn dda, a ddarfu iddo ddweud rhywbeth wrthych nad oedd yn cael ei gynnwys yn eich llythyr? Mae gennyf fy rhesymau dros ofyn ichi.'

'Naddo, naddo hyd yr wyf yn cofio, ni ddywedodd fwy nag a ysgrifennais atoch. Oes gennych chi lawer o berthnasau, Mr Lewis?'

'Hyd y gwn i, ef oedd yr olaf o'm perthnasau,' atebais i.

'Ah!' ebe Mr Breece mewn syndod.

'Wrth gwrs, claddasoch ef heddiw, fel roeddech chi'n dweud yn eich llythyr?' ebe fi.

'Naddo,' ebe fe. 'Naddo. Arhoswch, a ddywedoch chi, Mr Lewis, mai ef oedd yr unig berthynas oedd gennych chi?'

'Ar fy llw,' ebe fi, 'hyd y gwn i, ef oedd yr olaf o'm teulu.'

'Mae hynny'n rhyfedd,' ebe Mr Breece, 'ond bore heddiw, pan oeddwn newydd roi gorchymyn am osod y marw yn ei arch, daeth yma ymwelydd, a gymerai arno ei fod yn frawd i'r ymadawedig. Yn wir, roedd yn gymeriad rhyfedd, ac roedd yn amlwg yn ŵr ariannog. Crefodd am gael rhoi arch weddus i'w frawd anffodus, a rhoiodd bapur pumpunt ar y bwrdd i dalu amdani—ar y bwrdd, syr. Gorchmynnais ar unwaith am wneud arch dda i'r marw, ac mae yn arch dda. Roedd y gŵr a dalodd amdani yn ei hoffi'n fawr. 'Tasech chi yma ddeng munud yn gynt basech wedi gallu gweld y gŵr rhyfedd hwnnw.'

---

a ddarfu iddo ddweud: *whether he said*

nad oedd . . . ei gynnwys: *that was not being included*

claddasoch: *you buried,* (claddu)

ar fy llw: h.y. *I swear*

hyd y gwn i: *as far as I know*

newydd roi: *just given*

gorchymyn: *order*

y marw: *the deceased*

arch: *coffin*

a gymerai arno: *who pretended,* (cymryd ar)

yr ymadawedig: *the departed*

cymeriad rhyfedd: *strange character*

gŵr ariannog: *wealthy man*

Crefodd: *He begged,* (crefu)

gweddus: *decent*

Gorchmynnais: *I instructed,* (gorchymyn)

198

Codais i fynd ymaith, ac ebe fi,

'Rydw i'n ddiolchgar iawn i chi, Mr Breece, am eich caredigrwydd.'

'Peidiwch â sôn, peidiwch â sôn,' ebe fe. 'Mae pethau fel hyn yn digwydd weithiau. Hoffech chi weld yr arch?'

'Os gwelwch yn dda, syr,' ebe fi. Canodd Mr Breece gloch, ac yn y funud ymddangosodd y gŵr a welswn o'r blaen, ac ebe Mr Breece,

'Gloom, a ydy arch *number* 72 wedi ei sgriwio?'

'Dyna oedden ni'n ei wneud rŵan, syr,' ebe Gloom.

'Cymerwch y bonheddwr hwn i'w weld. Nos dawch.'

Arweiniwyd fi ar draws buarth llydan, yna drwy ddrws, ac arall, yna i lawr grisiau cerrig. O'r diwedd deuthum i ystafell angau. Yr oedd aroglau marwolaeth yn dew ynddi. Pan euthum gyntaf i'r ystafell meddyliwn mai'r olwg danddaearol a oedd ar y lle a barai imi ddychmygu fy mod yn teimlo llygod mawr yn crafangu ar draws fy esgidiau a rhwng fy nghoesau, nes i Gloom regi a cheisio rhoi cic i un ohonynt. Sicrhaodd hynny fi nad dychmygu oeddwn, a'i fod yntau yn cael ei flino gan yr un creaduriaid. Nid oeddwn wedi cymryd fawr o fwyd y diwrnod hwnnw, a theimlwn yn wannaidd a llesmeiriol.

Cymerwyd trafferth i ddangos rhagoroldeb yr arch imi. Ond pa (ots) am yr arch? Fy mhwnc i oedd cael gweld yr hwn oedd ynddi, a bu raid imi roi swllt i'r saer am ei dadsgriwio. Yr oedd arnaf ofn mai wedi cymryd arno farw yr oedd fy ewythr James, ac mai cynllun cyfrwys oedd ganddo i ddod yn rhydd o'r carchar.

---

a welswn: *that I had seen*
bonheddwr: *gentleman*
buarth: *yard*
ystafell angau: *mortuary*
yr olwg danddaearol: *the subterranean appearance*
a barai imi: *which caused me,* (peri)
dychmygu: *to imagine*
yn crafangu: *clawing*
rhegi: *to swear*

Sicrhaodd hynny fi: *That convinced me,* (sicrhau)
fawr o fwyd: *not much food*
llesmeiriol: *faint*
rhagoroldeb: *excellence*
swllt: *a shilling*
cymryd arno farw: *pretended that he was dead,* (cymryd ar)
cyfrwys: *cunning*

Ond nid felly y bu. Dyna lle yr oedd ef yn ei hen ddillad yn ei arch mor farw â hoel. Ef, yr hwn a andwyodd fy nhad—a ddug ar fy mam a minnau y rhan fwyaf o'n profedigaethau—a wariodd bob dimai a gasglaswn i fynd i'r coleg—a welwn y funud honno yn llonydd a diallu, wedi ei orchfygu gan y gorchfygwr mawr!

Er mwyn bod yn sicr, teimlais ei ddwylo a'i dalcen, ac yr oeddynt cyn oered â'r muriau llaith a oedd o'n cwmpas. Cyn y noson honno, nid oeddwn wedi edrych ond ar ddau wyneb marw, sef Seth a'm mam. Y fath wahaniaeth oedd yma! Yr oedd y diafol wedi gadael ei farc arno. Pan gefais fy nhroed y tu allan i furiau'r Old Bailey, cymerais anadliad hir, a dywedais, megis heb yn wybod i mi fy hun: 'O ryddid bendigedig!'

Yr oedd y strydoedd yn ddistaw a llonydd, ac ni welais un creadur byw tra bûm yn cerdded yn ôl a blaen, fel milwr ar ei wyliadwriaeth, wrth ddisgwyl am Wil Bryan. Cerddais a cherddais. Trawodd cloc eglwys gerllaw ddeuddeg o'r gloch. Yn y man meddyliwn fy mod yn clywed rhywun yn cerdded ar y palmant. Cerddai'n gyflym gan chwibanu. Cerddais innau i'w gyfarfod. Pan oeddwn o fewn deugain llath iddo torrodd allan i ganu. Wil oedd y canwr, a pharodd ei lais adnabyddus iachâd i'm hysbryd. Ebe fe:

'Wel, wyt ti wedi blino gweitiad? Rhaid i ti f'ecsiwsio am beidio â dŵad efo'r *cab*—achos roedd y nàg wedi blino'n sobor, a does gynnon ni fawr o ffordd. Rŵan, gad i ni gael tipyn o dy *stranger than fiction* di. O ble yn y byd mawr y doist ti? Wyst ti be? Rydw i wedi meddwl amdanat filoedd o

---

mor farw â hoel: *as dead as a nail*
a andwyodd: *who spoilt,* (andwyo)
a ddug: *who brought,* (dwyn)
profedigaethau: *troubles*
a gasglaswn: *that I had collected*
diallu: *powerless*
wedi ei orchfygu: *conquered*
gorchfygwr: *conqueror*
muriau llaith: *damp walls*
diafol: *devil*

anadliad hir: *a long breath*
megis heb yn wybod: *as if unbeknown*
ar ei wyliadwriaeth: *at his watch*
gan chwibanu: *whistling*
parodd ei lais: *his voice caused,* (peri)
iachâd: *a cure, relief*
gweitiad: h.y. aros
nàg: *ceffyl*
yn sobor: h.y. yn ofnadwy
Wyst ti be?: Wyt ti'n gwybod beth?

weithie, a wedi bod yn gofyn, tybed a fase rhagluniaeth yn ein tymblo ni ar draws ein gilydd ryw dro? Ond rŵan *thou weary pilgrim, tell thy tale.'*

'Yn gyntaf oll, Wil,' ebe fi, 'a ddarfu iti gael gwybod i ble aeth yr hen Niclas?'

'Do, 65 Gregg Street. Fyddwn ni (ddim) dau funud yn mynd heibio'r tŷ. Ond be ydi'r *row*?'

Nid gorchwyl anodd oedd egluro i Wil fy neges, oherwydd gwyddai ef fwy o'm hanes i a'm teulu na neb arall. Gwrandawai Wil arnaf gyda diddordeb dwfn. Cerddem fraich ym mraich, ac nid edrychwn i ble yr oeddem yn mynd, er fy mod yn ymwybodol fod Wil wedi fy arwain drwy amryw strydoedd. Yr oeddwn newydd orffen adrodd wrtho am yr hyn a welswn yn yr Old Bailey, pan safodd Wil a dywedodd yn ddistaw 'Dyma fo'. Edrychais o'm cwmpas, a gwelwn ein bod mewn heol gul. Yr oedd y tai yn uchel iawn, ac yn cynnwys llawer o drigfannau. Yr oedd *shutters* ar y ffenestri isaf. Sibrydodd Wil drachefn:

'Dyma'r tŷ, i hwn yr aeth yr Hen Nic—well inni ofyn ydi'r swper yn barod?'

Daeth drosof deimlad rhyfedd o ofn, meddyliau dieithr, a chwilfrydedd.

Ymddangosai fod y trigolion wedi mynd i orffwys ond cyfeiriodd Wil fy sylw at rimyn o oleuni uwchben *shutters* 65 a cherddodd cyn ddistawed â chath at y ffenestr, a dilynais innau ef. Clywem siarad oddi mewn, ond ni allem ddeall un gair. Gosododd Wil ei law dde ar fy ysgwydd, a'i droed chwith ar y lintel, a chododd ei hun i'w lawn hyd gan geisio edrych dros ymylon y *shutters*. Ond ni allai. Disgynnodd yn ddistaw gan amneidio ar i mi wneud cais oherwydd yr

---

rhagluniaeth: *fate*
ddarfu iti gael gwybod: gest ti wybod
gorchwyl: tasg
yn ymwybodol: *conscious*
trigfannau: *dwellings*
Sibrydodd W: *W whispered,* (sibrwd)

chwilfrydedd: *curiosity*
Ymddangosai: *It appeared,* (ymddangos)
trigolion: *inhabitants*
rhimyn: *a strip*
i'w lawn hyd: *to his full height*
gan amneidio ar: *gesticulating at*
cais: *attempt*

oeddwn i tua modfedd yn dalach nag ef. Gwneuthum felly, ac yr oeddwn yn gallu gweld i mewn i'r ystafell.

Gwelwn wely ym mhen pellaf yr ystafell, a rhywun yn eistedd ynddo, ond ni allwn weld ei wyneb oherwydd yr oedd Niclas yn sefyll rhyngof ac ef. Teimlwn yn awyddus i gael golwg ar wyneb y (person) a oedd yn y gwely, pan dynnwyd fy sylw gan glic cyflym yn fy ymyl. Edrychais, ac wele heddgeidwad tal, grymus, yn fy nerbyn yn daclus oddi ar y lintel, a chyn imi wybod bod fy nhraed ar y ddaear, yr oedd fy arddwrn yn rhwym mewn dolen o *handcuffs*, a'r ddolen arall am arddwrn Wil. Tua hanner dwsin o eiliadau a gymerodd i'r swyddog wneud y gwaith hwn arnom.

Dechreuodd Wil ymresymu gyda'r swyddog, ond ni wrandawai ef ar ddim a ddywedai Wil, a'r unig air a gaem o'i enau oedd '*March!*' Felly y gwnaethom. Cerddai'r swyddog yn glòs wrth ein sodlau heb ddweud dim ond '*right*' neu '*left*'.

'Dyma'r tro tosta a weles erioed,' ebe Wil. 'Sut y down ni allan ohoni? Rho dy feddwl ar waith am sgâm go dda rŵan. Mi dyngiff y got las, wyddost, lot o bethe bore yfory.'

'Does dim i'w wneud ond dweud y gwir a chymryd y canlyniadau,' ebe fi.

'Chredan nhw byth mo'r gwir,' ebe Wil. 'Petaen ni'n dweud y gwir, sef mai isio gweld pwy oedd efo yr hen Nic yn y tŷ 'na roedden ni, wyt ti'n meddwl y creden nhw ni? Ddim peryg!'

'Roedd o'n taro 'meddwl i, a ydi rhagluniaeth wedi penderfynu i bob un o'ch teulu chi gael y fraint o fynd i'r carchar am sbel? Roedd rhai ohonyn nhw, mi wyddost, *quite at home* yno, a dyna dy frawd—un o'r bechgyn gore allan—

---

ym mhen pellaf: *in the furthest part*	Sut y down ni: *How will we get*
yn awyddus: *eager*	sgâm: *scheme*
heddgeidwad: *policeman*	Mi dyngiff y got las: *The police will*
grymus: *powerful*	*swear*, (tyngu)
arddwrn: *wrist*	canlyniadau: *results*
ymresymu: *to reason*	yn taro 'meddwl i: *to strike me*
ni wrandawai: *he wouldn't listen*	rhagluniaeth: *fate*
a gaem: *that we were having*	braint: *privilege*

mi gafodd ynte sbel, a dyma tithe rŵan. Aros di, fu Paul a Silas ddim mewn unwaith? Wel, yr ydan ni mor ddiniwed ag oedden nhw. A sut y daethon nhw allan o'r *row*? Onid wrth ganu a gweddïo? Wel, os gwnei di weddïo, mi gana i nes bydd y lle yn diasbedain.'

Pan ddywedodd Wil y geiriau olaf synnwyd ni ein dau gan y swyddog yn torri allan i chwerthin yn uchel, ac ebe fe yn Gymraeg,

'Fechgyn, beth oedd eich busnes wrth y tŷ yna?'

'Holô! John Jones, o hen wlad fy nhadau; lle mae'ch *latch key* i agor y *cuffs* yma? Oes y byd i'r iaith Gymraeg!' ebe Wil yn llawen tra oedd y swyddog yn ein rhyddhau.

Pan oedd y swyddog yn tynnu'r *handcuffs* oddi ar ein harddyrnau, pentyrrai Wil eiriau canmoliaethus ar ei ben— '*trump*', '*old brick*', '*A.I.*', etc. gan ddiweddu drwy gynnig gwobrwyo'r swyddog â phris cinio.

'Na,' ebe'r swyddog, 'mae'r "got las" yn eithriad, ac ni chymer ei wobrwyo. Ewch adref yn blant da.'

'Rydach chi yn *true to nature*, ac yn *honour* i'ch gwlad, a mi ddylech gael eich gneud yn *inspector* ar unwaith,' ebe Wil. Wedi peth ymddiddan pellach gyda'r swyddog, ymadawsom ar delerau da, ac mewn natur dda.

Adroddais wrth Wil yr hyn a welswn cyn i'r heddgeidwad ein rhoi mewn *handcuffs*, ac ychwanegais,

'Mae'n rhaid i mi, cyn yr af o'r dref yma, gael ychwaneg o oleuni ar yr hyn a welais. Mae'n amlwg nad yw Niclas yn aros yno. Yr oedd ei het am ei ben, fel petai ar gychwyn ymaith.'

---

mor ddiniwed: *as innocent*
os gwnei di weddïo: *if you'll pray*
yn diasbedain: *resounding*
synnwyd ni: *we were astounded,*
  (synnu)
ein rhyddhau: *free us*
arddyrnau: *wrists*
pentyrrai W: *W piled on*
canmoliaethus: *complimentary*

gan ddiweddu: *ending*
gwobrwyo: *to reward*
ni chymer ei wobrwyo: h.y. *he won't be bribed*
ymadawsom: *we left,* (gadael)
telerau: *terms*
yr hyn a welswn: *what I had seen*
ar gychwyn: *about to leave*

'*I have it!* Mae 'ma ddynion yn y dref 'ma sy'n cael eu galw yn *town missionaries*—dynion sy'n mynd o gwmpas i edrach am rywun sy'n sâl neu yn annuwiol, i drio gneud daioni iddyn nhw. Mae'r bobol gyffredin a'r bobol dlawd yn eu parchu nhw, ac yn gadael iddyn nhw ddŵad i'w tai i roi cyngor. Wyt ti'n gweld y *plan*? Rwyt ti'n rial Sais, a does dim ar dy ffordd di i fynd i 65 Gregg Street. Ond dyma ble rydw i'n byw. Paid â disgwyl lle *smart*—dydw i ddim wedi dechre cadw bwtler.'

Yr oeddwn wedi fy synnu, nid oedd yr ystafell o ran maint ond rhyw bedair llath bob ffordd.

'Mi wela,' ebe Wil, 'dy fod ti'n cymryd *stock*.'

'Wel, Wil bach, wyt ti wedi dod i hyn?' ebe fi.

'Dŵad i be?' gofynnodd Wil, 'i un *room*? Dydi o ddim ond *humbug* cael lot o *rooms*. A sut y medar dyn fyw mewn mwy nag un *room* ar unwaith? Te neu goffi?'

'Te,' ebe fi.

'*Same here*,' ebe Wil, gan (ddechrau) paratoi'r pryd gyda deheurwydd mawr.

Ymhen ychydig funudau, yr oedd y pryd yn barod, ac o'r dydd hwnnw hyd heddiw nid wyf yn cofio imi fwynhau pryd o fwyd yn fwy.

---

annuwiol: *ungodly*
gneud daioni: *do good*
yn eu parchu nhw: *respect them*

sut y medar dyn: *how can a man,*
  (medru)
deheurwydd: *dexterity*

37: Hunangofiant Wil Bryan

'Mi wyddost,' ebe Wil, 'beth wnaeth i mi adael cartre; fedrwn i ddim diodde'r *disgrace* o *liquidation* fy nhad. Roedd gen i dipyn o bres wedi'u celcio, a mi anelais i'r dre fawr gan feddwl y baswn i'n hitio ar *job* ymhen rhyw deirawr neu bedair. Ond mi gnocies o gwmpas nes i 'mhres i ddarfod. Un diwrnod—mi ofynnes i'r gaffer am *job* fel *cabby*. Ymhen dau ddiwrnod, mi gymerwyd un o'r dynion yn sâl. Mi aplïes am ei le fo nes iddo fendio, ac mi ces o. Roedd Wil yn gobeithio, mae gen i ofn, i'r dyn druan fod yn sâl yn hir, achos roedd hi reit galed arna i. Mi welson yn fuan y (medrwn i) handlo ceffyl cystal â'r un ohonyn nhw.

'Wrth droi ymysg y *cabbies*, mae'n ddrwg gen i ddeud wrthat ti, mi es i fyw 'run fath â nhw, ac i alw am yr *everlasting twopen'th*. Un diwrnod, roeddwn i wedi cael gormod, ac mi syrthies ar 'y mhen. Mi ddaru nhw fy nghario i'r gwely 'ma, a dyna lle bûm i am bedwar diwrnod, pan ddaeth y *town missionary* i edrach amdana i, ac i roi cyngor imi. Mi benderfynes cyn dod o'r gwely na châi 'run *twopen'th* fynd i lawr ffordd goch Wil wedyn, ac aeth 'run byth.

'Ar ôl i mi fynd yn ditôt mi drois yn *regular* cybydd. Ar ôl dechre casglu pres, a chael blas, roedd gen i ofn gwario ceiniog, a'r peth diwetha y byddwn i'n neud bob nos cyn mynd i 'ngwely oedd eu cyfri nhw. Ymhen ychydig

---

hunangofiant: *autobiography*
diodde: *to tolerate*
pres (GC): arian
wedi'u celcio: wedi eu casglu
mi anelais: *I headed for*, (anelu)
darfod: gorffen
Mi aplïes: *I applied*
nes iddo fo fendio: *until he got better*, (mendio)

everlasting twopen'th: h.y. diod
Mi ddaru nhw fy nghario (GC):
   Fe garion nhw fi
na châi 'run . . .: *that not a single drink would be allowed*, (cael)
aeth 'run byth: *not a single one ever went*
yn ditôt: *teetotaller*
cybydd: *miser*

205

wythnose roedd gen i rai punnoedd, a mi fyddwn yn cael difyrrwch wrth gyfri 'mhres lawer gwaith drosodd.

'Roedd gen i *idea* o hyd am fynd ar fy *hook* fy hun. Toc i ti, roeddwn i'n nabod pob ceffyl yn y dre 'ma, ac yn gwbod am eu *points* nhw—*good and bad*. Roedd gan un *chap* yma geffyl oedd yn *real good sort*, ond roedd o yn ei lwgu o. Roedd y *chap* yn *three sheets* o hyd ac yn meddwl ei fod o'n rhoi *feed* yn y *nosebag* pan fydde fo'n galw am *twopen'th*. Wyst ti be, mi fydde 'nghalon i'n brifo dros yr anifail, a llawer gwaith y bûm i'n rhoi *nosebag* fy ngheffyl fy hun iddo o biti drosto. A roedd Bob o'r diwedd yn fy nabod i cystal ag wyt tithe.

'Un diwrnod, yn y *cabstand*, mi aeth Bob i grynu'n sobor. Mi ddaru nhw ei dynnu o o'r cab. Roedd pawb yn deud mai ei setlo fo oedd y gore. Ond cyn iddyn nhw neud hynny mi gynigies sofren amdano fo, ac mi ces i o. Mi dywles fy *rug* drosto, a mi anelais i siop y *druggist* ar draws y stryd. Mi wyddwn mai isio bwyd oedd ar y ceffyl. Mi fydd yn anodd gynnat ti 'nghredu i; ond ymhen hanner awr roedd Bob yn byta *mash* cynnes gystal ag y gweles i o erioed. Roedd y dyn oedd wedi gwerthu Bob i mi am sofren isio troi'r fargen yn ôl!

'Mi brynes *second hand cab* yn 'chep' a phan oeddwn i yn troi allan ar fy *hook* fy hun roedd Bob yn llond ei groen ac yn sgleinio. *To a certain extent* mi es yn enwog, a roeddwn i'n cael faint a fynnwn o waith. Mwya o bres gawn i mwya oedd gen i isio, a doeddwn i'n meddwl am ddim arall— byth yn edrach ar lyfr na phapur newydd. Wyt ti wedi blino ar fy stori?'

'Ers meitin, Wil,' ebe fi. 'Os nad oes gennyt ti rywbeth gwell i'w adrodd, rho ben arni. Dwyt ti ddim yn debyg i ti dy hun.'

---

difyrrwch: pleser
yn ei lwgu o: *starving him*, (llwgu)
brifo (GC): *hurting*
o biti: *out of pity*
yn sobor: h.y. yn ofnadwy
Mi ddaru nhw ei dynnu (GC): Fe dynnon nhw fe
ei setlo fo: h.y ei ladd e

sofren: *sovereign*
Mi dywles: h.y. Fe daflais i
mi anelais i: *I headed for*, (anelu)
faint a fynnwn: *as much as I wanted*, (mynnu)
Mwya . . . gen i isio: *The more I had the more I wanted*
rho ben arni: h.y *finish it*

'Cymer funud. Wel i ti, un nosweth, roeddwn i wedi gneud diwrnod go dda, ac ar ôl cyfri 'mhres mi ges 'y mod i'n werth *forty eight pounds exclusive of the concern*, a mi deimles rywsut yn hapus ac *independent*. Heb feddwl mi ddechreues hwmian canu. A beth oedd y diwn? Yr hen *Flotyn Du*. Wel, mi ddechreues arni i edrach oeddwn i yn ei chofio hi, a phan ddois i at y geiriau,

Pa sut mae hynt fy mam a'm tad?

mi ges *break down*, a mi ddaeth hiraeth sobor arna i, a mi griais lond 'y mol. Mi es i feddwl am yr hen bethau, yn enwedig am fy mam. Doeddwn i ddim wedi sgrifennu at yr hen bobol ers pan es i oddi cartref, a wyddwn i ddim a oedden nhw'n fyw. Mi es i ati i sgrifennu at y gaffer i ofyn a oedd o'n fyw, a sut oedd hi yn dŵad ymlaen, a faint oedd *amount* ei *failure* o. Ar ôl rhoi'r llythyr yn y post y noswaith honno, mi deimlais fel 'taswn i ddim yn *cabby*, ac mai Wil Bryan oeddwn i, a fedra i ddim deud wrthat ti y pleser ges i pan deimlais i fy hun yn dechre dŵad yn ei ôl.

'Roeddwn i ar dân isio ateb i'r llythyr, ac mi ces o *by return*. Yr hen wraig oedd wedi sgrifennu, achos roedd 'y nhad, medde hi, yn rhy *cut up*. Pedwar cant o bunnau oedd *failure* yr hen law, ac roedd y *creditors* wedi *acceptio* pum swllt y bunt, ac yntau wedi eu talu nhw, ac yn dŵad yn ei flaen yn go lew. A *just* ffansïa gyfrwystra'r hen wraig, "Mae Sus yn ferch ifanc o hyd," meddai hi. Ac er 'y mod i'n gwybod mai cyfrwystra mam wnaeth iddi sôn am Sus, mi effeithiodd yn arw arna i, a'r munud hwnnw mi faswn yn rhoi cymaint oedd gen i am gipolwg arni hi.

'Ond er bod hiraeth sobor arna i, mi ddeudais nad awn i byth adre nes i 'nhad dalu pob ffyrling o'i ddyled, achos fedrwn i ddim meddwl am fynd yno os na chawn i ddal 'y

---

hynt: hanes
ffansïa: *fancy*
cyfrwystra: *cunning*
yn arw: h.y. yn ofnadwy
cipolwg: *glance*

nad awn i byth adre: *that I'd never go home,* (mynd)
ffyrling: *farthing*
dyled: *debt*
os na chawn i ddal: *if I wasn't allowed to hold*

mhen yn syth. Mi yrrais atyn nhw 'mod i mewn lle da a mi wnes fargen efo nhw y down i adre ar ôl iddyn nhw dalu'r ddyled, ac y gwnawn i eu helpio nhw. A dyna sy'n mynd ymlaen rŵan erstalwm.'

'Mi glywais pan oeddwn i gartref,' ebe fi, 'fod dy dad yn talu ei ddyled, ac yn adennill ei sefyllfa yn brysur, ond bychan a wyddwn dy fod ti yn ei helpio. Mae hyn yn glod mawr i ti. Rwyt yn gwneud yn dda, ond mi wnaet yn well petaet ti'n mynd adref i helpio dy rieni. Goddef i mi ddweud, yr wyt wedi newid yn fawr. Mae dy glywed di yn sôn am arian ac . . .'

'Hold on!' ebe Wil. 'Mi wn i hynny fy hun. Ond rhaid i ti gofio mai dŵad yn fy ôl ydw i. Pan gyrhaedda i y real W.B. mi af adre.'

'Rwyt yn gwneud yn dda wrth dalu dyled dy dad, ond beth am dy ddyled dy hunan? Rhaid i honno gael ei thalu gan rywun, mi wyddost. Mewn geiriau eraill, beth wyt ti yn ei feddwl o'r dyfodol ofnadwy sydd yn dy aros di a minnau? Beth wyt ti'n ei feddwl erbyn hyn am grefydd?'

'Roeddwn i'n disgwyl i ti sôn am bethe fel 'na,' ebe Wil yn ddifrifol, 'a 'taset ti heb wneud mi faswn i meddwl nad oeddat ti ddim yn ffit i fod yn bregethwr. Wn i ddim sut i ateb dy gwestiwn di. Mi ddeudwn gelwydd pe deudwn nad ydi crefydd ddim i lawr ar 'y mhrogram i, ond hyd yn hyn yn y second part mae hi. Rydw i'n cofio'r amser pan oedd hi'n isel iawn yn y second part, yn nesa at God Save the Queen. Wel i ti, ers peth amser rydw i'n meddwl fod crefydd wedi codi yn uwch yn y program. Er nad ydw i ond chap ifanc rydw i just â blino ar comic songs 'y mywyd. Rydw i wastad yn jolly, ond fûm i erioed yn hapus. Wyt ti'n dallt 'y meddwl i?'

---

y down i: *that I'd come,* (dod)	*better,* (gwneud)
y gwnawn i eu helpio: *that I'd help them*	Goddef i mi ddweud: *Pardon me for saying*
yn adennill: *regaining*	Mi ddeudwn gelwydd: *I would tell a lie*
sefyllfa: *situation*	pe deudwn: *if I were to say*
clod: *credit*	
mi wnaet yn well: *you would do*	

'Yn hollol, Wil,' ebe fi, 'ac mae'n dda gan fy nghalon fod dy feddwl yn dyheu am lanhad a gwir ddedwyddwch.'

'Dyma ti,' ebe Wil, 'does gen i ddim isio pregeth, ond rydw i isio *sound common sense* cyngor. Trwy nad ydw i byth yn mynd i'r capel does gen i 'run *chum*, a dydy hynny ddim yn *true to nature*. Am y *chaps* rydw i'n troi efo nhw bob dydd, does 'na ddim byd yn eu pennau nhw, a dydyn nhw ddim yn meddwl am ddim heblaw am ddiod. Er na ches i erioed grefydd iawn, mi fydda i'n meddwl weithie 'y mod i wedi cael rhyw fath o nocylashyn yn yr hen gapel. Wyt ti'n dallt 'y meddwl i?'

'Wrth gwrs,' ebe fi. 'Rydym ein dau wedi ein dwyn i fyny o'n mebyd gyda chrefydd.'

'Ond mi ddaru dy nocylashyn di godi'n uwch na f'un i: rhaid i mi gael un *fresh* cyn y bydda i'n saff,' ebe Wil.

'Dos at y Doctor ynte,' ebe fi. 'Beth sydd ar dy ffordd i fynd i'r capel yn gyson? Cei gyfeillion yno yn fuan, oherwydd mae gennyt y fath allu i *introducio* dy hun.'

'Yno y leiciwn i fod yn solet bob Sul,' ebe Wil. 'Ond 'taswn i'n mynd yno mi sbotie'r gweinidog a'r blaenoriaid fi, ac mi ofynnen nhw fy enw i, a lle ydw i'n byw. Mi fydde raid i minne ddeud William Bryan, a *number* y tŷ. Wel, mi ddôi'r gweinidog yma, ac mi ofynne, "Ydy Mr William Bryan i mewn?" Ac mi ddeude'r *landlady*, "Does yma neb o'r enw 'na yn byw yma." Sut edrychwn i? 'Taswn i'n rhoi ffug enw yn y capel mi edryche fel 'taswn i'n trio *cheatio'r* Brenin Mawr. Ond os na wela i ffordd i ddŵad allan ohoni, mi ddangosa i *bold front*, ac mi gymera sêt yn y capel. Ond dyma ti, os wyt ti isio bod mewn *trim* yfory i ymweld â'r cleifion rhaid inni fynd i'r *kennel*, achos mae hi rŵan yn chwarter i dri.'

---

yn dyheu: *yearning*
gwir ddedwyddwch: *real contentment*
Trwy nad ydw i byth: *As I never*
Er na ches i erioed: *Although I never had*
nocylashyn: *inoculation*
o'n mebyd: *from our childhood*

mi ddaru . . .: *your inoculation rose higher*
Cei gyfeillion: *You'll have friends*
mi ddôi'r . . .: *the . . . would come,* (dod)
ffug enw: *false name*
cleifion: h.y. y bobl sy'n byw yn 65 Gregg Street

209

38: Y Tro Cyntaf a'r Olaf

Ein rhaglen am y dydd oedd i Wil fy nwyn yn ei gerbyd i Gregg Street, a'm gadael yno i wneud fy neges; yna, ymhen hanner awr, iddo ddychwelyd i'm cyrchu. Ond pan oeddem o fewn rhyw ganllath i'r fan tynnodd Wil yn yr awenau, ac ebe fe'n gyffrous,

'Mi gymera fy llw! Dyma'r *bobby* ddaru'n nabio ni neithiwr, ac mae o'n anelu aton ni!'

Yn y fan roedd y swyddog yn ein hymyl ac yn gorchymyn inni sefyll. Yr oedd Wil, fel fy hunan, wedi cynhyrfu drwyddo.

'Rhys Lewis,' ebe'r swyddog, 'dowch i lawr.'

Ufuddheais, ac er fy mod i'n ceisio ymddangos yn wrol teimlwn fy hun yn crynu, a gwyddwn fy mod yn gwelwi.

Gwenodd y swyddog, ac ebe fe,

'Peidiwch â dychrynu. Ydych chi'n fy adnabod, Rhys Lewis?'

Ysgydwais fy mhen.

'Bryan, ydych chi'n fy adnabod?'

'*To be sure,*' ebe Wil, 'y chi roth fenthyg pâr o gyffs i ni neithiwr.'

'Wil,' ebe'r heddgeidwad, 'dwyt ti ddim yn cofio i ti gael benthyg cansen gen i fwy nag unwaith?'

Wedi edrych arno'n galed am eiliad neu ddau, ebe Wil,

'Nid y chi ydy Sergeant Williams! Wel, sut yr ydach chi, yr hen A1? Fedrwch chi ddim cael *leave of absence* am heddiw?'

'Hwyrach y medra i,' ebe'r swyddog.

---

fy nwyn: *take me*
dychwelyd: *to return*
i'm cyrchu: *to fetch me*
awenau: *reins*
Mi gymera fy llw: h.y. *Goodness me!*
ddaru'n nabio ni: *who caught us*

yn anelu: *aiming*
wedi cynhyrfu: *had become agitated*
Ufuddheais: *I obeyed*, (ufuddhau)
gwrol: *brave*
yn gwelwi: *becoming pale*
rhoth: h.y. rhoiodd, (rhoi)

210

Ar y cyntaf parodd ymddangosiad Sergeant Williams anesmwythder mawr i mi, oherwydd nid oedd gennyf atgofion melys amdano. Ond buan y chwalwyd fy ofnau. Ar ôl tipyn o ymddiddan, neidiodd Wil i'w gerbyd, ac ymaith ag ef. Daeth y Sergeant gyda ni at 65 Gregg Street, a churodd ar y drws. Agorwyd gan wraig fawr a gwelais ar unwaith fod y Sergeant a hithau'n adnabod ei gilydd. Hysbysodd iddi fy neges, a gadawodd fi.

Arweiniwyd fi gan y wraig i'r ystafell ac wedi iddi hi ddweud 'the minister', gadawodd fi, gan gau'r drws ar ei hôl. Er pan ddeffroeswn y bore hwnnw, yr oedd fy nghalon yn curo'n gyflym, a theimlwn fod gennyf orchwyl i'w gyflawni nad oedd yn bleserus imi, ac eto na allwn ei osgoi.

Ger fy mron gwelwn y person a welswn mewn rhan y noson flaenorol, ac yn yr un sefyllfa—yn eistedd yn ei wely. Ceisiais fy meddiannu fy hun orau y gallwn, a chyferchais ef yn Saesneg. Hwn oedd y tro cyntaf erioed imi weld ei wyneb, ond yr oedd fy mynwes yn cario llwyth o'i hanes, a'r hanes hwnnw yn bopeth ond cysurus. Pan ofynnais iddo sut oedd yn teimlo, atebodd mewn un gair—'Bad'. Pan ofynnais a oedd yn gobeithio am adferiad, ysgydwodd ei ben yn drist. Pan ofynnais drachefn am ei feddyliau a'i ragolygon, ni wnaeth ond ysgwyd ei ben.

Teimlwn fy hun yn cael fy nghario ymhell yn ôl i ystafell

---

parodd ymddangosiad SW: *SW's appearance caused,* (peri)
anesmwythder: *unease*
y chwalwyd fy ofnau: *that my fears were dispelled*
Hysbysodd iddi: *He informed her,* (hysbysu)
Er pan deffroeswn: *From the time I had woken up,* (deffro)
gorchwyl: tasg
i'w gyflawni: *to accomplish*
na allwn ei osgoi: *that I couldn't avoid*

ger fy mron: *in front of me*
y noson flaenorol: *the previous night*
sefyllfa: *position*
fy meddiannu fy hun: *to take control of myself*
gorau y gallwn: *best I could*
cyferchais ef: *I greeted him,* (cyfarch)
mynwes: *breast*
adferiad: *recovery*
rhagolygon: *prospects*

wely yn nhŷ Thomas Bartley, a chlywn fy mam—ar ei gwely angau—yn fy nhynghedu unwaith ac eilwaith:

'Os byth y cyfarfyddi di o, tria gofio ei fod o'n dad i ti—tria anghofio ei bechodau, ac os gelli di wneud rhyw les iddo—gwna.'

A chofiwn fel yr oeddwn yn gorfod gwthio cynfas y gwely i'm ceg rhag imi weiddi allan pan adroddai Bob am fy mam yn gorfod cadw o'r capel am fod ganddi bâr o lygaid duon ar ôl i'm tad ei churo. Cofiwn fel yr oeddwn yn synnu sut yr oedd hi'n gallu gweddïo drosto ac yntau newydd ei tharo.

Yn awr yr oeddwn wrth ei ochr, a chlywn y geiriau—nid fel atgof o'r gorffennol—ond fel pe buasent yn cael eu traethu am y tro cyntaf gan yr un genau—'Os byth y cyfarfyddi di o, tria gofio ei fod o'n dad i ti—tria anghofio ei bechodau, ac os gelli di wneud rhyw les iddo—gwna.'

Ni welais neb erioed â golwg mor druenus arno. Ymddangosai fel un wedi ffarwelio â phob gobaith a chysur, ac yn prysur suddo i dywyllwch dwfn a dieithr. Sylwais ei fod yn symud ymhellach oddi wrthyf, ac yn nes at y pared. Weithiau ymddangosai yn gynhyrfus fel petai ei galon yn tanio, a gafaelai'n dynn yn nillad y gwely; bryd arall ymlonyddai gan anghofio fy mod yn yr ystafell. Gwyddwn fy mod yn faich arno, a'i fod ar frys am imi ymadael, oherwydd estynnai ei law fwy nag unwaith at y botel *whisky*

---

clywn: *I could hear*
ar ei gwely angau: *on her deathbed*
fy nhynghedu: *making me promise*
Os byth y cyfarfyddi di o: *If you will ever meet him*
pechodau: *sins*
lles: *good*
adroddai B: *B would relate*
newydd ei tharo: *just struck her*
fel pe buasent: *as if they were*
yn cael eu traethu: *being expressed*

â golwg mor druenus: *with such a pitiful look*
Ymddangosai: *He appeared*
yn prysur suddo: *rapidly sinking*
pared: *wal*
yn gynhyrfus: *agitated*
gafaelai'n dynn: *he was holding tightly*, (gafael)
ymlonyddai: *he would become still*
baich: *burden*

a oedd ar fwrdd bychan wrth ei ymyl. Erbyn hyn ni chymerai fawr o sylw o'r hyn a ddywedwn, ac ofnwn na allwn wneud dim lles iddo, a chodais i fynd ymaith. Ond deuai'r geiriau eilwaith ataf: 'Os byth y cyfarfyddi di o, etc.' fel petaent yn dod o'r byd arall.

A fyddwn wedi gwneud fy ngorau iddo heb siarad ag ef yn Gymraeg, a heb hysbysu pwy oeddwn? Oni fyddai'n rhywbeth iddo gael gwybod bod fy mam wedi maddau iddo? Penderfynais fy natguddio fy hun iddo, a cheisiwn weddïo am i hynny effeithio'n ddaionus arno. Ebe fi wrtho yn Gymraeg,

'Robert Lewis, wyddoch chi pwy sydd yn siarad â chi?'

Dychrynodd wrth fy nghwestiwn, ac edrychodd arnaf yn galed. Cadwodd ei lygaid arnaf heb eu cau. Dyfalwn fod ei feddwl yn teithio'n ôl i chwilio am atgofion amdanaf, ond yn aflwyddiannus, ac ebe fi wrtho eilwaith,

'Fi yw eich mab, Rhys Lewis. Fy nhad, bydd yn dda gennych glywed fod fy mam wedi maddau'r cwbl i chi cyn iddi hi farw.'

Edifarheais filwaith adael i'r ymadrodd ddisgyn dros fy ngwefusau. Nid oedd ond brawddeg fer, ond achosodd fwy o boen i mi na dim a ddywedais erioed. 'Taswn wedi taflu bwcedaid o dân am ei ben ni allasai'r effaith fod yn fwy arswydus. Gwaeddai mewn gwallgofrwydd gyda nerth na thybiwn ei fod yn ei feddu.

'Dos i ffwrdd, dos i ffwrdd!' a chiliai oddi wrthyf fel pe baswn yn neidr.

---

ni chymerai fawr o sylw: *he didn't take much notice*
dim lles: *any good*
deuai'r geiriau: *the words would come*, (dod)
os byth: *if ever*
cyfarfyddi di o: *you will meet him*
wedi maddau iddo: *had forgiven him*
fy natguddio fy hun: *reveal myself*
yn ddaionus: *beneficially*
Dychrynodd: *He got frightened*

Dyfalwn: *I guessed*, (dyfalu)
yn aflwyddiannus: *without success*
maddau: *to forgive*
Edifarheais: *I regretted*, (edifarhau)
milwaith: *a thousand times*
ni allasai'r effaith: *the effect couldn't be*
yn fwy arswydus: *more terrifying*
gwallgofrwydd: *madness*
na thybiwn ei fod yn ei feddu: *that I didn't realise that he possessed*
ciliai: *he was retreating*, (cilio)

Wedi ei dychrynu gan ei oernadau, rhuthrodd gwraig y tŷ i'r ystafell, ac edrychodd arnaf fel llewes. Gofynnai mewn cynddaredd beth oeddwn wedi ei wneud i'r claf, ac ofnwn iddi blannu ei hewinedd yn fy wyneb. Yr oeddwn yn rhy ddychrynedig i geisio rhoi eglurhad iddi, a dihengais am fy mywyd.

Ni pharhaodd fy ymweliad ond rhyw ugain munud o amser, ond mae'n ffurfio yr ysmotyn duaf yn fy hanes. Yr oedd yr olygfa wedi fy ngwneud yn druenus, a'r unig gysur oedd fy mod wedi cario allan ddymuniad olaf fy mam.

Yr oedd y Sergeant a Wil yn fy nisgwyl. Adroddais wrthynt am ganlyniad fy ymweliad. Erbyn hyn yr oeddwn ar frys am gael dychwelyd i'r Bala, oherwydd yr oedd yr arholiad i fod yr wythnos ganlynol, yr olaf i mi. Dyfalwn fod gan y Sergeant rywbeth i'w adrodd wrthyf, a dyfalwn yn gywir, oherwydd ebe fe,

'Lewis, oes gennych chi rywbeth i'w gelu oddi wrth Bryan?'

'Dim,' atebais.

'Purion,' ebe fe, ac ychwanegodd yn uchel, 'Wel, fechgyn, lle cawn ni fynd?'

'Rydw i,' atebais, 'am gychwyn i'r Bala ar unwaith.'

'Ei di ddim oddi 'ma heddiw petai rhaid imi roi llyffethair am dy draed,' ebe Wil.

Ond ni allai'r Sergeant na Wil fy mherswadio i aros. Dywedodd Wil nad oedd trên am awr a hanner, a chymerais ei air. Arweiniwyd y Sergeant a minnau gan Wil i westy i gael pryd o fwyd. Ni chymerais ond ychydig o'r bwyd, gan fy awydd i ddal pob gair a ddywedodd Sergeant Williams.

'Mae llawer o flynyddoedd, Lewis, er pan welais chi o'r

wedi ei dychrynu: *having been frightened*	ysmotyn: *spot*
oernadau: *howls*	cysur: *comfort*
mewn cynddaredd: *in a rage*	canlyniad: *consequence*
dychrynedig: *frightened*	Dyfalwn: *I guessed*
eglurhad: *explanation*	celu: *to conceal*
dihengais: *I escaped,* (dianc)	llyffethair: *fetters*
mae'n ffurfio: *it forms*	fy awydd: *my eagerness*

blaen—er y noson y deuthum i'ch tŷ i gymryd eich brawd i'r carchar. Nid anghofiaf y noson honno tra byddaf byw. Mi wyddwn fod Bob yn ddieuog, ac eto, roedd yn rhaid i mi ei gymryd. Mae wyneb gwelw eich mam wedi fy *hauntio* byth er hynny. Roedd Bob a minnau yn gyfeillion mawr, ac roeddwn yn adnabod eich mam yn dda. Rydych chi'n cofio, oherwydd gwelais i chi yn dod o'r tŷ, am y ddau ymosododd arnom wedi inni fynd allan o'r buarth. Rydych chi'n gwybod pwy oedden nhw. Mi dynghedais y plismon arall i beidio â sôn am y digwyddiad. Eu hamcan, fel y gwyddoch, oedd rhoi cyfle i Bob ddianc. Drannoeth, sef y Sul, mi gwrddais i â gŵr y Plas pan oedd yn mynd i'r eglwys a dywedais wrtho fy mod yn sicr fod Bob, John Powell a Morris Hughes yn ddieuog, ac mai camgymeriad oedd eu cymryd i fyny. Aeth yntau i dymer drwg, a dechreuodd fy rhegi, a galwodd fi yn ffŵl lawer gwaith drosodd. Mi wyddwn y munud hwnnw fod fy nhynged wedi ei benderfynu, ac ni orffwysodd y cnaf nes iddo fy symud.

'Ydych chi'n cofio'r difrod a wnaed ar ei ffesants y noson yr anfonwyd Bob i garchar y sir? Y *colliers* gafodd y bai. Ai nhw fu wrthi? Dim perygl! Mi wyddwn yn iawn fod yn y wlad ddau ddyn â mwy o *daring* ynddyn nhw na'r glowyr gyda'i gilydd. Fe wyddai Bob hynny, ac fe wyddai eich mam hynny, druan ohoni! Nid fi oedd y dyn i ddweud yr hanes wrth ŵr y Plas oherwydd roedd bob amser wedi fy nhrin fel ci.

'Teimlwn yn anhapus iawn, oherwydd gwyddwn fy mod yn atgas yng ngolwg llawer, er na allwn i wneud dim. Nid

---

yn ddieuog: *not guilty*
Mi dynghedais . . .: *I got . . . to swear*
tynged: *fate*
cnaf: *knave*
difrod: *damage*
a wnaed: *that was done,* (gwneud)

Ai . . . wrthi?: *Was it them who had been at it?*
fy nhrin: *treated me,* (trin)
yn atgas: *hated*
yng ngolwg llawer: *in many people's eyes*
er na allwn: *although I couldn't*

oedd yn ddrwg gen i orfod ymadael. Yma rydw i wedi byw er hynny, ac rydw i'n lled gysurus.

'Tua thair blynedd yn ôl, yn ddamweiniol iawn, trewais ar eich tad. Dychrynodd yn fawr pan welodd fi, oherwydd cofiai y gwyddwn i ei fod yn euog o rywbeth gwaeth na herwhela. Ond doedd dim rhaid iddo ddychrynu, a dywedais hynny wrtho. Teimlwn fod arnaf gymwynas i'ch mam, ac i Bob. Ar ôl hynny cwrddais i ag ef lawer gwaith, a chyn iddo ymollwng yn slaf hollol i'r ddiod, bûm gydag ef yn ei lety droeon, yn ymgomio am yr hen gartre, oherwydd roedd e a'ch ewythr yn ymweld â'r lle yn aml i'w helpu eu hunain o *game* yr hen *squire*.

'Hoffais i erioed eich ewyrth, ond gallwn wneud yn burion gyda'ch tad. Hwyrach mai'r rheswm am hynny oedd fod gennym ein dau y fath elyniaeth farwol at yr hen *squire*. Roedd eich tad a'ch ewyrth yn pluo'r stad yn *systematic* drwy'r blynyddoedd, a 'tasech chi'n fy rhoi ar fy llw, fedrwn innau ddim tyngu na fu rhai o'r ffesants ar fy mwrdd yn ystod y tair blynedd diwethaf. Roeddwn yn synnu sut roedd y ddau heb gael eu dal ar hyd y blynyddoedd, nes imi gael esboniad. Rydych chi'n cofio Niclas y Garth Ddu? Ef oedd yn *managio*'r cyfan, ac yn eu llochesu. Dywedai eich tad wrthyf mai hen *game dealer* oedd Niclas, a'i fod yn adnabod hanner *poachers* y deyrnas, ac wedi gwneud busnes gyda'r rhan fwyaf ohonyn nhw. Roedd wedi gwneud swm mawr o arian yn y ffordd honno, ac roedd eich tad a'ch ewyrth wedi delio llawer ag ef cyn iddo *retirio*. Eich tad a'i perswadiodd i brynu'r Garth Ddu—lle a fu'n noddfa iddo ef ac i'ch ewyrth.

---

yn lled gysurus: *quite comfortable*	gelyniaeth farwol: *deadly enmity*
trewais: *I bumped into*, (taro ar)	yn pluo: h.y. *fleecing*
herwhela: *poaching*	fy rhoi ar fy llw: *to put me on oath*
fod arnaf gymwynas: *that I owed a favour*	tyngu: *to swear*
ymollwng: *submit*	esboniad: *explanation*
droeon: nifer o weithiau	eu llochesu: *sheltering them*
yn burion: yn iawn	noddfa: *sanctuary*

'Fel y gwyddoch, nid oedd neb acw yn edrych ar Niclas yn ben llathen, ond dywedai eich tad wrtho i, os bu neb erioed yn *37 inches to the yard*, mai Niclas oedd hwnnw! Ef oedd eu *scout*. Cerddai ar hyd yr hen ffyrdd, a thrwy goed Y Plas bob adeg o'r nos heb i neb ei ddrwgdybio, ond yn hytrach ei ofni fel *idiot*. Gwyddai lle y byddai'r *keepers* yn gwylio bob nos drwy'r flwyddyn. Roedd popeth a ddigwyddai yn y dref yn cael eu cario iddo gan Modlen. Roedd eich tad yn chwerthin wrth adrodd wrtho i am y nosweithiau llawen a gaent yn y Garth Ddu ar ôl cael ysglyfaeth fawr!

'Ond mae'r cwbl drosodd erbyn hyn! Mae'n debyg y gwyddoch fod Niclas wedi gadael y Garth Ddu? O ydy, mae wedi gwerthu'r lle ers tri mis, ac mae'n byw yma rŵan, ac yn edrych yr un fath â phan welais ef gyntaf. Ef sy'n cynnal eich tad. Wel, rhaid ichi gofio fod yr hyn a ddywedais yn *strictly confidential*.'

Erbyn hyn, yr oeddwn wedi gwneud fy neges yn B——— ac wedi cael mwy o oleuni am yr hyn a oedd yn dywyll imi nag a ddisgwyliaswn, ac yr oeddwn ar frys i ddychwelyd. Daeth y Sergeant a Wil gyda mi i'r orsaf, ac ebe'r olaf yn berffaith ddiragrith,

'Dydw i ddim wedi deud y filfed ran o'r pethe ydw i isio deud wrthot ti. Dydy peth fel hyn ddim yn *true to nature*, a (phan af i) adref, fyddi di ddim yno. Erbyn hynny, mi fyddi di'n weinidog yn Llangogor neu yn rhywle, a fydd gen i yr un *chum*.'

Yr oedd y trên ar gychwyn.

'Rydw i wedi cael galwad i fugeilio eglwys Bethel, ac rŵan, dydw i ddim yn gweld dim ar fy ffordd i'w derbyn.'

---

yn ben llathen: h.y. *quite 16 ounces*
ei ddrwgdybio: *suspect him*
a gaent: *that they'd have,* (cael)
ysglyfaeth fawr: *a big catch*
cynnal: *to support*
nag a ddisgwyliaswn: *than what I had expected*

diragrith: *without hypocrisy*
milfed ran: *a 1000th part*
ar gychwyn: *about to start*
galwad: *a call, invitation*
bugeilio: *to be the minister of*

Edrychodd Wil yn llawen arnaf, ac ebe fe,

'*Fact?*' Yr oedd y trên yn cychwyn. 'Wel, *bye, bye,* a chofia fod yn *true to . . .*'

Ni chlywais y gair olaf, ond dyfalwn beth oedd! 'Taswn i'n gwybod y munud hwnnw mai dyna'r tro olaf imi glywed ei lais a gweld ei wyneb, buasai fy nghalon yn fwy trist nag ydoedd, oherwydd er ei holl ddiffygion, yr oedd pertrwydd, onestrwydd, naturioldeb Wil, ynghyd â'i ffyddlondeb mawr i mi pan oeddwn yn hogyn, wedi gwneud iddo le yn fy nghalon, ac mae arnaf hiraeth mawr amdano y funud hon!

Yr hyn a'm blinai fwyaf, erbyn hyn, oedd yr arholiad. Gwyddwn y torrwn *sorry figure.* Ond cefais fy arbed. Pan gyrhaeddais y Bala, teimlwn yn rhyfedd. Ymhen naw neu ddeng niwrnod ar ôl hyn, cefais fy hun yn fy ngwely. Yr oedd yn olau dydd, a cheisiais godi, ond ni allwn. Yna gwelwn Williams wrth fy ochr, ac ebe fe,

'Wel, fachgen, sut wyt ti'n teimlo?'

'Beth ydi'r mater? Lle rydw i wedi bod?' (gofynnais i).

Gwelaf ei wyneb yn llonni pan ganfu fy mod yn dod ataf fy hun. Anogodd fi i fod yn llonydd, a dywedodd fy mod wedi bod yn sâl iawn.

'Pa ddiwrnod ydi hi?' gofynnais. 'Pryd mae'r *exam* i ddechrau?'

'Mae hi drosodd er ddoe, ac felly chei di ddim bod ar y top nac yn y gwaelod y tro hwn. Rhaid iti drio bod yn dawel, rwyt ti wedi bod mewn ffefar drom, ac yn codlo ddydd a nos am Wil Bryan a rhyw *Sergeant,* ond rwyt ti wedi troi ar fendio. O! Dyma Doctor H———. Wel, Doctor, mae rhyw sens i gael ganddo heddiw.'

---

dyfalwn: *I guessed*
diffygion: *faults*
y torrwn: *that I'd cut,* (torri)
cefais fy arbed: *I was saved*
yn llonni: *to cheer*
pan ganfu: *when he realised,* (canfod)

Anogodd fi: *He encouraged me,* (annog)
chei di ddim bod: *you won't be allowed to be,* (cael)
codlo: *to talk nonsense*
wedi troi ar fendio: *you're on the mend*

'Ydi o wedi blino sôn am Wil Bryan? Mae'n amser iddo newid ei stori bellach,' ebe'r meddyg.

Aeth wythnosau heibio cyn imi fod yn ddigon cryf i fynd adref. Arhosodd Williams bythefnos gyda mi, ac yr oedd ei garedigrwydd y tu hwnt i ddisgrifiad. Rai dyddiau cyn inni ffarwelio, adroddais wrtho sylwedd yr hanes maith yr wyf bron â'i gwblhau. Nid oes neb byw yn ei wybod ond Williams a Wil Bryan, ac os byth y gwêl oleuni dydd ni bydd y ffeithiau yn ddieithr iddynt hwy.

---

tu hwnt i ddisgrifiad: *beyond a description*

sylwedd: *substance*

os byth y gwêl: *if it will ever see*

39: Gweinidog Bethel

Yr wyf bellach wedi treulio rhai blynyddoedd ym Methel yn fugail. Pan ddechreuais ysgrifennu fy nghofiant, bwriadwn i hanes y blynyddoedd hyn ffurfio'r rhan bwysicaf ohono. Yn awr, gwelaf fod hynny allan o'r cwestiwn.

Nid heb lawer o bryder yr ymgymerais, cyn bod yn dair ar hugain oed, â bugeilio'r eglwys y magwyd fi ynddi. Ofni fy hunan yr oeddwn, ac nid yr eglwys, oherwydd yr oeddwn i'n adnabod pob un o'r aelodau, ac yr oeddent yn bobl garedig. Nid oedd eisiau amser i ymgartrefu. Wrth fynd i letya at Miss Hughes yr oeddwn yn mynd i'm hen gartref. Yr hyn oedd yn newydd imi oedd y gwaith. Yr wyf yn meddwl i'r cyfrifoldeb a oedd arnaf fy arwain i weddïo mwy. Os methu a fyddai raid imi, yr oeddwn yn benderfynol na fethwn oherwydd diogi a difaterwch. Gweithiais yn galed, hwyrach yn rhy galed, ond ni allwn ei helpio.

Bychan oedd fy nghyflog, ond yr oedd yn ddigon; nid oedd fy anghenion yn fawr. Yn wir, yr wyf yn meddwl imi gael cysur lawer gwaith wrth ystyried bychander fy nghyflog. Ymdrechwn i wneud fy nyletswydd, ac yr oedd ynof uchelgais, neu egwyddor neu rywbeth, i roi bodlonrwydd. Po galetaf y gweithiwn, tawelaf oedd fy

---

cofiant: *biography*
ffurfio: *to form*
yr ymgymerais: *that I undertook,*
  (ymgymryd)
y magwyd fi ynddi: (*the church*)
  that I was brought up in
ymgartrefu: *to settle down*
cyfrifoldeb: *responsibility*
na fethwn: *that I wouldn't fail*

diogi: *laziness*
difaterwch: *apathy*
anghenion: *needs*
bychander: *smallness*
Ymdrechwn: *I strove,* (ymdrechu)
dyletswydd: *duty*
uchelgais: *ambition*
egwyddor: *principle*

meddwl, a gallwn gysgu'r nos. Y funud y dechreuwn laesu dwylo, deuai fy hen elyn—iselder ysbryd—ar fy ngwarthaf.

Ni chefais lawer o achosion i gwyno er pan ydwyf yma. Nid esgeuluswyd fi gan y Cyfarfod Misol, a chefais fy ordeinio yn llawer cynt nag yr haeddwn. Cefais bob cymorth a chalondid gan Dafydd Dafis a'r Eos, a charedigrwydd gan yr eglwys yn gyffredinol, yn enwedig gan y bobl ieuainc. Tua dwy flynedd yn ôl, meddyliwn fod caredigrwydd pawb tuag ataf yn adfywio. Os byddai gennyf daith o chwech i wyth milltir, mynnai Dafydd Dafis roi benthyg ei geffyl imi. Cymerai Miss Hughes ofal mwy na chyffredin (ohonof). Rhoddai Thomas Bartley siars feunyddiol imi fwyta digon o gig ac wyau, ac anogai eraill fi i gymryd gofal ohonof fy hun. Parodd y diddordeb a gymerid ynof imi feddwl a dyfalu yr achos amdano. Gwyddwn nad oeddwn yn ei deilyngu. Beth oedd y rheswm amdano? Ni fûm yn hir cyn (ffeindio) allan. Yr oeddwn yn gwanychu. Bûm yn eiddilaidd erioed, ac ers peth amser, gwyddwn nad oeddwn mor gryf ag arfer, ond ni ddychmygais fod perygl.

Pan sylweddolais y ffaith, syrthiodd fy ysbryd. Ceisiai'r meddyg fy nghalonogi a dywedai nad oedd arnaf ond tipyn

---

bodlonrwydd: *satisfaction*
Po galetaf y gweithiwn: *The harder I worked*
tawelaf oedd fy meddwl: *the quieter my mind was*
y dechreuwn: *that I'd start*
llaesu dwylo: *to slacken*
deuai fy hen elyn: *my old enemy would come*
iselder ysbryd: *depression*
ar fy ngwarthaf: *upon me*
achosion: *instances*
Nid esgeuluswyd fi: *I wasn't neglected*
nag yr haeddwn: *than what I deserved*
cymorth: help

calondid: *encouragement*
yn adfywio: *reviving*
mynnai DD: *DD would insist,* (mynnu)
siars: *warning*
beunyddiol: *daily*
anogai eraill: *others would urge,* (annog)
a gymerid ynof: *that was taken in me*
dyfalu: *to guess*
yn ei deilyngu: *deserve it*
yn gwanychu: *getting weak*
eiddilaidd: *frail*
ni ddychmygais: *I didn't imagine,* (dychmygu)

o wendid, ac eisiau newid awyr a gorffwys. I ble awn i? Hoffwn lan y môr. Na, ni chawn fynd at y môr; roedd yn well imi fynd i Drefriw. Euthum i Drefriw, ac yno cwrddais ag amryw o'm hen gyfeillion. Derbyniais lawer o les yn Nhrefriw, a chyn ymadael mwynhawn ychydig ar y difyrrwch a thybiais fy mod yn troi at wella. Pan ddeuthum yn ôl i Fethel yr oedd y cyfeillion yn synnu at y newid ynof, ac yr oeddent yn llawen. Pregethais y Saboth canlynol heb deimlo blinder, ac yr oedd fy nedwyddwch yn fawr.

Aeth wythnosau heibio, a chefais fy hun wedi mynd yn ôl i'r hen farc. Meddyliwn nad oedd dim ond eisiau mynd eto i Drefriw, ac ni allai neb fy atal. Euthum. Y dydd cyntaf o'r Hydref ydoedd. Yr oedd y tywydd yn oer a gwlyb. Arhosais yn fy ystafell am bedwar diwrnod cyn dychwelyd adref yn waeth fy nghyflwr nag oeddwn cyn ei adael. Ofnwn nad oedd fy meddyg yn deall fy nghlefyd, a'r peth cyntaf, erbyn hyn, a ddarllenwn mewn papurau, a fyddai hysbysebion y crach-feddygon. Yn ddirgel gwariais lawer o arian cyn ffeindio allan mai anwiredd oedd yr hysbysebion.

Ni allwn gelu'r ffaith oddi wrthyf fy hun fy mod yn gwanychu, oherwydd teimlwn fod pregethu yn mynd yn anos imi bob Saboth. Yr oedd ambell flaenor caredig yn cynnig dechrau'r oedfa ac ar y dechrau gwrthodwn y caredigrwydd, ond yn (raddol), derbyniwn ef gyda diolchgarwch.

Mae dros flwyddyn o amser er pan bregethais ddiwethaf, ond yr wyf yn meddwl y buaswn wedi dal ati yn hwy oni

---

fy nghalonogi: *encourage me*
tipyn o wendid: *a little debility*
ni chawn fynd: *I wasn't allowed to go*
lles: *benefit*
mwynhawn: *I would enjoy*
difyrrwch: *fun*
dedwyddwch: *contentment*
fy atal: *stop me*
cyflwr: *condition*
clefyd: *illness*

hysbysebion: *advertisements*
crach-feddygon: *quacks*
yn ddirgel: *secretly*
anwiredd: *lies*
celu: *to conceal*
gwanychu: *to get weaker*
yn anos: yn fwy anodd
blaenor: *deacon*
oedfa: gwasanaeth
yn raddol: *gradually*

bai imi ymgynghori â meddyg dieithr a ddywedodd y gwir wrthyf, ac a orchmynnodd imi roi'r gwaith heibio ar unwaith. A ddylid dweud y gwir bob amser? Yr oedd yn wir ofnadwy imi, a suddodd fy ysbryd i ddyfnderau dychrynllyd. Nid oedd gennyf flas i siarad â neb am amser. Teimlwn fel pe buaswn wedi fy nhwyllo gan yr un ymddiriedaswn fwyaf ynddo. Am ddyddiau a nosweithiau ffraewn yn fy meddwl â meddygon, â ffawd, â rhagluniaeth, ac mae arnaf ofn, â Duw.

Gwelwn bob dydd, yn mynd heibio fy ffenestr, ddynion hŷn o lawer na mi, ysgwyddog, cryfion; yr oedd rhai ohonynt yn rhegi ac yn meddwi; a minnau â'm brest fel hen fasged! Pwy oedd yn trefnu pethau fel hyn? Ai cybolfa ddireswm oedd popeth? Yr oedd fy nghynlluniau i gyd yn ofer. Cymerodd imi wythnosau i ddysgu ymostwng i'r anocheladwy. Mor galed oedd yr ymdrech!

Ond drwy ras y Nefoedd mi gefais, yn y man, oruchafiaeth ar fy mhrudd-der. Ar adegau, cawn fflachiadau o oleuni ar drefn yr Efengyl nad oeddwn wedi ei brofi erioed cyn fy nghystuddio. Weithiau gallwn edrych ar fy nghorff a'i wendid fel rhywbeth ar wahân i mi fy hun, a chwerthin am ei ben. Bryd arall, deuai tymhorau o brudd-

---

wedi dal ati: *kept at it*
yn hwy: yn hirach
oni bai imi: *if I hadn't*
ymgynghori: *to consult*
a orchmynnodd: *who instructed*
A ddylid . . .?: *Should one . . .?*
dyfnderau: *depths*
blas: *desire*
fel pe . . . nhwyllo: *as if I had been deceived*
gan yr un . . . ynddo: *by the one whom I trusted most*
ffraewn: *I would quarrel*, (ffraeo)
ffawd: *fate*

rhagluniaeth: *fate*
hŷn o lawer: *much older*
ysgwyddog: *broad-shouldered*
cybolfa ddireswm: *senseless mess*
yn ofer: *in vain*
ymostwng: *to submit*
anocheladwy: *inevitable*
gras: *grace*
goruchafiaeth: *supremacy*
prudd-der: *sadness*
cawn: *I'd get*, (cael)
Efengyl: *Gospel*
cyn fy nghystuddio: *before I had been afflicted*

223

der, ac ymollyngwn i fyfyrdodau morbid.

Yn un o'r tymhorau hyn, trawyd fi gan syniad rhyfedd. Os oedd rhagluniaeth am fy nghymryd ymaith yng nghanol fy nyddiau, oni allwn i chwarae cast â hi drwy ail fyw (yn fy meddwl) fy einioes, ac felly ei dyblu? Oni allwn, yn ôl fy nerth, gyflwyno ychydig oriau bob dydd i fynd dros brif ddigwyddiadau fy mywyd! Cadwai hyn fi rhag pendroni a rhag fy mwyta fy hun i fyny cyn fy amser. Hwyrach y gallai ysgrifennu fy Hunangofiant fod yn lles imi. A'r canlyniad ydyw'r ysgrif faith hon.

---

deuai tymhorau o brudd-der:
  periods of sadness would come
ymollyngwn: *I would submit*
myfyrdodau: *thoughts*
trawyd fi: *I was struck*, (taro)
rhagluniaeth: *fate*
oni allwn i?: *couldn't I?*
chwarae cast: *play a trick*

fy einioes: *my lifespan*
ei dyblu: *double it*
yn ôl fy nerth: *according to my strength*
rhag pendroni: *from moping*
yn lles i mi: *of benefit to me*
canlyniad: *result*
ysgrif: *essay*